滄海叢刊

無緣廟

陳艷秋 著

1980

東大圖書公司印行

中華民國六十九年四月初版

無緣廟

基本定價貳元壹角叁分

著作者 陳艷秋
發行人 莊剛彰
出版者 東大圖書有限公司
總經銷 三民書局股份有限公司
印刷所 東大圖書有限公司
臺北市重慶南路一段六十一號二樓
郵政劃撥一〇七一七五號

行政院新聞局登記證局版臺業字第〇一九七號

無緣廟 目次

病情

午後的陽光仍然高張着逼人的暑氣，由窗外斜射進來，透過一層明亮的玻璃；直照着倚坐在候診椅上的方如絮，光線從打過臘而泛白的地板上反射過來，照得她雙眼有些睜不開，雖然不時的由長廊盡頭吹來陣陣南風，但似乎絲毫沒有衝散體內的熱氣，看她不時的把捏得已發皺的手帕，拿起來擦拭臉上滲出的汗珠，反覆着機械式的動作，使人更覺得天氣的酷熱。

「哎——」輕嘆了一口氣，方如絮換了一個姿勢，把原來靠在椅背上的腰挺直起來，並挪動着曬疼的雙腿，卻仍不能避開那股熱辣的感覺。深深吸了一口氣，按耐着那顆喘息急迫的心。

坐在對面的中年婦人，帶着一個手臂受傷的小男孩，小孩的手臂上敷着厚厚的石膏，並用一條沾滿油污水漬的寬布巾吊着，臉上還留着剛哭過的淚斑，他用另一隻沒紮綳帶的手拿着一個五塊錢的硬幣，有一下沒一下地敲打着塑膠椅背。婦人不耐煩的踱來踱去，那噠噠的腳步聲合着咔咔的硬幣聲音，給整個空間造成一種極不協調的噪音，猶如一隻鐵錘一上一下地在她心頭重重敲着。

不知是被陽光照得眼花了，抑是想平衡那過於緊張的情緒，不然就是爲了避開眼前的一片人聲吵雜，她索性把已感沈重的眼皮闔上。

她感覺好像每個候診的人都是如此急躁不安。隱隱約約之中那影子一遍又一遍地在她面前來回晃着，呈現一種規律性的閃爍。要不是對這種急躁性的等待早已司空見慣了，她眞的會不耐煩於干擾她安寧的人。不過這時候她卻有些同情這一老一少的無奈和無聊舉動；不久之前她不也是如此的從這種急躁不安的等待中渡過來的嗎？只是她的心躁氣浮早在求診的日子裏，慢慢地被壓抑住了，甚而超脫了這一層，像此時此地她就很能控制住自己的情緒，所有的感受在面孔上化作一層蒼白。

走動的脚步聲加多，交談的音調也提高，但她依然闔着雙眼，疲憊爬滿了整個面龐，這是近兩個月以來她走過的第八家醫院。醫院內的一切景象對她已沒有瀏覽的必要了，她太熟悉這家醫院了，而所有的醫院大都不出一種模式：呆板、死寂、陰森！本來醫院就不是什麼好地方，替人看病的擺出的是一種冷漠的面孔。看病的人面帶着的是一付慘綠的消沈。

每每都是滿懷無比的希望，帶着母親向名醫求診，然而一次又一次地接受失望的打擊，使她幾乎要瀕臨絕望。面對着無助無依的狀況，有一度她甚至迷信巫術乩童的處方，走過無數大廟小寺求神問卦。但母親身上的病痛卻沒因此而有半點減輕的跡象。那痛苦的噓嘆聲迫使她不得不再一次屈服於醫生的不同診斷及無效的醫療。

由最初的大腿發痲慢慢延至整條腿失去知覺，如今那呈枯萎的雙脚已寸步難行，這些天又手部也痲痺了。常常在夜裏，方如絜會被一陣「嘩啦！嘩啦！」打水的聲音驚醒，她知道母親的病痛又發作了，母親必須藉着水的冰凉來澆熄四肢灼燒的痛楚。方如絜多麼想把母親體內的那團火取出來啊！她明知沖水不會有絲毫效果，甚至可能迸發得更嚴重，但也只能幫着母親把雙腿浸在水池裏，把水一桶又一桶的澆灑在雙腿及雙手上，直到兩人都倦累了爲止。

每當這種情形發生時，總是像一根針在扎她的心，因此只要她打聽到那位醫生治好過這類病的，她就帶着母親趕去求診。儘管她對於一切有關「醫」字的事物感到害怕，但每次都強忍下那股心悸。畢竟醫生的事對她來說是又需要又忌諱的。

這家醫院，還是早上聽隔壁王大嬸的一個親戚介紹說，有一位骨科主任是這種病的權威，她便抱着姑且一試的心理來了。本來她對這家醫院一直有種不信任的感覺，小時候父親帶她來看病，記憶中的掛號、候診、領藥要花去半天的時間，往往在看過病之後，父親會帶她到醫院外面一個小店吃肉燥飯和魚丸湯，然後才回醫院領藥。那已是很久遠飄渺的印象了，醫生從不多問一聲也不多看一眼，一面聽着父親的口述，一面在處方箋上鬼畫符一番；接着護士會在她手臂上扎好多針，一腫就是好多天。

最使她難以釋懷的是父親死在這裏的病床上，還記得那是一個週末下雨的夜晚，父親本已平息的胃出血，突發性的又吐血不止，她看着父親由口中湧出的鮮血，有如瀉洪般的猛烈，母親拿臉盆接都接不住，吐吐停停復吐吐，折騰了好一陣子後才慢步的在一堆血水中停止了一切，也拋開了一切，整個是一片令人作嘔的腥紅，那些退去刺眼色彩的汚血染紅了一床，彷彿是一幅慘烈的抽象畫，在一陣混亂之後，護士居然說找不到醫生開死亡證明書。就這樣坐在醫院拖到天亮才把那已冰冷的屍體運回家；那時候她甚至忘記哭泣，忘記流淚。離開時只覺有一股乾澀陰冷的風吹過，她才意識到生命的結束竟是如此簡單。

從此每經過這醫院，她總會佇立默想片刻，凝望着那從破舊的古樓重新興建起的高樓大廈，憑弔父親一番。如果人的生命能從殘缺之中蛻變成另一個新生命，那她今天的境遇就可能是另一種面貌了；如果死亡該是隆重的，那麼生存就必須更謹慎。但是像父親的去世，那麼驟然，又那麼冷寂，彷彿是人世的一堆廢物！有時候，她眞不知道奔忙生命的盡頭又是什麼？

沒有踏進醫院，不知道竟然會有這麼多的病患。一吃過中飯即趕來，雖然掛號的窗口尚未開啟，然而那座冰冷的大理石櫃臺上卻已排滿了證件，掛號証及一張張紅色的十元鈔票，頓時她不知該把手上的證證卡卡放在那裏，看看醫院的鐘才一點不到，她有點不知如何打發這段空白的等待。

排在一隊長龍之後，當她拿到號牌時，一看赫然是十九號。一般而言十九號並不是個壞數目，然而十九留給她的卻是悲劇性的記憶，和一片殘缺而不曾中斷過的不幸。

父親在她十九歲那年死於胃出血，從此家道一落千丈。同年她大專聯考落榜，昏灰的日子就緊緊的捕捉住她，連僅有的一個希望也註定要走出她的生命——和慕平分手。她常常想如果生命可以和電影一樣隨意剪接，她會把這段過去不留痕跡地剪去。也許快樂和幸福會繼續圍繞她，屬於她和慕平共同的日子也會一直延續下去。

然而十九的不幸宣告竟是一齣悲劇的開始。她甚至一度懷疑是否祖先做了什麼缺德事，才會叫她在此扮演一個背負悽慘的角色。每每念及這一連串的不幸，就會有一種腐心蝕骨的悲痛鞭笞着她的心神，簡直讓她沒辦法解釋這一切。

如婷就常帶着勸慰的口吻來開導她：

「別傻了！老姊，王寶釧那個時代已經過去了，再說你們根本就是錯誤的相識，何苦守着這份感染絕症的感情呢？人家李慕平那麼心安理得的離開你，爲什麼你不能提起精神好好的生活？你又爲什麼要讓那些不健康的情緒困擾着自己呢？」

冷靜下來她也反覆思索着，然而她眞的無法忘懷過去，常常夜裏輾轉不成眠時哭泣聲弄醒了如婷。

「姊，你不能把青春埋葬在褪色的往事追憶中，你還年輕，還有美好的前程，又不是沒人追你，放着現成的幸福不接受，幹嘛折磨自己呢？」如婷總是暗着她，一次又一次的勸慰着。

頓時她感到眼眶濕涼，怎麼想着想着又去觸及舊傷？那原本已封閉多年的往事又一幕一幕的呈現在眼前。趕緊藉拂弄被風吹散的那頭短得不能再短的髮絲之際，不着痕跡地擦去卽將滾落的眼淚。原本是一頭人見人羨的烏亮秀髮，當她心灰意冷時，把它剪了又削，也許是想藉以慧劍斬情絲，然而好多個數不盡的日子裏，她依然沉迷於無法自拔的頹喪中，或許是這個感情的泥沼陷得太深太久了。

睜開雙眼，迎面接觸到的是坐在一旁的母親，正以那慣有憐惜、抱歉、無奈的表情望着她。

「風太大了，吹得眼睛睜都睜不開了。」方如絜一面說着一面掩飾着剛才掉入回憶中哀痛的表情，再狠狠抹去眼角的淚痕，好像要把剛才再度浮現的悲傷也一併從記憶中揮掉。

「要不要坐到這邊來，風比較小一些。」方太太指着旁邊一張空椅子，再過去那邊坐着一個抽煙的老人，向來她最怕煙味，但對慕平抽煙卻從沒說過一個不字，慕平的父親一直很不諒解他沒考上醫科，所以補習的那段日子對他特別嚴厲，零用錢扣得很緊，往往吃頓中飯就不够用了，如絜常會買包煙偷偷塞在他的書袋裏……

「不用，坐在這裏比較涼快。」望着母親那未老先衰的傴僂身形，病魔纏繞在那疲憊的臉龐上，生活的痕跡深深的刻劃在那多軌的皺紋間，曾幾何時那已嫌少的髮絲又脫落了一些，更加添一種光禿的寂寥，就像她們這些年來所過的日子一樣荒凉蒼茫。彷彿有條鞭子正抽着她的心，那種抽痛，那種不忍氾濫着，使她鼻頭爲之一酸，咽在喉頭的是一句一句訴說不出的悲怨，歲月不停的吞食着她們臉上的笑容。命運怎麼老是和自已開這種殘忍的玩笑呢？

「醫生怎麼還不來呢？」方太太茫然的望着長廊另一頭，有氣無力的不知是對着方如絜，還是在自言自語。

「現在的醫生可大牌囉！看病還得看他們高興哪！」坐在方太太旁邊的那位抽煙的老人，一面彈着手上那截煙，一面以不屑的神情道出，那似乎是他積壓已久很不滿的口氣，也許他也等的不耐煩了。

「我們已經等好久了。」方太太搭訕着。

「還有你等的，我這大半輩子就是這樣等醫生等掉的，天天來天天等，結果還是天天不舒服，卽使沒病遲早也會等出毛病來的。」老先生好像找到發洩的對象直傾訴着。

「老先生，您看的是那一科？」方太太挪動一下剛才的坐姿，稍靠了過去。

「復健科，唉！都是一些騙人的東西，當初說動手術就可以沒事了，誰知道挨了刀子後還得天天來做什麼復健，哼！棺材都進了大半的人了，還要來受這些活罪，一大把年紀了還得來受這些毛小子的氣，眞是的。」老人愈說愈激動，手也跟着有些顫抖要送往嘴裏的煙也有些對不準口。

「現在還不到開始看病的時間嘛！」不知爲什麼要替這些不相干的醫生辯白？也許因爲慕平也是醫生的緣故吧！雖然內心曾痛恨過「醫生」，這兩個字抹殺過她深切預期的幸福，而且是那麼的無情無意，但是每每聽到別人批評醫生時，她總要提出申辯幾句，是表示着對慕平的那份難以忘懷的感情，抑是醫生在她眼裏仍然是那般高尚聖潔的？

怎麼剛剛才轉一個圈，又想起慕平了？那個影子與其說好久未曾再出現過，不如說她早把他塵封起來了。從母親開始發病，那個影子就不時的又出現來干擾她那原本已平復的心境，曾經她想求助於慕平。

「等我當了醫生一定要重整醫德，絕不趁人之危發病痛財，當不了良醫至少也不能做杏林的惡棍。」這是當年慕平考上醫學院時她對他的要求，也許是父親的突然撒手西歸，引發她要慕平對當醫生的一種自身要求。也是慕平對於如絜的突然喪父給予一種心理安慰的補償。

但那僅存殘缺的自尊又把她喚回到事實的邊境，始終她未曾再去找過慕平，就連李家也不曉得方大太病了。對李家絕口不提母親的病痛表示着他們還在爭一口氣。

「方家和李家的交情到此為止；人在人情在，人亡人情亡，從此兩家老死不相往來，是李家先對我們不仁也怪不得我們不義。」這是如婷在慕平結婚那天所說的氣話，卻也成為事實而結束了兩家幾十年的感情，雖然慕平的母親曾經為慕平的婚姻解釋再三：

「如絜太內向了，慕平又太好玩不够穩重，兩個人如果在一齊如絜會吃虧的，這些年慕平在臺北唸書心也玩花了，得找個兇一點的女孩來管管他。」

如婷一直很不滿意李家那篇自圓其說的謊言，那當初澤民表哥在拉攏如絜和慕平時，為什麼李伯伯一家人不提出反對，尚且和父親還有意由結拜兄弟加上親家這層關係，而偏偏在此節骨眼講出這種置人於死地的話。這分明是翻臉無情。

慕平已不再是屬於她人生旅途的伴侶了，雖然他們曾經是那麼相互扶持，共同走過一段艱辛的旅途，畢竟那都隨着李家心態的移轉而消逝了。

「如絮，看看那是不是醫生來了。」方太太拉了一下如絮使她從恍惚中驚醒過來。

「哦！大概是吧！」有三位穿着白長袍的跟着幾位穿白短上衣的醫生，朝着這邊走過來。當他們走過她們面前，方如絮目送着其中三人進入那診療室，在她印象中每個醫生似乎都有着筆直的脊椎，胸膛特別挺，走起路來堅實有聲，好像要把地板踩碎踏平，連走過時衣角都會帶起一陣旋風，而予人一種敬畏的感覺。

她見到慕平穿起白色醫生服來也是這個模樣，這給她多少崇敬的印象。最後一次見到慕平之前，她還期望慕平像一個高潔英挺的醫生出現在她面前，那時候是酷寒的十二月天，在醫院裏找到正在實習的慕平並約好去吃中飯，等她從外面把事情辦好，再回到醫院卻不見慕平，問了診室的護士說他有事先走了。

「如果有事我可以幫你轉達，或請你留張字條，明天他還會來這裏。」她顧不得護士小姐的招呼，兩眼馬上迷濛了起來，兩齒緊緊咬住下唇好久才迸出：

「不用了，謝謝你！」這不是很明白嗎？只是天生的倔強個性使她很快的平靜下來，並且走出醫院大門而不再回顧一眼。

昨晚如婷回家就催着她找慕平把事情弄清楚。

「這絕不是空穴來風，人家葉碧秋才不會亂講話的，那個女孩的父親向葉碧秋的爸爸打聽李家的情形，而且慕平哥也和她見過幾次面，況且她又住臺北說不定早已有來往了，至少如婕上次看見的你也該相信，慕平哥確實帶一個女孩子到烏山頭玩，那情景絕不是普通的交情而已，那有放着女朋友不陪卻帶個不相干的人遊山玩水去了。」如婷有條有理的分析着。

「哎呀！現在誰家有個準醫生兒子，媒婆不是一天走到晚的嗎？你舅舅前天來還說他被那些職業媒人煩死了，澤光才三年級就有人來作媒了，慕平那更免不了囉！」方太太說着，一邊又繼續縫如健那條運動褲。

「不，我覺得姊姊還是趕快和慕平哥訂個婚，就算沒那回事，也得防着，他現在實習每天跟那麼多護士在一起，多不保險。」如婷堅持自己的看法。

「就憑他們近十年的感情，跑都跑不了的啦？要是有個女孩子肯等我十年，就是醜八怪我也認了，再說我們大姊長的這麼漂亮，又有氣質，我們班上的同學都這麼說，以前我拿大姊高三的畢業照蓋說是我女朋友，把他們羨慕死了。所以放心吧！慕平哥還會捨近求遠嗎？依我們男性的眼光都有同樣的認爲。」如健插口說道。如健正讀高三全身充滿運動細胞，整個腦子充滿樂觀的前景。

「不管你們怎麼說，我覺得姊你還是要把這件事愼重處理，婚前就這麼縱容，那婚後就沒搞頭了，吔！二姊你怎麼哼都不哼一聲呢？你不會表示一點意見嗎？最先發現有問題的也是你呀！」如婷突然發現一向最有主見的如婕竟悶聲不響的。

「合則留，不合則去，如果慕平哥眞要如此，我們何苦拉着不放呢？再說大姊又不是沒人要，嫁醫生也並非意味着步上幸福之路，不過把事情弄清楚是必要的。」如婕是姊妹中最少讓人操心的，從小就把書唸得好好的，一路順着走，畢業工作也自己找，連交男朋友也那麼順心遂意，她似乎有與生俱來的幸運，方太太從沒爲她費過心。

雖然另一個女孩的影象已浮在腦海中，但是一時方如絜不願去證實那被懷疑的問題，她沒有勇氣承受突然來的轉變，與其要證明事實的醜惡不如讓虛僞的美好繼續保持下去。

「醫生已經開始看病了，還有多久才輪到我們呢？等好久了，唉——」方太太關切的問着，有些倦意。

「不要急嘛？人都來了反正遲早都會輪到的，早看晚看都一樣，試着把眼睛閉起來養養神。」如絜安撫着母親。

從慕平實習的醫院回來，以後日子變得好漫長也好苦悶，她天天等着慕平來找她向她解釋，那只是一個無聊的誤會，渴望再聽到有關慕平的動態。

直到有一天如婷回家一進門就破口大駡，說李慕蓉在學校如何神氣，什麼她未來嫂子的父親在成功路買了塊地皮，準備蓋醫院等她哥哥服役回來主持，如婷氣不過的是，好多同學都知道慕蓉的哥哥和她姊姊從高中時代就一直被公認的一對，如今又出現一個嫂子，而她老姊卻仍死守着那份變質的感情。

「葉碧秋還怪我早不相信她的話，這下子可好了，事情演變到這種局面，怎麼收拾呢？這口氣我是忍不下，就算我們家陪嫁不起成功路的醫院，李家也得看在爸爸的份上，當初不是爸爸替他們家賣命他們還會有今天那個工廠嗎？爸爸賠上老命換來他們這種忘恩負義的回報，媽您不能再沈默下去了。」如婷要方太太向李家討回公道。

「只怪你爸爸去逝的早，人家又沒虧欠我們什麼，又怎麼個理論法呢？」這些年來方太太爲了如絮和慕平的婚事着實操了不少心，李家一直沒表示什麼。一方面由於面子不便先提出訂婚的事，一方面她也不能做主把如絮先嫁掉，從前兩家曾有意於結親家，因此把來說媒的全一一回絕了。

「如婷，你別激動了，大姊的情緒都被你搞亂了，明天我去找慕平哥，如果此事屬實，那我們再另做打算也不遲，好歹你安靜點，叫叫嚷嚷是於事無補的。」

那晚下了一整夜的雨，把方如絮的心都滴得碎碎的，那眞是一肚子苦水，酸水。

「好快喔——」方如絮想着跟李慕平不見面至今已四年了，不禁脫口而出。

「是啊，都看了好幾個了，醫生的動作眞快，你看那小男孩藥都換好了。」方太太並不知道如絮沈在往事的回憶中，看了她一眼，又閉上雙眼，實在自己也是太累了，最近夜裏老是睡不好，白天昏昏沈沈地老是提不起精神。

如婕帶回慕平訂婚的消息，她幾乎痛不欲生，雖然慕平曾來找過她兩次，但她都拒絕見面，那是一顆被傷害至極的心。在一段的消沈之後，她寫信給澤民表哥，說她始終有一種被戲弄的悲哀，慕平闖入她的生活圈是澤民一手導出來的，當澤民離開臺灣，飛向太平洋的彼岸都還沈醉在這一齣戲裏，甚至在他臨上飛機時，還說他等着戲的圓滿閉幕。然而誰也沒料到那會是一個悲劇的結局，澤民在回信中自責自己是一個疏忽職責的導演，他本來是可以有權和「編劇」作若干商量的，但一手擔任「編劇」的慕平卻也斷然一手逆轉了劇情，而她只是一個被蒙在鼓裏的女主角，扮演着原本不適合她的角色。

那是很久很久的古老故事了，當時她還是高一的學生，表哥、李慕平和她搭同一路車，剛好學校又同在一條路上，每天表哥總帶慕平到學校門前車牌邊的榕樹下等她，然後一起等車、上車。她一直都記的很清晰，慕平總是搶第一個上車佔位子給她坐，還常遭許多人的白眼。

直到現在每次搭乘人擁擠的車子，那些情景還會不時的浮起，內心中說不出是什麼滋味，曾經被人捧着，視爲一塊寶，而今彷彿像一雙破的舊鞋被一腳踢開，好濃好深的落寞感在心頭翻騰着。

「如絜，坐到這邊來吧！你看陽光都照到你臉上了。」一方太太把如絜的思緒再度拉回現實，剛剛那位老人已走了，她坐了過去，一腳踩到一個空扁的養樂多瓶子，順勢一踢，差點拌倒走過的一位護士，端在手上的針針罐罐的托盤也搖晃了一下。她一抬眼接觸到的是一雙充滿憤怒的眼睛，在悶熱之下使得她更有股窒息的感覺。她早已忘記該說抱歉的話，只是很歉然的牽動嘴角的肌肉。那憤怒的眼光隨着一身潔白的影子消失在長廊盡頭，那是通往急診室的一個側門，好久以前她也曾在那種地方渡過一夜，當醫護人員把父親由那個病床送到另一個病床時，她還深深寄望這個急診是有效的，然而終究那還是多餘的。

「如婷和如婕不知道回不回來，後天是你爸爸的忌辰。」方太太一直把這個日子視為重大的，其實應該算明天才對，父親是在那天夜晚去世的，只是醫生在第二天才塡了死亡證明，有好多事情沒有人願意去認眞追究，就這麼錯到底，像她直到現在，有人替她介紹對象，她都告訴自己讓錯誤的再延續下去吧！雖然深知自己死守和慕平那段褪色的感情是不對的，卻情願再繼續下去。表哥常在信中勸她不要再迷失於這個美麗的錯誤裏，及時回頭，雖失掉一部份尚有甚多扳本的機會，愛情是可以不斷再追求的，就如同幸福一樣，人總是對未來寄予希望。

如婷和如婕相繼出嫁後，常常剩下她和老母在追悼這一個「錯誤」的日子。

「如婷也許不能回來，那麼忙回來一趟也不容易。」如婷一年難得回來幾趟，而且來去總是匆匆促促的，丁平工廠越開越大，生意越做越遠，經年累月的在國外，如婷也跟着丈夫到處跑。倒是如婕三天兩頭往家裏跑，還與緻勃勃的替如絮安排「相親」的事。

「快到了吧！我剛剛好像聽到叫十五號了。」陽光都有些偏西了，也等得够久了，常常看一次病就花掉好多時間，人實在是病不得，精神、金錢的耗費又何止呢？

「小兒科醫師王海光請掛電話——」擴音器突然在漫慪的空間響起了兩聲，連那聲音也有些懶洋洋。似乎郭滿萍的先生也叫王海光，幾時也調到這家醫院呢？上次在街上碰面提過她先生要回來臺南上任。

高中時大家在一起打打鬧鬧的，郭滿萍常常罵她那位醫生姊夫，不懂得生活情趣，在醫院上班看病人，下班回家也看病人，三更半夜看，大清早也看；搞得她姊姊常失眠，加上神經衰弱，天天嚷着不要嫁個機器人，沒想到畢業不到三年，她也嫁給了生平最討厭的醫生。大家還開玩笑要如絮今後得多去滿萍家實習如何當「先生娘」。

依稀還是昨天的事，而今卻已事隔多年了，以後斷斷續續聽到王海光的風流韻事層出不窮，同學之間偶而相聚還會敎她婚前得把慕平看牢一點，免得重蹈郭滿萍覆轍，沒料到非但沒看牢反而飛掉了。直到慕平結婚那天她都不相信那是事實，始終認爲慕平結婚只是她的一種錯覺。

一個身着淺藍色衣服的實習護士，走出診療室叫着：

「十九號！」

方太太拉了如絮一把，拖着蹣跚的步伐走了進去，迎面撲來的是與外面截然不同的冷氣，過低的氣溫使她一時無法適應，打了一個寒顫，定神仔細瞧了這裏面的內容，一張坐了兩位醫生的桌子，另一邊坐着一位狀似資深的護士，剛才喊他們進來的實習護士要方太太先坐下，屋裏的另一角落放着一個推車，擺滿了許多藥品，一張黑色的床寂然立在最偏遠的一角，這時候她才看到床角坐着的似乎是一個實習醫生，拿一支狀似小鐵鎚的東西，很無聊地敲着膝蓋，節奏性的一敲一反彈，雖然沒有能聽見那聲音，但可以感覺出那是極有規律性的動作，最後那一大反彈差點把鼻頭上架着的眼鏡打落，看着他以熟練的動作把鼻樑上滑落的眼鏡扶正，透過那層玻璃片，方如絜看到一雙疲倦的眼神，那是她很熟悉的一付表情。

慕平畢業那年考上牙科，與奮計劃着要幫如絜整修那一嘴不健康的牙齒，然而卻成了永遠沒辦法實現的諾言，慕平只唸了一學期。

「我爸說他大半輩子都沒走進牙醫大門一步，所以認爲我唸牙科沒出路，非要我重考不可。」寒假慕平回來很沮喪的訴說着。

「重考不一定就能如願，再說你不是唸得蠻好的嘛！」如絜參加學校的寒假課業輔導，慕平去接她，當他們走到四維街仰望橋上一列火車嗚嗚的吹着長笛，一輪夕陽高掛在橋頭，如絜說過要把這幅美景畫下，捕捉住這一抹片刻的綺麗延伸下去。

「我爸固執他的見解，沒有商量的餘地，這幾天我在想，如果你爸爸還在世的話，他一定會幫我說服我爸爸，讓我把牙科唸下去。」這時候他們剛好走到橋下，天色顯然暗下了。

慕平考上牙科那天起，如絜的父親費了大串的口舌才說動讓慕平去唸，然而只唸了一學期，也因如絜父親過世而終止。

那年他們都過得很沈重，好重的負擔加壓在每一個日子上，一個是籠罩在喪父的哀傷裏，一個是掙扎在重考的痛苦裏。

「什麼地方不舒服呢？」坐在方太太前面那位中年醫師，以很輕而帶有些沙啞的音調問着那千遍一律的開場白。方太太開始詳細的數說病症，那已反覆了近十次的話，每換一次醫生就必須從頭至尾的敍述一次，方如絮都背得出那些發病的順序，中年醫師很有耐性的傾聽着，並不時的點點頭，偶而還要方太太再說一次，旁邊那位醫生疾筆刷刷地寫下了病歷，剛才那無聊的實習醫生不知幾時也走過來，立在她身邊，這時候她能夠很清楚的看到他整個臉部，那是一張很年輕的面孔，還點綴着幾分純厚，只是那不曉得能持續多久，曾經也有過如此一張純眞的面孔，在一些物質的汚染下變了質，彷彿是一首變調的旋律，讓人由心的感到一股不舒服，久久散不開。

「蜜斯張，過來拿你們的這份喜糖吧！」由隔壁傳來了一聲女高音，那位叫蜜斯張的頭也不抬繼續寫着並問：

「誰的呢？Doctor 楊還是 Doctor 李的呢？」

「都不是，你們猜吧！」不見人影的尖銳聲音又飄了過來。

「難道是你的不成啊！」這下非同小可，在場的幾人都大吃一驚，連那雙正在寫字的手也停下，詢問病情的也暫告一段落。

「你們一定猜不到的，旣不是呼聲最高的 Doctor 楊也不是 Doctor 李，更非姑娘我！」從裏頭冒出一個人來，原來這兩間是相通的，一位瘦瘦小小袖珍型的護士捧了一包糖衝了過來，還一面嚷嚷着。

「別賣關子了，說吧！本人洗耳恭聽。」蜜斯張很嚴肅的想知道一切的情形。

「是 Doctor 林的。」袖珍型的呶呶嘴並指向隔壁，頓時幾張嘴巴和眼睛都變成O型的。

「赫！還眞是保密到家，連鄰居都沒事先漏點風聲，眞不够意思，看來阿鄭要失戀了。」

「我們外科也是今天才知道的，還好阿鄭今天大夜班，要哭也比較方便。」

「身價多少呢？」

「博愛路樓房一棟外加臺灣銀行支票一張，伍佰萬，嘿！身價千萬以上。」袖珍型的一面把糖分到每個人面前，連方太太桌前都放了好幾顆，鮮紅的「情人糖」三個字深深扣住了方如絮那已生銹的心扉，眉頭一皺，別過臉認眞的看着牆壁上掛的那幅人體骨骼解剖圖，用心去數那散佈在人體的：二百零六根骨頭；被她拋在後面的人羣不斷談論的聲音依然飄進她耳朵，她分辨不出是什麼滋味，只覺得心頭悶窒得難受。

「物價上漲，嫁粧也跟着飛漲了，看不出 Doctor 林還眞有辦法哩？打破本醫院的記錄，遙遙領先囉！」

「看來 Doctor 楊和 Doctor 李又有得等了，總要來個後來居上嘛！咦！Doctor 王你呢？標準多高道來參考！」兩位護士把話題轉向旁邊那位年輕的醫師。

「別開玩笑了，本人是愛情重於一切主義者。」這倒是罕見的一位愛情至上者，方如絮不禁想看他一眼。

「我才不要什麼樓房、支票、美鈔哩！就算她嫁來一百萬，將來我賺一千萬，人家還會說哼！還不是他老婆的嫁粧，走裙帶關係。那多寃枉呀！」

「得了吧！先別吹牛，搞不好明天媒婆把照片送來，你還會先翻翻後面的標價哩！」袖珍型的拋下這串話，然後一轉奔回隔壁，一陣暴笑聲把那年輕的醫生笑的莫名其妙。

「請到那邊躺着，檢查一下。」中年醫師的話打斷了題外的談笑，方太太走到那黑皮床邊，實習醫生幫着扶上床，方如絮也跟了過去，剛好看到那天眞的面龐穿着那件白上衣上面綉着——「醫師王一龍」。

曾經她也看過「醫師李慕平」，並期許着成爲醫師李慕平的太太，只是那些記憶都成了此刻引起痛苦的導火線。

中年醫生從實習醫生手上接過那把工具，一面在李太太膝蓋上敲着，一面又拿給實習醫生敲着，反覆一次又一次地……

慕平訂婚後服兵役那兩年中，如婕和如婷不知替她物色過多少優秀對象，只是如絮對人家一點誠意也沒有，那份冷淡把對方的心都凍結掉了，澤光表弟還慫恿她到美國去和澤民相處一段時日，也許她會發現澤民可以作她的終身伴侶。

「澤光你不懂得，哀莫大於心死，感情是最固執的東西，不是如你所說的可以替代，雖然我和澤民一直很談得來，但那也只限於朋友之間的一種談心而已，再說澤民根本沒有義務在我失落時給予補償。」

「但是哥哥喜歡你是不容懷疑的，雖然他曾拉攏你和李慕平，但是那是基於他覺得李慕平可以給你你所須要的，而且當時李慕平也一再表現得很眞誠，甚至是求着哥哥，加上你們兩家素來情誼深厚，哥哥才肯幫忙的。」

「那些都過去了，現在想想也只能當它是一段不成熟的感情，那時候我們都還小根本不懂什麼愛情，人總有長大的時候。」如絮強打起精神來保護自己，她最怕別人刺到她的傷痕。

「不，你別再自欺欺人了，李慕平沒人性，他騙了我們大家都好苦，以前我狠狠的駡過哥哥不應該把你交給那種人，哥還說他有才華，將來會帶給你享不盡的富貴幸福，其實都是些狗屁不通的想法。」澤光激動得駡起人。

「好了，我的事你別費心了，談談你自己吧！」如絮想轉個話題。

「既然你不願聽就算了，不過你去美國的事我們都贊成並覺得合情合理，也許你已忘了，從前姑媽嘀咕李慕平太外向怕將來你吃虧，哥哥總叫她放心，說將來李慕平不要妳時，妳可以嫁給他，當時雖只是戲言，但是哥哥說這話時是多麼眞誠的，我了解哥哥他一直希望你能得到更好更多的快樂，每封信都表示着無限的關懷及自責，他不回臺灣爲的是什麼呢？怕見妳，怕克制不了自己……」

「唉——」如絮一聲長嘆把那壓抑的情緒吐出，澤光早從醫學院畢業，正服役中，前幾天才收到他從花蓮寄來的信，雖沒再提到要她去美國的事，卻仍然一大篇勸解的話，不外是想開點，把自己生活領域拓寬等等，澤民實在也應該結婚了，早兩年就已拿到博士學位了，而自己呢？什麼都沒有只是年歲增加了，卻要那麼多人來替她操心。

「如絮——」方太太已坐起來了，叫着如絮幫她整理衣服。

「得照X光片。」中年醫師示意要她們坐回原來的椅子上。「我懷疑可能神經被壓迫到，王醫師，準備照X光片。」

「哦！前天來看腦神經科照過脊髓骨，X光片還放在醫院。」如絮開口說了第一句話，醫生們以奇異的眼光看着她，也許打從開始他們就以爲她是個啞巴吧！

「蜜斯張，你去把X光片借過來看看。」

診療室又回復了一片寂靜，只聽冷氣機呼呼的叫聲，及隔壁偶傳來的瑣瑣談話。方如絮把眼光又投向那實習醫生身上，不知怎麼她老是想從他臉上搜出什麼，也許她還執迷在那一份感情純眞部份當中，而根本無法承認它是變過質的了，而她現在所關心的只是這個王一龍是否也會成爲另一個李慕平，更重要的是，不要再有一個方如絮來重新啜飲一杯相同的苦汁。

X光片已拿來，放入桌上的顯像機內，醫生們圍過來指指點點，研討了一番。

「從片子上看這是一種叫做『椎肩盤突出症』。」中年醫師指着X光片上較突出的一節，或許在告訴方如絮母女，但又像在告訴那個王一龍。

「在第四、五節之間很明顯的突出壓迫着腿部的神經……在下面一點有些窄小，這就是『脊椎骨窄小症』……這種病因是經年累月的彎腰，挑重擔……不過病症形成的原因不一定……」

斷斷續續的討論終於告一段落；之後，醫生又繼續簽着病歷。

「那該怎麼治療呢？」方太太顯得好疲倦，方如絮問的是每次醫生診斷後，她最迫切想知道的。

「以後千萬別亂打什麼止痛針，多休息、平躺着不要彎腰，先做一段時間的復健，如果能把神經恢復到被壓迫之前的狀況，手脚就不會發痲了，要耐心的治療，這是屬於長期性的。」

「除此之外呢？有沒有其他可以根治並且快一些的方法呢？」拖時間的方法在方家已經不敢領教了。

「開刀把突出的地方剪掉。」醫生很嚴肅的看了她們一眼，然後鄭重的說：「不過開刀後的再發率也很高。」

從醫生生硬的語調裏方如絮彷彿又感到一種無情的宣判。

「這個處方到藥局領藥，明天起來做復健。」

就這樣方如絮她們走出來了，還想再問什麼，卻聽到護士在喊下一位了。

再度投入烘熱的空間，方如絮扶着方太太走向另一個等待中。

醫院來往的人仍然絡繹，在繳費處付過錢後，方如絮把醫生開的處方拿到藥局，換了一張領藥籤，再回到椅子上，她有如打了一場大戰，累得把整個人重重的摔進椅子裏，等她定神抬眼才看到那上面一個叫號與電子燈，正閃現出617，原來今天在她們之前，也有六百多人在此等待過了，想起拿出自己的號碼來看，很顯眼的黃紙黑字上印了三個6，如果她也學着來迷信這一套的話，那該把它想成六六大順。

一面胡思亂想一面手玩着小紙張，方如絮把紙很熟練的捲成一小卷，就像每拿到鈔票時她也總愛如此然後再把它攤開來，呈現在眼前的是一串的9，她眞的想到那首「9, 999, 999 tears」，曾經有人把它譯成流不盡的眼淚，自己怎麼一直扮演這個角色而不自覺呢？

視線又有些矇矓，也好正可以用淚水把眼睛洗一洗，會更明亮些，相信醫學上這也可以成立的，方如絮開始把視線移向那來來往往的人羣裏，好久了她不曾如此的去觀看有生命的東西，突然她心一縮……

「慕蓉——慕蓉——」方太太已先叫住匆匆而過的慕蓉。

「方伯母，方姊姊？」慕蓉臉色好蒼白，也很慌恐。

「你怎麼來這裏呢？誰生病了？」

「哦！我嫂子。」李慕蓉張皇失措心不在焉地答着。一時三人不知怎麼再接下面的話題。

「坐下來吧！」方太太拍拍旁邊一個空椅子。

「不了，我得走了，還得趕緊去找我哥……再見！」如絮木然望着慕蓉用跑的奔向門外，下了臺階坐進了一部計程車，消失在視線裏了。

方如絮和方太太各懷着心事等待着。

「這年頭女人動不動就以死來威脅丈夫。」後面傳來一個男人粗糙的聲音。

「男人有幾個錢就跩了」另一個女的馬上回了一句。

「剛才我們在急診室看的那個自殺的女人就是——」一個走過來尚未坐穩的中年婦人，一面喘不過氣來一面報告着她所探訪來的獨家新聞：「成功路李外科的太太，圍了好多人在看哩！」

方如絮幾乎要摒住呼吸，方太太似乎沒聽見依然斜靠在椅背上。

「聽說李外科和醫院的護士搞戀愛，他太太把那護士辭掉，李外科打了她兩個耳光，大概一時想不開，吃了一大瓶安眠藥……」

方如絮突然覺得心頭鬆了一口氣，那塊重壓在心口的石頭放了下來。

「唉——」方太太長長嘆了一口氣，其實她是很少嘆氣的。

「坐累了嗎？要不要起來走一走呢？」

「不用了，晚上你寫封信問問澤光該怎麼辦，順便讓他有空到臺東看看如健，剛分發到那兒不知道過的習不習慣。」已經好久沒給澤光寫信了，是該提筆了，主要還得要告訴他自己已明白了「病症」，而且也接受了他的「處方」。

那是澤光在考取醫師執照後所開的第一張處方：

「醫術未臻高明之前，未敢任意處方，不過姑且一試，或可略作助益：

本大夫第一劑名喚：忘懷既往開心丹。

用法：內外兼服，不可或忘。

服藥須知：無副作用，服後即盡棄成見，多服多益（如婕和如婷該可以幫上忙的）。

注意事項：千萬不可否認愛情是可以有第二次的到來，不管那個他是阿土、阿水或者張澤民，只要不是叫李慕平。」

雖然是帶玩笑性質的方子，但如絮知道澤光的態度是嚴肅的，這時候她也願以嚴肅的心情服下這一劑「藥」。

電子燈已打出了660的號碼，方如絮精神一振走向前擠在那堆人羣裏。在她把藥領到手時，除了願重新對這袋藥寄予厚望外，似乎也深深期許自己內心裏那無形的病痛能獲得療治。

當她們走出這一排落地玻璃門，迎來的是夕陽餘暉夾着深秋的微風，拂面吹來輕輕地流過全身，那座人工造的噴水池反映出一片火紅，不知何以眼前的色彩變得這般綺麗，有點像四維街看上去的夕陽景色，又彷彿是不曾見過的景緻，這是一幅全新的畫面。但至少她有點感覺自己的心開始起步跳躍了。沒有再往後面看，那醫院漸漸被脚步抛在遠遠的一方。

阿法的男朋友

第一次見到阿法的男朋友是在高二那年的寒假。

阿法本名叫林玉華，向來大家都叫她阿華，後來聽數學課那位口齒不清晰的數學佬常常「α、β、γ」的搞在一齊，往往只能聽清楚一個「α」；不知道從誰開始乾脆把數學符號「α」拿來取代阿華，大家便習慣地把她喊成「阿法」了。

一學期來阿法不時把她的男朋友掛在嘴上，我一直在猜想那應該是一個什麼樣的英雄式人物？有着俠士的豪情？文人的風采？還是比阿坤帥過一千倍的男孩子？否則怎麼阿坤從小學送鉛筆，初中請看電影，一直到了上高中還會寫情書，而阿法就是無動於衷？偏偏對才認識半年多的阿三竟如此瘋狂、如此崇拜，而且還言聽計從的。她甚至可以在假日拚着挨她老子——阿火伯的罵，而一點也不想在她那可愛的家呆上半天。

我們這羣死黨，經不起阿法的三分誘惑七分邀請，終於一放了寒假，各向阿爸阿母編了一套沒有漏洞的理由，然後一大早搭車前往嘉義，爲的是去鑑定阿法那位神秘的男朋友阿三仔。

輾轉換了幾班車，終於嘉義市展現在我們眼前，給人的是一種古老而破舊的味道，或着說是落後吧！總之眼睛上有着蒙上一層灰的感覺。

在火車站的驚鴻一瞥，就沒有留下太好的印象；還記得，我們所要探訪的目標竟只是一個乾乾瘦瘦地、黑黑矮矮地老實說眞是個不出色的傢伙，這種感覺倒是和初見嘉義市時那種感覺有幾分相像。我還在納悶阿法的眼睛是不是被牛屎黏住了？要不然就是阿嬤常講的「頭殼破一個洞」，後來娟仔還說搞不好她是中了什麼蠱哩！

阿法匆匆的把小琴、阿貞、娟仔及我介紹之後，才告訴我們說：「他就是阿三啦！」那模樣有些像嬌羞的新娘子。順着阿法的手一指我多瞄了阿三一眼，我看到了那微笑是嘴角牽強地往上一拉，在一邊的腮上擠出了幾條弧形的紋，這該列爲「皮笑肉不笑」式的吧！看電視劇那個歹人就常常是這付德性，一聲「嘿！嘿！」並露出一排大黃牙，可惜阿三沒露出牙齒，否則我就可以看看他是不是也有一副滑稽的「兩齒」，或者討厭的大黃牙。

當大家都還停留在「鑑定」的階段時，只見阿三一把拉過阿法，朝前走了幾步，也不知說了些什麼悄悄話，又比了一些快動作，然後掉頭就走。

望着他那奇異的面貌和短趴趴的外形，我差點沒笑出聲來。穿在他脚上的拖鞋敲出了極不和諧的怪聲，噼噼拍拍有一下沒一下的打着節奏，就這樣一搖一晃大剌剌地消失在火車站前廣場的人潮裏了，都還沒來得及把他的影子裝入記憶，這一幕就草草地結束了，宛如是一場快動作的電影畫面，一下子又回到原來的景象，總覺得有點莫名其妙，更加添幾分的惡劣感，眞是醜人多作怪！

阿法歉然的雙手一攤，做出「莫法度」的表情說：

「阿三仔有一個兄弟被人打傷，不知是那一個『角勢』的人，他必須去調查，所以不能帶我們去玩了。」

「無所謂啦！我們自已隨便逛逛好了。」我快快地回答。反正謎已揭曉了，要看的人也看過了，管他阿三或阿四。

「阿三仔叫我好好帶你們到觀音瀑布玩，諾！五張『青仔叢』够我們好好玩它一天的。」阿法手上搖晃着那五張嶄新的百元大鈔。

「好棒哦！我們趕快走吧！」阿貞迫不急待的催着大家起程。

這一個很够氣派的招待，使我們暫時忘了剛才的那一幕不愉快。

儘管對阿三的印象不佳，但玩興絲毫沒被影響依然很高昂，步出車站後，我們很氣派地五個人硬擠上一輛計程車，耍了不少嘴皮子，才叫那司機阿伯點頭答應了。一路上我們有着戰勝的快感，不過我卻有些遺憾未能坐上嘉義市的三輪車遨遊一番，想想多久沒坐三輪車了，那滋味一定另有一別。

在車上，阿法迫不急待地從前座轉頭過來問：

「你們覺得阿三仔怎麼樣呢？」還直拉着小琴的手臂，差點沒把她的袖子給扯下來。

「哼？標準的迌迌人型（不務正業的人），我不欣賞。」小琴心直口快以不屑的表情道出她鑑定的結果。

阿貞一向最怕聽到別人不中聽的批評，連忙搖着她的小手：「無影啦！無影啦！小琴最喜歡黑白講的他很好嘛！」還踢了旁邊的小琴一下並狠狠地瞪了一眼，低聲的罵了一聲：「你少亂批評！」

阿法不是沒聽到小琴說什麼而是看得很開，她是很能滿足於現狀的人，而且從不看今天以後的任何事，一點也不在乎小琴的提醒，還很樂觀的直點頭說：「對！對！他是很會玩的人！」然後把視線投向娟仔，徵求意見。

從剛一見到阿三起，娟仔就一直綳着臉，抿緊嘴，表示她對阿法的交友不愼極爲不悅，以這種無言來抗議她的不滿。娟仔最恨這種小琴口中的「迌迌人」，因爲她哥哥就是這樣遊手好閒的人，娟仔很瞧不起，根本不找他講話，偶而拌嘴卽會爆發一場大戰，她總是口口聲聲地罵：「社會的敗類」「家門的不幸」，她常對我們講大概她父母前世打破人家的米缸，這世才會生一個這樣的孽障，閒談之際還咬牙切齒，氣憤不已。

從小孩子時代，娟仔就是我們心目中的頭，她的話最具分量，當年她就不太贊成阿坤追阿法這樁事，所以這年來阿法也沒敢太理阿坤。阿法見此狀況，像是及時領悟到了什麼，趕緊壓下那股子興奮之情，不敢再多問了，因此被夾在中間的我也就輕易躲過了這關追問。

「謝天謝地」我在心中默唸了三遍，此時心境像是放下了一個千斤重石，輕鬆的喘了一口氣，我眞不知要如何婉轉的說出我內心那種「不怎麼樣」的印象，又害怕潑人家冷水，尤其對熱情如火的阿法，又於心何忍去點破她那份美夢呢？

偷偷地瞧阿法一眼，她仍然是那付自得其樂的神情——悠哉！悠哉！還嚼着口香糖哩！好像根本忘了娟仔那付晚娘面孔，眞是搞不過她。

就在沉悶的氣氛中到達了觀音瀑布，一點也沒有想像中那種一瀉千里的壯觀，不過倒是有幾份像西班牙國家廣場上那小男孩的小便。

踩着舖滿大石頭的山路，接着上了一座石梯，又走了一段彎彎曲曲的上坡狹路，一直往上爬着，大家氣喘如牛，方圓幾里間不見人影縱跡，沿途樹林密集，沒有一絲陽光射進來，彷彿置身在鬼故事的深山叢林，有一股淒涼陰森的蕭瑟感，不由得心中泛起一陣冰涼的恐怖，盲撞前行了一段路之後，也不知誰先提議向後轉的，五人一行又沿着原路折返下山，來到一片亂石堆，不管三七二一地捲起褲管，脫去鞋襪，沒命地把脚泡在潺潺的流水中，有種沁涼的快感掠過全身。

「哇！好棒哦！」阿法滑向流水中突出的巨大石塊，雙手一伸做出擁抱大自然的「U」字型，這是她的註册商標。

「別演戲了，那是石塊，不是戲臺，少裝腔作勢，當心摔個半身不遂，你的阿三哥可不要你了。」娟仔終於憋不住嘴講話了，原來緊綳的臉鬆了下來，那層凍死人的冰霜也隨之溶化。

「哇！大地春回，雨過天晴，金口大開，嗯！還有呢？……」阿貞最喜歡用形容詞，不過氣氛也就是要靠這種人來沖調。

「阿貞，快把『卡麥拉』拿來，爭取最佳鏡頭，快點！」小琴又要表現一手了，瞧那姿態眞不是蓋的，正宗的攝影師也不過如此而已，照像是小琴除了講話損人之外唯一的本事，而 Camera 也是她所能賣弄的有限英文單字之一。

女孩子郊遊總不忘帶照像機，不管自己是不是上相，或是醜八怪一個，當對着鏡頭時，就高興地手舞足蹈擺出職業模特兒的姿態，難怪唸大學的表哥就常以不屑的口吻說：「哼！要追女孩子嘛！容易得很，只要你帶個照像機在校園，繞那麼半圈，包準吊上一打。」我想也只有小琴這樣的人才會被吊上。

在小琴猛按快門，我們也一張一張的猛照之後，又踏上歸途。

再回到嘉義市內，已過了中午，肚子早已發出求救信號，大家顯得一片懶洋洋，像打了一場敗戰似的拖着一身疲憊。坐在車站的椅子上，活像一羣歷盡滄桑的流浪人。

阿法打了電話找阿三來帶我們去吃火鍋。

這回阿三沒有趴趴地走過來，卻騎着一輛一百五十西西的速克達，我看不出那會是阿法口中所形容的，像羅馬假期中那勞勃泰勒所騎的樣子——棒極了、威風凜凜，倒是有點像猴子騎馬，笑死我了。不過阿三眞是够朋友，又請吃飯，又請看電影，然後帶我們去喝咖啡。

那是一個燈光昏暗的屋子，有着好舒服好鬆軟的沙發，走道旁還擺了一大盆樹樹草草的，眞有那麼一回事。人往沙發一坐下來，斜靠着微躺身，實在不想再起身了，加上好柔好柔的音樂，把整個心頭盪漾得亂「羅曼蒂克」的，嘖！眞想睡上一覺，一定會做一個有白馬王子的美夢。

當我把思緒拉回到眼前，再仔細觀望阿三，不甚明亮的燈光閃爍着，黃黃紅紅的，在偏斜的角度之下，那略似三角的臉龐，有着一雙不太調配的眼睛，很挺的鼻樑架在一個中型嘴巴的上面，如此完美的個體，怎會組成這麼一張不堪入眼的臉孔呢？也許只因爲他的名字叫做阿三吧！

穿着拖地長禮服的小姐拿來帳單，只見阿三在那上頭，鬼畫符似的簽帳。聽阿法說，這是阿三學自他那偉大企業家父親的唯一本領，曾經有過因亂簽帳，把他老母氣得躺在醫院三天的不良記錄，不過也因此在家中領得簽帳執照，阿三得意的在阿法面前拍胸膛大言無愧的表示：「這叫做天下要自己打。」

阿三給阿法很够面子的招待我們，享受了一天高級的生活然後恭送我們上車，在車站的那一刻阿法還差點演出淚洒月臺的感人場面。當車子飛馳在石子路時，顚簸的搖晃裏把我們帶入一整天的陶醉迷茫中。

第二次見到阿三，是半年以後了，在車站前面的電話亭邊。

那天早晨上街經過車站，迎面突然有人喊我，順着醒目的紅色電話筒，仔細一望，那個略熟悉的面孔急忙靠近我身邊：「我是阿法的朋友。」一付垂頭喪氣的表情，代替了印象中的神采飛揚。

「我知道你是阿三。」

「我們吵架了。」說着說着又低下頭玩着手指，嗯！那似乎應該是一雙彈鋼琴的手，或者繪畫，怎麼也搓起麻將來？還會把人揍出鼻血來哩！

「阿法回家以後好多天沒去嘉義了，我來找她的。」阿法心目中的阿三哥怎會飾演如此頹喪的角色呢？

「我知道你們吵架了。」他們在學期結束那天鬧翻了。前天聽阿法說，結業典禮後，他們去看了一場電影，只因有個小男生多瞄了阿法一眼，吹了一聲口哨，阿三卽出手打人，阿法罵他沒風度而後兩人吵起來，阿三又是一拳揍過去，正打中阿法臉上，頓時鼻血如注，痛得阿法當場哭出，跑回家來。

「我在這裏坐很久了，一直沒見阿法出來。」赫？阿法蠻有志氣的嘛！竟讓她心目中的英雄苦等多時，這個懲罰是應該的，看以後還打不打人。

「拜託你幫我叫她出來一下，我有話告訴她。」聲音低得像蚊子在叫。我心想他居然叫我幫忙，那我算什麼呢？要是讓娟仔知道，一定會狠狠地罵我一頓，說不定還會開除我「黨籍」。

也許阿三是來向阿法道歉的，冒個險幫他的忙也是理所當然的。「好吧！不過她出不出來我可不敢保證哦！」

「會啦！會啦！放心，她一定會來的。」看他雙手合着不斷的搓磨着，加上略駝的背，眞是有些落魄的令人起惻隱之心，不過我都不知道阿法肯不肯來，他竟這麼肯定，不是有自大狂就是打腫臉充胖子。

「對了！千萬別讓她二哥知道我來找阿法。」原來他也有所顧忌的。阿法的二哥曾經警告阿三不准和阿法在一超，否則叫他吃不了兜着走。

我義不容辭的把阿法叫出來之後，竟有些後悔，我不知道自己是在積陰德，或是造孽？

唉！類似的吵鬧打架太多太多了。

不久前阿三還用衣架打得阿法整個手臂青腫淤血，娟仔看了，火冒三丈高，要阿法立刻和阿三一刀兩斷，否則將來恐怕還要上石膏，入院呷！

阿三也許因其貌不揚自卑感作祟，所以醋桶特別大，當阿法接受其他男同學的邀請，他就大放殺人放火的厥辭，曾經有個男孩子請阿法看電影，他揚言要挖掉那個人的眼睛，嚇得再也沒有男孩子敢對阿法有一點點意思了。

聖誕節，阿法偷偷地跑去參加 Party ，也不知道怎麼傳到他耳裏，連着帶阿法沒命的跳了一星期通宵，直到阿法求饒，他才說：「好了，是你自已不跳的，以後再讓我知道你跟什麼人跳舞，當心我打斷你的腿。」

我們着實爲阿法操過不少心思，有委屈她也總找我們幾個來訴苦，卻偏偏她是個沒記性的人，說什麼她也沒辦法跟她那阿三哥斷了。哎呀！她活該嘛！替她瞎操個什麼勁，我還得好好來過我自己的暑假呢！把那些擔憂的思緒一脚踢開，再見吧！庸人自擾。

當暑假快結束時，一個悶熱的晚上，阿法跑來找我，當時眞把我嚇了一大跳，原來白淨淨的俏姑娘，怎麼變成一塊黑木炭，她也不等我有發問的機會，拉着我就急忙要去找娟仔她們。失蹤了整個暑假的阿法，一回來就沒命地催着，要我們來聽她的「臺北行」。

原來暑假一開始，她就被阿三「挾持」到臺北去了，享盡高級繁華生活圈的各種玩意兒。

阿法滔滔不絕的大談她的「阿三哥與阿法遊臺北記」，我們四人在阿法面前變得好土氣，什麼都沒見識過。人家阿法打過保齡球，說起舘子朗朗上口，還有溜冰也頭頭是道哩！我們成了十足的鄉下土包子，彷彿是在聽「愛麗絲夢遊仙境」。

「西餐要一面吃一面用刀子吧，我從來沒吃過到底怎麼用嘛！」阿貞最喜歡問些廢話，誰像她那麼土啊！

「我才不用刀子哩！只要用叉子把牛排叉上，就可以咬着吃嘛！」多沒面子的問題，我眞替阿貞難爲情。

「阿三駡我土，我覺得這樣方便嘛！用刀子一切一割，萬一掉到地上那就沒得吃了，多可惜呀！」

「阿三教我打保齡球，一局二十塊，有二十個球，一個一個丟，好好玩哦！一個晚上都要花好幾百塊哩！我總是清水溝。」阿法一面說一面做出那動人的姿勢，我不知道什麼是「清水溝」又不好意思問。

「哇！那手這樣一丟就一塊錢了嘛！」阿貞兩隻眼睛睜得像龍眼那麼大，嘴巴成了O型，眞是的！一塊錢算什麼嘛！沒水準！

「你們坐過雲霄飛車嗎？」

「什麼飛車？」

「就是架的好高的鐵架上面有車子在跑，好快好快，然後一個急轉彎，好刺激哦？」說着說着又是中指大拇指一搓「唰」的一聲。

「那麼刺激的車子，我有心臟病就不能坐了！」神經病，有心臟病的人還想坐那種要人命的車子。

「是啊！我都緊張的流了不少口水，阿三仔還說我是膽小鬼。」阿法口沫橫飛地追述着，似乎還心有餘悸。

「阿三也帶我去溜冰，摔得我膝蓋、屁股疼好多天。」

「溜冰啊！在冰上一定很涼快，好棒喔！」阿貞雙手拍着活像一隻小猴子上搖下擺地。

「沒有啦！是在水泥地上滑着，才不好玩，阿三說冬天去合歡山才棒哩！一片都是白色的雪，還會發光，好漂亮哩！寒假我們一齊去好了。」我可不敢領敎了，上回到觀音瀑布被阿嬤知道，駡死了！說我犯水不能到有水的地方，還到廟裏祈了一大包爐丹給我化噩運，如果再到合歡山那一片雪，讓她知道了不把廟裏的王爺都請回來才怪！

「咦！那和我們的鹽田一樣嘛！一大片都是白色的，太陽出來也會閃閃發光，可惜那上面不能溜冰！」

「……」

「……」

就只聽阿法和阿貞，兩個一問一答的。

小琴好像在打瞌睡，娟仔卻是一付不奈煩的陰天相。我想，明年暑假無論如何一定要表哥也帶我去臺北一趟，否則眞的守住這個小鎭會土死的。

那晚的談話也不知怎麼結束的。依稀中走出娟仔家大門，他哥哥瞪了我們一眼，這是每次到娟仔家所必須接受的送別式。

開學之後，阿法沒再回嘉義上學，她阿爸不准她和阿三那種退迌人在一起，一定是她二哥告的狀。把她留在家幫她大嫂餵鷄，她氣的整天跟她阿母大吵大鬧，還不時的偷跑到嘉義找阿三，每次都是她二哥去把她捉回來的。

而我則再也不敢去阿法家了，阿火伯一見到我總要為上次我把阿法帶出來見阿三的事生氣，每次阿火伯去找我阿爸喝酒，我都躲在屋裏不敢出來，深怕他見了我，告訴阿爸那件事，我就遭殃了，阿爸一定會罵得我狗頭噴血的。萬一也像阿火伯一生氣就不讓我唸書，那才叫做平白無故飛來一身橫禍。

不久聽阿貞說阿三叫媒婆來阿法家提親，被她阿爸拿掃帚趕出門。鬧得廟埕人人議論紛紛，風風雨雨的好一陣子，老一輩的罵阿法大逆不孝，敗壞風俗，年輕人則說阿火伯太固執太不通人情……。我們始終沒再見到阿法，倒是又在車站前那個電話亭邊看過幾次阿三，都是一付失魂落魄的樣子。

以後每次走過阿法家，都看到她大嫂在餵鷄，阿火伯蹲在一邊抽煙，嚇得我連走過去都不敢，而改從另一條路繞回家。

如今已事隔多年，當我再回到小鎮來，一切都在改變中，昔日遊伴都不再屬於這個小鎮的人了。再走過阿法家那種心情，已不再是戰戰兢兢地，也不必躲躲藏藏地，那曾經害怕過的心已消失，代替的是內心油然升起的一股惆悵與疑問。

聽小鎮的人說阿法在前年嫁人了，就一直沒再回來過，我不知道阿法的丈夫是不是她的阿三哥。

天送嬸選媳婦

天送嬸才把她的大女兒嫁出門，連呼「嫁個查某子較慘遭賊偷」。逢人就說：「查某子賊」、「查某子賊」。她的女兒秀珍連她藏在箱底的兩條項鍊，都挖去當嫁粧，出嫁那天說忘了買圍裙，把她厨房在圍的那條也帶走了。

忙完女兒的婚事，接着生了一場不算小的病。也不知道是忙得累出病來，還是爲女兒那全套嫁粧花去她一半積蓄而心疼出病。總之，她確實躺在床上好一陣子。

南彎勢的人嫁女兒一向以嫁粧豐盛出名。做父母的都特別慷慨，只要女兒想得出的東西，他們省吃儉用賣老命也得想辦法去買回來。傳說以前他們南彎勢有個女孩嫁到外村去，三朝回門那天，女兒哭着告訴她母親嫁粧不齊全，婆婆不高興。家人說所有買得到的東西都陪嫁了，到底還缺什麼呢？女兒說：娘啊！你忘了，沒替女兒準備抹布啦！早上起來不能擦桌椅。這個傳說的笑話一直流傳在南彎勢，現在仍然有人在談論。所以天送嬸咬緊牙關、勒緊肚子也得風風光光的把女兒嫁出去。

說起天送嬸在南彎勢是無人不知無人不曉。甚至有人說不識天送嬸的囝仔飼不活。南彎勢的男男女女婚嫁幾乎都是由她一手承包的。自從她的丈夫林天送去世後，她就正式掛起牌從事職業媒婆這個行業。起先是爲了生活，後來簡直是欲罷不能，年輕人都說天送嬸已經得到了職業病。當職業媒人至今也有二十年了。

二十年裏她到底撮合了多少對夫妻，連她自己也沒辦法清楚的數出來。不過最保守的估計平均一個月至少在一對以上，因爲打從她做媒人起，幾乎每個月都可以吃到麻油鷄酒。每對夫妻在婚後生下第一個男嬰滿月時，一定要送一隻麻油鷄酒給媒婆吃，以示感謝她的撮合。天送嬸就靠這些麻油鷄酒把她原本瘦小的身軀養肥的。這些年來她的體重直線上升，連她女兒也跟着吃得臉色紅潤，南彎勢的少年仔背後都喊她「桃花面仔」。

如果南彎勢的孩子滿月，天送嬸還會被邀去吃滿月酒。這時候她就使出她的看家本領，也是人家爲什麼喜歡邀請她去吃滿月酒的原因，她會抱着小孩到門口埕，一邊追着埕口的鷄，一邊用竹竿打地，還唱着那首她祖母教她的歌謠：

鴟鴞，鴟鴞
飛上山，

囝仔快做官！
鴟鴞飛高高，
囝仔中狀元！
鴟鴞飛低低，
囝仔快做父！

天送嬸最大的本事除了會做人的媒人外，偶而她也會客串一下人鬼聯婚的媒人。這門大學問她二十年的經驗已訓練出應付自如。雖然她專辦喜事，但是南彎勢的人不管婚喪喜慶總留有她一份，因爲她會講許多吉利話，尤其在別人不小心講錯話時，她也能適時的補救而化無事。因此她被愛戴受尊敬的程度不亞於村長先生當老師的小兒子。

天送嬸女兒剛出嫁，兒子就從軍中退役回來，她病懨懨的身子也因此轉好。當她可以走動時又開始到處奔波了，這次的串門子倒不是爲賺取媒人禮，而是忙着替她兒子到處託人找個職業。

林天送去世時，留給他老婆的就是那一男一女。女兒長的粗枝大葉，頭髮剪得短短的，許多人從後面望去都會猜測這個男孩子怎麼穿女孩的花襯衫。兒子是一副弱不禁風的書生樣。她多麼盼望兒子能像她丈夫強強壯壯的，可惜天不從人願，她常埋怨道：猪不肥反肥了狗。

天送嬸心疼兒子身體不好，晚上又要唸個夜間部的大學，所以爲他的工作，她着實費了不少心思。靠着她當媒人的本錢——人頭熟到處拉關係，但她有太多的要求往往都談到一半卽打退堂鼓。不過她兒子總算有出息，通過了基層特考分發到鄉公所當村里幹事。這時候天送嬸才鬆了一口氣，比做媒人把新娘娶回來送入洞房時的情緒更輕快。

兒子的工作有着落後，她又開始注意南彎勢適婚年齡的男男女女。也常趁着兒子出去訪問時搭個便車，到其他村子去留意物色。她總是很失望的回來，不是人家早已有愛人了，就是還不想談婚嫁。

有好長一段時間，天送嬸沒有穿梭在婚禮上大展身手了。她常對着別人埋怨怎麼現在的人都不想結婚了？

下午剛下過一場雨，鄰村的阿財仔踩着濕濕的爛泥巴，送來一大盤油飯和麻油鷄酒。天送嬸很滿意，阿財仔的油飯裏蝦米特別多，那隻鷄又是正宗的土鷄。其實阿財仔的媒人並不是她做的。

去年天送嬸到鄰村去替王家完聘，路過阿財仔家，正好阿財仔的女人抱着孩子在外面，天送嬸走過去，看那小女孩長的蠻清秀的，就是口水直流不停。她順手在小孩的嘴上擦了一下，並唸着：「收涎收離離，明年招小弟」，果然上個月阿財仔得了一個兒子。阿財仔已連生了四個女兒，他母親幾乎都變了臉色，因天送嬸吉利的言語替他招來兒子，他感激得只差沒跪下來磕頭。自從兒子一出來，他逢人就稱讚天送嬸的嘴比王府千歲還靈。

天送嬸母子吃着油飯當晚飯，這天剛好她兒子沒去學校，她心血來潮把正在看報紙的兒子拉過來和她聊天。

「朝明，和你們在一起唸書的同學有沒有比較適合的人選呢？來介紹給金火伯的小女兒素琴。」天送嬸曾經看到兒子班上的同學去烏山頭郊遊的照片，裏面有許多年輕人，因而常常會問兒子班上是否有可以讓她做媒的人選。

「哎呀！阿娘，你別打這些人的主意了，人家現在的大學生才不興這一套哩！」每次朝明總是勸母親打消替他同學做媒的念頭。

「大學生不是人啊！總要娶妻生子，這是人生大事呀！」

「可是人家自己會交女朋友的，用不着媒人插手啦！」朝明點起一根煙，斜靠在籐椅上，原本已經不夠高大的身體，這時候縮成一團，他很珍惜這個沒上學的晚上，難得今天因爲教成本會計學的教授到臺中參加一個座談請假，剛好他又沒其他課，所以停一個晚上任他逍遙。

「眞不懂唸書不好好唸，交什麼女朋友。現在的囝仔愈來愈不聽父母的打算，只顧自己高興，這成何體統呢？朝明啊！你得聽阿娘的話別學那些人。」天送嬸一直很不贊成這種自由戀愛的風氣，也不全是因爲影響她的飯碗。而是她認爲媒妁之言才是正當的，名媒正娶的婚姻才是理所當然的，而最主要的是她看過那些自己戀愛的人，老是挺個肚子穿新娘禮服，她很不能接受這種所謂的「雙喜臨門」。她常會說時代在變了，從前的人結婚都是奉父母之命，而今卻一個一個的奉兒女之命。

「唉！」她逐漸感到時勢大不同往昔了，連這麼莊嚴的人生大事，都被馬馬虎虎的任意更改

形式，想想二十年前的人那一個不是照規矩來的，八字、送定、完聘……那一樣也不能少的。

「阿娘，我看做媒的事你就停下來吧！這種職業已經被時代淘汰了，反正家裏現在也不必靠你再去賺錢了。」朝明緩緩的吐出一口煙，他喜歡這樣斜靠着椅背悠閒的抽根煙，平常忙着上班上學實在沒辦法如此享受。

「囝仔人抽什麼煙，傷身又費錢。你老父在生就常說那些吃煙吹風的人是第一憨，你啊！好的沒學，壞的倒染滿身。」天送嬸嘴裏雖然嘀咕着，但她從來沒有不許兒子抽煙。以前她當媒婆在婚禮上的長壽煙，她總是三包兩包的往自己的袋裏塞，甚至新娘新郎打開放在盤裏一根一根的散煙，臨走時她也會抓一把包在手帕裏，帶回家用盒子裝起來讓兒子慢慢抽。

「阿娘啊！現在的人根本不必再靠媒人介紹，因爲他們生活圈比較大，社交活動多，男女在一起機會多自然會互相認識，所以媒人就不是重要的。但是如果他們要結婚還是須要你去當現成的媒人。你身體也不太好就不要再到處奔波了。」朝明輕聲細氣的說出一番道理。

天送嬸自從兒子一番苦心勸告後，她果然不再特意去到處替人物色撮合費唇舌。事實上她停下工作也是情勢使然。就以他們南彎勢來講，女孩子國中畢業到鎮上的工廠做事，交交男朋友不到三年五載就嫁出去了，根本用不着她的介紹。男孩子到外地工作一陣子，回家省親身邊就會多一個女的，有的甚至都結了婚，所以天送嬸的行業似乎已漸式微了。

有一個時期天送嬸很不習慣這種沒心理準備的改變，常常一個人坐在屋裏長吁短嘆的，怨這羣孩子太不懂事了，怎麼可以自己隨便決定終身大事，簡直開天下的大玩笑嘛！更不應該的是做父母的竟然也同意這種草率的婚姻，多麼不倫不類，完全喪失做父母的尊嚴。她甚且爲了人家不再須要靠她來介紹就能結婚，而感到相當不自在。有一種被遺忘的落寞感經常的鞭笞着她。尤其是當別人在進行婚禮而她沒被邀請留守在家中，那種滋味簡直叫她不但感到氣憤，甚至會由衷泛起一絲悲哀。

天送嬸覺得很沒有面子，連她最要好的老妯娌阿清嬸的女兒也是自己去戀愛的。阿清嬸把女兒的禮餅送來時，她還一臉臭臭的，並數說了阿清嬸一頓，怎麼可以讓女兒「跟人家跑」。不過現成的媒人請她做，使她感覺到又重獲得大衆的重視。又賺了一大包媒人禮。當然往後只要他倆生得出兒子，一頓麻油鷄酒是少不了的。想到這裏她安心了不少，氣也消了一半。反正婚後她們夫妻婆媳合不合得來，概與她無關，再說媒人也只包領入房，不包領一世人的。

漸漸地，天送嬸也能適應眼前四周的大改變。偶而被請去當現成媒人，也能滿足一點她當婚禮靈魂人物的慾望。紅包也不減當年賣力所賺的，隨着物價上漲，媒人禮也不斷在調整中。天送嬸在心裏合計着，這種現象也不錯啦！從前兩脚跑得幾乎要斷掉了，現在則輕輕鬆鬆的把新娘迎回來，同樣的賺紅包、吃麻油鷄酒，如此也就沒什麼氣好嘔的了！

不過到處跑慣了，要她呆在家還眞不習慣，而且一個人守着空房子也怪寂寞的。不久，南彎勢的人又說天逡嬸生病了。醫生也看不出什麼毛病，只是叫她把心放寬。

天逡嬸女兒出嫁後，兒子也有自己的工作，家裏只剩她孤伶伶的一個人。倒是阿清嬸常去看她。這天阿清嬸搖着她肥胖的身軀來看她的老妯娌，一進門看見天逡嬸一副病容，精神萎靡不振的在飯桌邊吃飯，她也拉了一張椅子坐過去。天逡嬸平常除了出去拉媒人生意外，就是留在家洗洗刷刷的，棕色的桌椅早叫她刷成白色了。

「你吃的是中飯還是晚飯？」阿清嬸是剛睡過午覺起來的，外邊日頭還是赤炎炎的，既過了午飯時間，離晚飯也還早哩！

「唉——今天不太舒服，躺着就不想起來，沒煮也就沒吃，剛才秀珍煮了一碗猪肝湯提回來叫我吃。」天逡嬸臉色有些菜黃，頭髮沒有梳也沒染，白頭髮一根一根的夾在略紅的頭髮裏，顯得更蒼老。那半排自動假牙沒裝上，面頰陷了下去，下巴顯得更尖，連講起話都有些漏風。

「我說你最好趕快給朝明娶個媳婦，像你一個人病得這麼嚴重也沒人照顧。吃也不像吃，都過了中午你才吃第一頓，這怎麼行呢！太傷身體了。」阿清嬸不忍心看她的老妯娌這副病態。把椅子拉得更近一些，替她把散亂遮着臉的頭髮攏到耳後。

打從朝明回來，阿清嬸總是勸天逡嬸快快替朝明找個老婆。娶媳婦來照顧自己，早點抱孫子也好使家裏熱鬧些，尤其是她剛嫁女兒時，常聽說秀珍挖走了她一半財產，阿清嬸就叫她也娶個媳婦救救本。

「古早人說：娶妻書不讀，嫁夫腳不縛。朝明還在唸書哩！太早娶妻會分心的，就枉費考那麼多年的大學。」她也不是不希望早娶媳婦早了一件心事。自從丈夫去世她就巴望兒女早日長大成人，她已替女兒找到歸宿責任已完，如能讓兒子也把妻子娶回，那她丈夫留下的責任她就完成了，也沒有牽掛了。但是她又不得不顧及兒子的學業。

「總不能只爲他唸書打算啊！娶個媳婦回來孝順您才實在啦！至少你也不必三更半夜還要替他開門煮點心。」阿清嬸不知前世積多少德，兩個媳婦是出了名的孝順。她一直要天送嬸也娶房媳婦回來，像她一樣享受媳婦的款待，好好過下半輩子。

「朝明年紀還不大，不急！反正秀珍也會常回來看我的，過陣日子再說吧！」天送嬸安慰的說。

「別妄想了，不孝媳婦三頓燒，有孝查某子路裏搖啦！你想靠女兒三日一小鍋，五日一大鍋，我看你不病死也要餓死的。我是過來人，我那兩個女兒娘長娘短的，可是一年到頭難得回來幾趟，那能像媳婦天天端燒端冷的。」

人家說嫁出去的女兒潑出去的水，天送嬸是比誰都清楚。女兒再孝順也不能纏留身邊，再說秀珍一回來就是一個背一個拖的，她看的也難過。替朝明娶妻也許可改變一下自己目前的處境，畢竟家裏也太冷清了。她被阿清嬸說得有些心動。

阿清嬸答應幫她留意一下合適的女孩，事情就這樣決定了。天送嬸心裏又有得翻騰的，似乎好幾夜都失眠，整夜反覆思索未來媳婦的模樣，努力的想那一家有比較合適的女孩。這種心情和當初在替秀珍找丈夫一樣，不斷的磋磨又磋磨，算計又算計。媳婦是要和自己共同生活後半輩子的，必須愼重選擇。既要能合朝明的意也要自己中意的，這非得下番功夫尋找不可。她想憑她二十年的媒人經驗是不難找個好媳婦的。別人都稱讚她是個好媒婆。

雖然身體還沒完全康復，但阿清嬸來告訴她已有一個合適的人選請她去看。對方是在果菜市場當會計，天送嬸精神抖擻的忙邀阿清嬸帶她去偸偸看一眼。她所持的理由是，她當了二十年媒人，眼光是絕對可信任的，好壞逃不出她的媒人眼。於是兩人一大早就跑到市場轉了一圈。就在市場那個門口，阿清嬸指着一個穿長褲的女孩，天送嬸拉着她要走近一點才看得清楚。這樣她們又故意繞了一大圈，經過那女孩身邊，天送嬸的眼光集中在女孩身上不放，女孩子的五官總算讓她看够了。不過她懷疑這個女孩子是不是那種腿細細的「鳥仔脚」，否則大熱天穿長褲幹什麼。她很忌諱腿太瘦小的女孩，說那是不易生貴子的。事後朝明笑着說：其實現在的女孩再瘦弱也比林黛玉強的，沒什麼不會生「貴子」的啦！

接着阿清嬸又替她選了兩個女孩子，朝明連看都沒看一眼，也都在天送嬸的初審時被判不及格。「鳥仔脚」的不行，阿清嬸就專門留心腿粗的女孩。總算在針織廠找到一個合乎標準的「蘿蔔腿」。她一看卻嫌那女孩的嘴巴太大了，她一向認爲「闊嘴查脯食四方，闊嘴查某食嫁粧」，天送嬸說她沒什麼來路，如果娶個闊嘴女人回來怕被吃垮。第三個腿既不細，嘴也不大，可惜鼻子嫌高了一些，她說：「豚鼻，豚死夫」，千萬不行。她都守了二十年寡可不能再失去兒子，否則就沒指望了。

阿清嬸有些惱怒說她未免太挑剔了，老是拿那一些古人沒根據的話來做反對的理由，現代人怎麼還講那種沒知識沒水準的話。兩人發生一場不算小的爭執後，阿清嬸說，算了！算了，不幹這種傻事了。

阿清嬸既然不淌這汚水，也就沒人敢問津，於是朝明的婚事一擱又半年了。

多至圓仔剛吃過。不久，阿清嬸不死心，又看中了一個女孩，這次她相信不會出毛病了。對方是個五官端正，身材適中的女孩，沒有天送嬸所指的缺點。她慫恿天送嬸不妨再如法泡製一下，先去鑑定鑑定。

經阿清嬸刻意安排後，天送嬸看了那女孩果然很滿意，在她眼力範圍以內都沒問題了。她準備讓朝明和她正式相個親。

經過一夜的興奮，不過第二天她馬上又改變主意了，忙着又去找阿清嬸說不行。

「你是半暝食西瓜，天亮反症。怎麼昨天才說得好好的，現在又改變主意了呢？」阿清嬸很不高興，她費了不少心思才物色到的人選，一下子被人否定掉了，心裏很不舒服。

「不是啦？我突然想到也沒看到對方的手紋，如果是斷掌那怎麼得了。」天送嬸很急切的說，這是她早上突然想起被遺漏掉的應該注意事項。

「你怎麼還有這麼多禁忌呢？那你以前是怎麼幫人撮合的呢？照你這麼多禁忌，選到明年也選不到媳婦。」

「你不知道，斷掌男人當宋江，斷掌女人守空房。女人斷掌是相當嚴重的。」天送嬸一提到所謂「命」，是百分之百的相信到底。

「那怎麼辦？我總不能去問人家有沒有斷掌呀！再說人家也不會告訴我的。我看不會的啦，女孩長的福福泰泰的嘛！」阿清嬸也有些着急，她沒想到當媒人會有這麼多麻煩事。

「你想辦法看看嘛！這樣我才能安心。」

也不知道阿清嬸用什麼方法看到的，說那女孩手紋三條清清楚楚的，絕對沒有斷掌。

天送嬸又興高采烈的計劃，選個好日子要讓兒子相親。

阿清嬸忙着在雙方的家跑來跑去連繫商量。她很滿意自己的成績，總算搞到能相親的小小場面。至於成不成還是其次。俗話說：姻緣天註定，不是媒人脚賢行。總要靠一半緣份。

兩家決定利用星期日，在鎮上一家新開的冰菓室，彼此對看一下。

決定相親後，天送嬸開始展開探聽的工作。

就在相親的前一天。

「我看你趕快去取消相親吧！那女孩的外祖母是豆菜底的。不妥當，絕對不妥當。」天送嬸對於曾經在風塵裏打滾的女人，向來是避之猶恐不及的。如今兒子的對象萬萬不能有這種血統，太可怕了，而且也不合乎她的理想。她是家世清白的，當然也得門當戶對的人家才能和她結成親家。

「你這是什麼思想。人家祖母雖當過藝妲，可是後來也從良嫁人，何況人家母親也規規矩矩的，學現代化一點啦！」

「不行，不行，我們林家不能娶這種媳婦，會壞了血統的。」天送嬸連搖了好幾下頭，堅決反對到底。

就這樣阿清嬸想替朝明做媒的熱烈情緒都消失了。

不過往後的日子裏，只要有她認爲不錯的女孩，她都不會放棄。看在多年的老妯娌份上，她就忍着天送嬸的多方挑剔毛病，咬牙安排讓她先去看看女孩，不過也沒有看到一個中意的，有時候阿清嬸就勸她，兒孫自有兒孫福，娶媳婦就看兒子的命，何必替他費這麼大的心思，「撿來撿去撿個賣龍眼的。」再說姻緣天註定的，只要朝明喜歡就行了。但是天送嬸總是說：「緊事寬辦」，「緊紡無好紗，緊娶無好妻」。慢慢挑才能挑到好品種。

漸漸地，阿清嬸也覺得沒什麼意思，第一次當媒人就遇到這麼棘手的事，眞是做媒人貼聘金。非但紅包沒賺到，車錢倒花去不少了，更生氣的是失了好幾次面子。到現在連「相親」的茶都沒喝一口。

天送嬸替她兒子選媳婦，選了近一年也看過了七、八個女孩。結果朝明連一次面也沒露過。

南彎勢的人開始在議論天送嬸選媳婦這件事了。

有人說，根本不是朝明在選妻而是他阿娘在選媳婦。也有人說，天送嬸賺別人的媒人禮像喝開水，誰要想賺她兒子的媒人禮，還是別夢想了，回家省吃儉用較實在啦！

朝明公所裏的同事也常以這些當話題，來作弄他一番。尤其當他跟某個女同事稍爲多講兩句話，馬上就有其他的同事，開玩笑的說：先叫天送嬸來初審，合格了才算數。或者有的乾脆就指出：不行！不行！你的牙齒不够白，你走路大小步，答聲太尖了。

天送嬸挑媳婦挑出名了，最近常有人傳說：誰家女兒能嫁天送嬸當媳婦，那前世不知燒過幾斤好香，不過也有人說誰嫁給她當媳婦，那前世大概欠她的債，所以她非尋到不可。

阿清嬸的心涼了半截，對朝明的婚事再也提不起興致來了。

天送嬸決定自己再親自出馬，拿出她做媒人的本領，來一個退休前大傑作。阿清嬸也贊成，反正她自己做了二十年媒人，最後包辦一下兒子的也是理所當然的，況且她女婿當年也是她千挑萬選才物色到的人才，相信媳婦如果由她自己選也錯不了的。再說紅包自己賺才合算。她臉上開始又露出微笑。

這陣子天送嬸又開始忙碌起來了。這時候她的範圍擴大了，除鄰近的幾個庄頭外，她更進一步的打入鎭上去物色。非但注意兒子要娶的女孩，她連女方的家世背景也一齊觀察，避免再發生如上次的麻煩，所以她採一貫打聽作業。

阿清嬸每隔一段日子就過來關切的問，媳婦是否物色到了，每次天送嬸就搖一下頭，並奇怪天下好的女孩到底都躲到那裏去了呢？阿清嬸就把她的觀念搬出來開導她：「戲棚下揀無美女，園裏選瓜愈選愈差。」，叫她順其自然吧！少年的喜歡就行了，老伙仔就省省心吧？

天送嬸一直不能安寧，爲兒子的對象絞盡腦汁費盡心思，白頭髮又多了幾根，臉上的皺紋也不留情的冒出與她作對，旗袍愈穿腰愈寬。這些日子她一直被這個難題纏住了，這是二十多年以來從未有過的現象。

最最令她難堪的事是當別人問起她，替別人娶那麼多媳婦，怎麼自己的媳婦找了一年多還沒着落。她總是啞口無以對。別人就笑她：時代不同了，妳的媒人也退時了。

這個難堪總算她兒子朝明替她解決了。

這一天，朝明悄悄地告訴她別再爲他的婚事費心了。他已經有了非娶不可的女朋友。

天送嬸噓了一口長氣，也講不出教訓兒子擅做主張的話來。好吧！時代在變就讓它變吧！反正是雙喜臨門呀！

過幾天，全南彎勢的人都吃到了朝明訂婚的糕仔香蕉。大家異口同聲問那家女兒前世修來的福，竟當得成天送嬸的媳婦。

當有人見到朝明用摩托車載一個女孩，嘴巴並不小，穿起長褲來飄散散的如穿長裙。公所的人說那女孩的母親曾是春美閣的老娼頭。

之後，老一輩的人說：天送嬸黑矸仔裝豆油看不出。少年人說：天送嬸白矸仔裝牛奶霧霧的。

阿清嬸又搖着她肥胖的身軀，來到天送嬸家，恭喜她的老妯娌，從今以後可以舉鋤頭扒心肝，清心囉！

什麼力量使天送嬸放棄那些條件？半年以後天送嬸抱着她的孫兒，在門口埕一邊追着鷄一邊用竹竿打地，還唱着那首已好久不唱的歌謠：

鴟鴞，鴟鴞
飛上山，
囝仔快做官！
鴟鴞飛高高，
囝仔中狀元！
鴟鴞飛低低，
囝仔快做父！

媳婦們

阿財嬸的二媳婦玉鳳又回來了。竹仔崁的人一嘴傳一舌，大大小小都在水發的店仔口談論這件事，比平常看楊麗花在演歌仔戲還熱烈。這兩天水發是眉開眼笑，村裏的人聚在他的店仔內談論，他不但煙酒的銷售量大大增加，又可免費聽到新聞。他是最喜歡聽和講玉鳳的事，上次玉鳳晒在屋外的內衣褲被竹仔崁的憨福偷去，他就足足講了一個月還不嫌煩，一個人來他就從頭再講一次。

以往玉鳳回竹仔崁都是阿財嬸的大兒子連生去把她帶回來的。常常她都住不到一個月就又跑了，竹仔崁的人曾經在臺北看過她穿得像電視裏唱歌的女人一樣，衣服的領口開得低低的，身上還會不時的發出亮亮的光芒。有一次火木從高雄回來說，他看到玉鳳跟兩個啄鼻仔的紅毛仔走在街上，衣服後面還挖了一個大洞。每次她跑出去，阿財嬸就要替她帶兩個不是哮就是哭，不是尿就是屎的小孩，冲牛奶、換尿片，一個哄睡了一個又哭，弄得她蓬頭垢面的連衣服也沒穿整齊，以往圓胖的臉龐就像縮了水的麻豆文旦，變得乾皺、瘦小。隔壁的阿水嬸見到這種情景，常常自我安慰一番：

「阿財嫂，做阿媽你就知苦喔！雙手抱雙孫，無手可攬裙，像我後生還小，現在無媳婦無孫無煩無惱也好啦！多清閒幾年！」

「水嫂仔，妳不知！我是要哮無目屎，要哭無路來。都怪當時只是一心想替註生娶某，也沒好好探聽媳婦的底細，娶到歹某較慘三代無烘爐，四代無茶砧。」阿財嬸每當媳婦跑掉就怨嘆自己當初一心想娶媳婦，忙昏了頭。本來村裏的人都說她最好命，雖然早早就守寡，但三個兒子是出名的孝順。自從娶大媳婦以後，她就不過問家裏的任何大小事情，天天遊南玩北的。阿水嬸說她是「脚乾手乾，高椅坐，低椅架脚，食飯配猪脚」。三年前娶了二媳婦，她就沒再那麼安閒過了，變成這個樣子好多人都很同情她，也有人說五年一潤好歹照輪，總不能好媳婦都讓她娶走。

「免怨嘆啦！俗語說，惡妻孽子無法可治，妳要放寬心，村內大家都很同情妳家註生的歹運。」註生是阿財嬸的二兒子，人很老實，講話有些含糊不清，玉鳳常駡他死人，當初是她的兄弟沒長眼睛才會把她嫁到這個枉死城。每當玉鳳怨嘆咒駡註生時，阿財嬸總是躲到遠遠的地方，等她氣消了再回來。而註生被駡完騎着車子又到鎮上去幫她買她愛吃的梨子、芭拉和木瓜。

大媳婦彩霞在一邊目睹這場熱鬧，然後呶呶嘴，斜視着註生提着大包小包往房裏走，她就輕輕的呸：「歪嘴鷄專撿大粒米食。」、「乞食身，皇帝嘴」。彩霞很看不起玉鳳。玉鳳娘家父母早逝，家裏赤貧，她的兄弟把她嫁給註生，還是看在李家出了二十萬聘金讓他們實收。爲了此事，那陣子彩霞天天指着連生怨聲嘆氣：

「我怎麼那麼憨，當初要聽你的話，連五萬塊的聘金也挖出來還你娘。人家現在的少年仔二十萬實收，註生暗地裏也不知偷塞多少給伊做私蓄。」

玉鳳上次被連生從高雄的一家撞球場帶回來後，她講要好好跟註生做夫妻，並且從此要乖乖呆在竹仔墘。連她娘家的兄弟都出面保證，以後絕不再惹麻煩了。總歸一句五百姻緣天註定，雖然小妹嫁着憨尪也認命了。不過請阿水叔做公親提出數個條件，就是：她不和連生的女人彩霞輪煮飯，要去鎮上的針織廠做女工，兩個小孩阿財嬸要替她帶。他們家在墘仔北那塊地，她要三分之一賣給建築商。她丈夫賺的薪資不能入公，由她們夫妻自己保存。

阿財嬸爲了怕兒子又沒妻子，孫子失去娘，她不顧大兒子和三兒子的反對，一口就答應了。註生說只要玉鳳願意和他住在竹仔墘，他什麼條件都答應。兩個兄弟看註生都能不計較玉鳳在外面做了丟人的事，也沒什麼反對的話可說，能吞忍就吞忍吧！竹仔墘的女人背後都喊註生是「某奴」。有些男人倒是覺得像玉鳳這麼漂亮的女人，嫁給憨頭憨面的註生實在是無彩，好花插牛屎，眞是「帥人沒帥命」，一直在替玉鳳惋惜。

當村裏的人在議論玉鳳和註生的事時，阿水叔聽到就擺起臉孔來訓這些人：「吃自己的飯，管別人的閒事。一人一家事，公媽隨人拜，你們講這麼多，也不怕將來被閻羅王割舌頭。」阿水叔人雖然沒識多少字，不過他講的話比村內唸過大學的人還有份量，他的女婿是他們的鄉長，就是竹仔墘的村長也得喊他一聲「阿水叔」。

對玉鳳這件事最生氣的人就是彩霞，她一天到晚埋怨連生沒路用。每天一大早爬起來煮飯，一臉臭臭的，厨房的鼎仔鍋仔就鏘——鏘——的響着。阿財嬸一聽就趕忙跟着起來掃地，她又要留住玉鳳的心，又怕彩霞不高興摔東西。她不曉得這是個什麼時代，當年她當人家的媳婦時是處處迎合婆婆，怕侍奉不周惹婆婆生氣，現在的時代是媳婦比婆婆還大，動不動就威脅丟下孩子一走了之。晚上她都不能入眠，她有着太多的煩惱，盼兒子長大，又盼兒子娶媳婦，一個娶了又盼第二個，如今才娶兩個就發生這麼多的麻煩，她常暗暗流淚。玉鳳的孩子才哄入睡，隔壁就傳來連生和彩霞的吵架聲。

「一個大男人比一個女人還沒路用，人家一回來就提出分家伙，老貨仔連哼都不敢哼一聲就答應，每天又像在款待老祖公一樣，平平是媳婦相差這麼多。」首先傳來彩霞一個人尖銳的叫聲，愈說聲音愈高：「別人賺，賺私蓄；食，食咱爹。我就一天到晚做牛做馬，也沒得到半點甜頭——」

「妳講散了沒——」連生把才抽一半的煙一丟，不耐煩的喝住了彩霞：「厝內一個在吵就够煩了，連妳也要吵下去。等一下妳爸就一脚把妳踢死，免得妳像老鷄母一樣，喀喀叫個不息。」

連生的脾氣是兄弟三人中最暴躁的，連伊弟媳玉鳳天不怕地不怕的人，見了他都懼怕三分，每次連生要帶她回來，她都不敢反抗，提着包袱就跟回來。

「前世欠你的死人債，才會嫁給你。吃不像吃，別人蘋果水梨買滿厝間，阮連味都沒聞到。人一日一色的換穿，我出外連一件可以和人比較的也沒有，每日做你們李家的奴才還得看人臉色，當時嫁你也是你老母央媒人三說四請——」彩霞看玉鳳穿的、戴的都比自己豐富，而且註生賺的錢都給她花，而她自己丈夫賺的錢，她連看都沒看到就原封不動的交給阿財嬸了。連生從不問她須不須要用錢，她想添一件衣服都得回娘家向父親要。愈想愈覺得委曲，心裏難過她就在嘴裏嘮叨個沒停，其實這些埋怨也只是想對丈夫傾訴一下，她早習慣了連生對待她的方式。

「幹你娘咧——厝內若呆不住，大港無蓋蓋，去死好啦！我不留妳，也不會拉着妳不放。如果想再端李家的飯碗，妳就安靜一些。靜靜的做，靜靜的吃——」連生一聽妻子又再翻舊帳，一生氣也就不留情。

「夭壽啊！沒良心喔！別人是一個某卡好三個天公祖，你是開嘴就罵，出手就打。平平是兄弟相差這麼大。」彩霞生來就是死鴨硬嘴鼻，又不會察顏觀色，明知道連生歹脾氣，她還是嘮嘮叨叨，等到挨揍了才呼天搶地，叫爸叫母，把厝邊的人都嚇得以爲她就要被連生打死了。等人來勸架，她就目屎流目屎滴，前氣不接後氣的埋怨：「人講割着歹稻望後冬，我彩霞嫁着歹尪一世人，你們看打得我一身傷哦！眞粗殘！」別人夫妻吵架、打架總是怕人家知道，而彩霞是唯恐別人不知道連生打她，每次連生打她一下，就說被揍了十下。起先夫妻吵架她就跑回娘家哭訴，把父親拖來罵連生一頓。次數一多，她父親也懶得理她了，反而要罵她，之後，她就乾脆躺在床上好幾天不起來，要阿財婶到鎮上的中藥店買打傷藥回來給她吃。

玉鳳回來不到幾天，註生拜託人面較廣的弟弟海生央人替玉鳳找個在鎮上的工作。經過海生再三保證，工廠的主管終於答應讓玉鳳到廠裏工作。玉鳳果然乖乖的每日上下班，從來不遲到早退或請假。不過下班後常常不是和阿財婶吵就是和彩霞鬧。玉鳳和阿財婶吵，其實是阿財婶一個人在聽她埋怨註生憨呆，伊歹命才會嫁着憨尪，彩霞在一邊聽不下去頂她幾句，然後兩個人就一人一句吵起來。隔天阿財婶就一天吃不下一粒米，喝不下一口水。她實在很擔心，自己年紀大了，再受氣也沒多久，倒是兒子註生則是媳婦的出氣筒，兩個小孩就成了無辜的肉砧，常常挨玉鳳一頓打。打過後在孩子們的小腿上可發現一條一條的紅斑痕、凝血、變紫。阿財婶心痛孫兒受皮肉之痛，卻不能開口罵媳婦，以前她曾經勸她打孩子不要這麼惡毒，她不但不聽還揚言，孩子是她生的，她氣到就一把捏死算了，嚇得阿財婶再也不敢多說一聲。

這樣鷄犬不寧的日子過了一陣。玉鳳領過第一個月的工資後，又不見人影了。工廠方面一再通知她曠職，海生氣得直跺脚，要註生馬上把玉鳳找回來到工廠辦辭職，否則他無法向人家交代。註生支支吾吾的不知如何是好，小孩子又哭又鬧，使他左右爲難。海生見狀暴跳如雷，連平日他最尊敬的母親勸都勸不住，連生整個臉孔氣脹得和關公一樣，在大廳上踱來踱去，兩手擺在後面，拳頭捏得緊緊的，不停的大聲喘氣，彩霞則在一邊，翹起腿來自言自語：

「氣死驗無傷啦！吃自己飯，管伊別人的某要跟人跑。」

「好了啦！妳免火上加油啦！也不看看自己是什麼角色，這時候還輪得着妳來多嘴。」連生一掌打過去，彩霞臉一轉，閃開了，不過她的哭叫聲卻比註生兩個小孩還大。

「連生仔！你差不多一點，已經走一個了，你再把彩霞打走，看將來還有啥人敢嫁你小弟海生。」阿財嬸一阻止，連生停住了手，彩霞趁機從後門溜出去。站在外面想聽的一些女人，紛紛圍向彩霞問東問西。

「我早就料到了，那種女人，生鷄蛋沒，拉鷄屎有。她才不會安份守在竹仔崁，我看註生是在眠夢。」彩霞對於玉鳳的出走似乎很幸災樂禍：「哼！埋無三個死囝仔，就要做土公，還早哩！海生仔以爲伊做幾日老師，就可以把那個女人教乖，眞不識輕重。」海生常常對大嫂說好好待二嫂，把她的心留在家裏，就不會常想往外跑。

「彩霞，我看玉鳳走，妳是沒得到多人好處，那兩個小孩還不是要妳一把屎一把尿的來抓嗎？」

「我雖然沒生個一男半女，卻也不想帶別人的小孩，老貨仔愛孫就自己去抓屎抓尿，跟我沒關係，我少煮一個人的飯反而清閒。」

這以後彩霞好像很滿意這個家，每天滿面春風，即使是洗一大堆衣服，她嘴裏還是哼着從歌仔戲裏學來的五更鼓，晚上也不再和連生吵，阿財嬸掃地時，她也會搶過掃把來自己掃，逢人就說：「新的未來，不知舊的好寶惜。」說話時還一面搖着頭，那對耳環隨着搖擺個不停：「想當時老貨仔嫌阮脚手慢鈍，現在註生娶到那款某，伊也不敢嫌我啦！至少我也不像少年仔住不到幾天說走就走。」

前天竹仔墘下了入多以來第一場雨，雨勢雖然不大氣溫卻突然下降，令人不得不找出最暖和的衣服來穿。許多女人家都躲在屋裏，而男人們趁下雨天不能出去工作，也都紛紛往水發的店仔內蹲。耐不住手癢的人聚一堆玩天九牌，想驅寒的買瓶酒，五元花生米，自飲起來。

坐在一邊喝紅標米酒頭仔的永順，嗯嗯哎哎的哼着歌

——思想起，甘蔗好食伊都雙頭甜——

——大妻若娶了啊伊都娶小姨，哎唷唉——

「酒鬼順仔，你食無三把蔗尾就會搭胸，也不想想自己是什麼貨色，還想娶細姨，別笑裂人家的嘴了——」火木連連贏牌得意的捉弄着永順。

「這款透風落雨的歹天氣，是那一個大官虎還坐着包車來竹仔墘做啥？」突然間，永順瞇着的雙眼睜亮了，用顫抖的手，指着由村外開進來的汽車。

「酒鬼順仔，免顚了，這款天那有什麼大肝小腱要來，敢是財神爺送金銀財寶要來給你咧——白日時你也在眠夢，眞是天天醉，醉天天——」水發一連輸了好幾百塊，惡聲惡氣的罵永順多嘴，破壞他的手氣。

車子叭——叭——的聲音響着，駛到店仔口，一聲突然的緊急剎車，把屋內玩天九牌的人嚇

一跳，連忙抬起頭來看看到底是那一個大官貴人，竟然冒着下雨的寒冷天來到他們竹仔墘。

車門打開，首先冒出一隻女用的花洋傘，傘被撐開後。永順低下頭，想瞧瞧那在傘底下伸出來的一雙細嫩玉腿。當他還在猜想這個坐在包車的女人是誰時，先由車內傳來女人喊他的聲音：「順仔，來幫我提東西——」嬌滴滴的女人聲音，不但使喝得半醉的永順摸不着頭，同時也把蹲在長板凳上玩牌的水發弄得莫名其妙，他顧不得僅穿着一條內褲，半縮着身軀由屋裏衝出來，站在屋簷下大聲叫喊：「是啥人啦——」他心裏想這麼嬌柔的女人聲音，被喊的該是我水發仔才對，那還輪得着酒鬼順仔。

「我啦——玉鳳啦——」玉鳳已經走出車門，水發連忙幫着她接過皮箱，還一副彎腰點頭的討好姿態。

「落雨天，路眞歹駛，差一點就開進溪內。」玉鳳一面說一面拍拍身上的雨珠，探頭看店仔內的人。剛才圍在一齊玩牌的人嘰嘰喳喳不曉得在講些什麼。

「順仔，你什麼時候要回去，拜託你幫我提皮箱。」順仔住在阿財嬸厝隔壁，人雖然長得粗壯卻是懶得要命，一天到晚喝得醉醺醺的什麼事也不做，不過卻娶了一個非常勤勞的女人，平常田裏的工作做好，還到處去幫工。阿財嬸暗地裏羨慕順仔的父母，不知他們前世人燒了多少好香，娶到那麼好女德的媳婦。怨嘆自己前世不知打破了人家多少米甕，今世才會被媳婦這麼凌遲。在家供奉的神位她早晚都得親自燒三根上香，想彌補一下前世人欠下的債務，也好讓海生娶個好太太。

「妳免拜託伊啦！伊是連路都懶得走的人，怎麼會替妳提皮箱呢？來——我幫妳提卡緊。」水發仔很慇懃的說，並提起那口箱子。他一見到漂亮的女人，他就忘了露在外面的兩條腿在寒冷的雨天裏抖動着。尤其玉鳳可算是竹仔坑第一美人，剛才接過她皮箱時，他偷摸了一下她水葱似的玉手，眞是細嫩喔！眞是一朵鮮花揷牛屎堆，註生仔憨人也有憨福，像玉鳳這款美人該嫁給我水發才對。

「猴仔發，不要忘了你無穿褲。」火木在屋內大喊引起屋裏的人哄堂大笑。

村裏的人叫水發仔都喊他「猴仔發」，倒不是他長得像瘦猴子，而是以前還沒有電視時，常常有一個名叫林發的人，來他們村頭賣猴標的胃腸藥，一面賣藥一面演戲，自稱是猴仔發公司，以後這個人不來了，村裏的人逐漸喊水發是猴仔發。水發也很高興的接受，猴子是聰明的，況且猴仔發也是一個名聲透京城的人。

「猴仔發若是看到玉鳳就像蒼蠅沾糖，還有剛才會抓着伊的手不放，早晚會讓註生伊阿兄連生抓着猴。」目睹着水發和玉鳳共撐一把傘走遠，火木就提高嗓門。

「咦！阿財嬸伊媳婦回來了，怎麼沒見連生呢？」

每次玉鳳一下車，連生就跟在她後面出現，像是押解犯人一般，連客運的司機都認識他們。

「剛才我出門還看到連生在駡伊某咧——」永順把最後一顆花生丟進嘴裏，伊伊唔唔的講。

「眞是怪事，玉鳳沒連生去押居然自己回來了——」

「難怪今天會透風夾落雨哦——」

「阿財嬸厝內的王爺眞有靈性，竟也保庇玉鳳回來。」

「怎麼自己回來呢？發生什麼事呢？」

在水發店裏的人把玉鳳回竹仔崁的事講得天花亂墜，這件事就在加以渲染後傳開了。晚上，一些女人藉故到阿財嬸家去借東問西的，想探個虛實。不過卻被海生擋在門口，把人家回絕掉了。

兩天以來，也沒見到李家的人徃外面出來走動，大門緊緊掩着。以往下過雨第二天放晴，阿財嬸都會出來門口埕晒棉被，連續出了兩天大太陽，磚砌的圍牆不見半條被。一片寂靜好像在醞釀什麼大事，好奇的鄰居們探不出所以然，在水發的店仔口談論的更熱烈。水發一直揣測着那天幫玉鳳提箱子回去，玉鳳所有的言語及行動，但是他猜不出一點蛛絲馬跡。

阿水嬸經不起村裏的女人一再慫恿，在求得阿水叔的同意後，匆匆扒了幾口晚飯，連電視劇也顧不得看就往李家跑。她穿着木屐才走到李家磚塊舖成的門口埕，那木屐聲音就傳入李家人的耳朵，看到窗裏射出微弱的燈光，阿水嬸拉開她的大嗓門：

「阿財嫂，阿財嫂在厝沒？」她更提高聲音。

「啥人？——哦，是阿水嬸，進來坐啦？阮娘在房間裏。」彩霞探出頭來招呼阿水嬸：「我娘被玉鳳氣得倒在床上起不來了——」她忍不住將家裏兩天來發生的事趕快向阿水嬸宣佈。

這兩天連生都不讓她到外面，就是怕她又出去外面亂講，她說出醜的人是玉鳳也不是她，她才不怕村裏的人知道這件事。連生氣起來又罵她：「你娘咧——妳是自己要捧屎抹自己的面，家醜不可外揚的道理妳也不知，妳若敢到處宣傳，你爸就打爛妳的嘴，割妳的舌頭。」

「為着啥事啦？」阿水嬸走進屋裏。

「玉鳳吵要和註生離婚——」彩霞早把連生告誡她的話忘得一乾二淨了，玉鳳要離婚這事她不說出來快沒氣了。

「造孽——造孽——古早有人休妻，那有查某人要和自己的尪婿離緣。妳娘在那裏？」阿水嬸一拐一搖的四面觀望，尋找阿財嬸的影子。

「水嫂——我在這裏啦！彩霞帶水嫂進來——」阿財嬸如游絲般的聲音從她的房間裏飃出來。

「阿財嫂，妳那裏不舒服咧——夭壽啊，怎麼病的這麼厲害呢？」阿水嬸看到燈下的阿財嬸，才幾天不見整個臉都凹陷下去，面皮亂糟糟的顯得異常的蠟黃。

「沒什麼啦！心肝都不能清啦！眞鬱悶，我若想到阮註生我心肝就像針鑽，眞歹積德，那會出這款媳婦——我是要哮沒目屎，要哭沒來路——」阿財嬸一點力氣也沒有，說話大氣接不下小氣，整個喉嚨像是被哽住了。

「少年仔吵要離緣，是不懂事隨便講講罷了，妳做人老母規勸一下就好了，還操什麼心咧。」

「妳不知，對於玉鳳我是鴨卵擲過河——看破了。昨暝千求萬拜託，伊就是一句話啦——要離婚。我老貨仔那有法度——」阿財嬸有些嗚咽起來講不下去了。

「少年仔意氣用事，鬧鬧吵吵的就算了，妳免傷心啦！看不慣就走遠一點嘛！他們夫妻等一下還不是又和好如初了嗎？人說尫某床頭打床尾和，不會出事的啦！」

「阿水嬸，你攏總不知半項啦！連生三個兄弟都去玉鳳兄弟的厝內在談這件事了，要叫玉鳳不要離婚回心轉意，那是犀牛望月——希望眞渺茫啦！」彩霞恨不得將這件事原委講清楚，悶在心裏她一直吃不飽飯。

「到底是爲了啥事？前天伊不是透風落雨自己回來了嗎？」阿水嬸坐到床沿。

「哼！大家以爲伊是反悔，要回來守在竹仔墘好好做人。啥人知伊存什麼心肝，一回來就講竹仔墘伊住不下去了，伊忍耐替註生生兩個後生，叫註生就放伊自由，讓伊再去外面找幸福，伊嫌註生沒出息，不會賺大錢。」

「有這款事，玉鳳也眞不懂事，妳娘白疼她了。人說嫁鷄隨鷄飛，嫁狗隨狗走，嫁着乞食也要背茭薦斗。再說註生那一點沒得伊意！——」

「伊講伊不願隨註生過着這款餓劊死，脹劊肥的日子。伊要去外面自己打拚做一場給別人看。」

「若不看在老貨仔對伊也不錯，也要念着兩個囝仔還小漢，豈可無母哩！」阿財嬸說着，滴下了眼淚，今天她不知流了多少淚水了，兩眼紅腫得睜不開來。一想到後生和媳婦就要離緣她就傷心。當時想自己老貨仔牙齒根咬緊，既然是兒子愜意的，她做牛做馬做老奴也甘願，如今一句離婚就要散了，她還能替兒子帶小孩，兒子失妻如何辦是好，愜意到較慘死哦！

唉——

「阿娘，妳是哭啥？要離就離，若不讓伊走而留下來，註生伊那份家伙是會讓伊七拐八拐，拐了了。反正睏破三領蓆，註生掠伊心肝劊得到。伊三日兩日就要走，啥人知伊出去外面都在做啥歹事，不要留伊在給李家做惡做毒，歹名歹聲——」

「彩霞，妳阿娘煩惱得要死了，妳就少說兩句，等連生伊回來再作打算。玉鳳娘家那邊我叫妳阿水叔去一趟，當時也是妳阿水叔做公親，多少伊們也要有個交代。」

隔日透早天未光，阿水叔就到玉鳳兄弟家，也沒談出什麼結果。玉鳳家的人說，一切都是玉鳳自己的意思，與他們無關，那完全是李家的家務事。阿水叔氣沖沖的騎着那輛舊脚踏車，一路上愈想愈氣，用力猛踩着。在寒冷的十一月天還不時的冒着汗汁，嘴裏咬着檳榔更是呸個不停：

「呸——呸——歹後頭，歹親家，才會敎出歹查某子。」他不停的吐着檳榔汁，不停的詛咒着。連經過水發仔老婆的檳榔攤，他也沒停下來買檳榔。

還沒停妥脚踏車就忙着喊阿水嬸。

「阿平仔伊娘，囝仔伊娘——」

「火大——大驚小怪，昨晚整暝無睏，想要憩一下，你就大小聲哮。」阿水嬸打着阿水叔的肩：「夭壽仔，你是去和人比拳頭，那會流了滿身大汗。」

「伊娘咧——玉鳳的後頭沒有一個是人，竟然講出那款沒理解的話，我要贊成註生把伊離掉算了，免得和那款人結親家。」阿水叔灌了一大碗開水：「眞是恨沒三隻眼睛，要不然就挖一隻丟過去，離——離——我贊成。」

「夭壽短命，那有人勸人離，你不怕拆破人姻緣七代窮——」阿水嬸話還沒講完，阿水叔的脚已邁出大廳了，朝着阿財嬸的厝大步走過去，阿水嬸跟在後頭追：「夭壽仔，去人家厝內不要亂講話，拆破人姻緣七代窮——」

他們兩夫妻跟進門，看見廳堂裏阿財嬸一家坐得整整齊齊的。阿財嬸坐在八仙桌的左面，手裏抱註生的小兒子，旁邊坐着隔壁村海產店的老板娘，也是玉鳳的阿姑。左面牆邊依次坐彩霞和玉鳳，對面則是連生、註生及海生，註生的大兒子依偎在他腿邊咬指頭。

「財嫂仔——」阿水叔被這凝重的氣氛嚇一跳，剛才一肚子的氣頓時消散掉了，大嘴開開不知要講什麼話。

「阿水叔，你來得正好，讓你來做一個公親，免得日後人講我們兄弟欺負一個女人。」連生把阿水叔拉到八仙桌的另一邊，阿水嬸則自己坐到玉鳳旁邊。

「我是長子，代表阮阿娘講話，還是昨天講的那些話，一句不改：如果玉鳳要和註生住下去，一切照上次說的條件，將來李家財產，伊也可分到三分之一，一角都少不了伊的。但是以後絕對不能再像以往那樣說走就走。若是李家伊呆不下去——要走，一條路，就是伊人走，厝內什麼東西也不能帶走，從此以後和李家完全沒關係。」

屋裏除了連生的聲音，就只有聽到呼吸聲，每一個人面對面，各種表情呈現在臉上不敢出聲。

「你做人大伯仔，若講這款話就太無道理，沒念着別款，也要念到玉鳳替你們李家生了兩個查埔孫，伊開嘴要拿你們二十萬也不過份。」玉鳳的阿姑用着她那尖銳的眼光盯着連生。抹了一臉的花粉，像是唱歌仔戲的花旦。

「也不是大目降牛販——先講先贏，二十萬——免講二十萬，就是一角五分也做𠢕到——」連生站起來，阿水叔忙把他拉下來，連生又繼續大聲說：「我就是看在伊替註生生了兩個後生，事事項項才不與伊計較，否則伊不管時的跑出去，照李家家規早就打斷雙腿了，你們若聰明就摸摸鼻子，包袱提着就走。要不然那二十萬聘金我就要討回來了，你們自己算盤撥撥看，當時二十萬元是可以買大廟前樓仔厝兩間，現在要值多少錢了——」

「哎唷——哎唷——你這款查埔人，講話像放屁一點理氣攏無——」玉鳳的阿姑用戲裏喊寃的尖銳叫聲，震撼着在坐的每一個人，阿財嬸懷裏的孩子從睡夢中一驚。

「大家都消消氣，消消氣，有話慢慢講——」阿水叔站起來，雙手示意大家坐好：「人說同桌食，同床睏亦是緣份，那可說散就散。如果萬不得已一定要解決，也要好聚好散，總是以後大家還會再見面的，不要把臉撕破……」

屋裏的人個個面無表情，只有阿水嬸頻頻點頭，還傾斜着身子，又欣賞又安慰。孩子們的爹眞不虧是鄉人的公親，講的話眞有理氣，也眞中聽。

「阿水叔，你免講了，玉鳳離婚是離定的，大不了我這個做阿姑的人帶回去養伊一輩子，餓餓死啦！」玉鳳的阿姑不耐煩的打斷了阿水叔的話。

「妳這個女人眞沒理，開土孔也是妳，放土核也是妳。當時註生也是妳看愜意的，如今要離婚也是妳的主意，全是妳一人在弄狗相咬。」一惹火了阿水叔，他就不客氣的教訓起人，就像剛才在玉鳳兄弟家那樣大發雷霆：「好啦！連生，你們兄弟自己和伊講，我也不管拆破人姻緣要怎樣了。離就離，離了乾淨一些，像這款的親家是一件見羞事——」

「老猴，無你的事，你免在那裏跳得一條褲子要落下來。我今日是爲了玉鳳的事來。李連生，看你能拿出多少錢，難道說生一個後生沒値十萬？你們拿個幾十萬也不是什麼難事。」她有些放低語氣的傾向。

「呸——二十萬，我不會再給註生買個女人來生，看要生一打或半打都沒問題，哼！」連生突然大拍椅背，跳了起來。

「連生仔，不要那麼歹脾氣啦！大聲叫就是理虧。」阿水嬸說完又轉向玉鳳：「妳大伯仔說話較大聲，妳不要見怪，妳要尊重伊無大妳年也大妳月，凡事往好的方面想，妳阿娘對妳是比親查某子較疼，那註生是愛妳愛到流目油，夫妻是前世相欠債，你要忍耐。囝仔也生兩個了，妳脚走得開嗎？……」

阿水伯夫妻則一個勸連生，一個勸玉鳳，其他的人就一直緊抿着嘴巴。連生一直堅持着他剛才的說法，玉鳳焦急的跺着脚，伊抬眼望了伊阿姑一眼，求助着。

「好話講三遍連狗也嫌，免再苦勸了。我最後再說一句，憑你們的良心啦！要給多少就給多少，明早大家到鄉公所辦理手續。」她站起來，對着玉鳳：「起來，還坐在那裏發什麼楞，趕快去收拾妳的衣服，跟我回海產店賺卡緊好額——」說完拉着玉鳳就往房間走。

剩下一羣人坐在大廳數眼相對無話可說。

阿財嬸抖動讓小孩坐得發麻的雙腿，懷裏的孩子不知幾時睡得沉熟。她抱起小孩，想想媳婦明天就要走了，小孩子該讓她娘多看一眼，也許還留得住伊一點心。

還沒走進房門，就聽到玉鳳在埋怨伊阿姑。

「其實我也不是眞的就想走，像以前也好，還可以回來看看孩子，這下子連小孩都見不着了。」

「憨囝，要子免驚無，再生還怕無人喊妳娘。」

「子也沒有，錢也無，我眞不甘願。」

「妳眞不識輕重，李家要憑白和妳離婚，妳就眞萬幸，還想拿什麼錢。也不怕李家知道妳的底細追回聘金，這三年妳在外面做了那些事，讓人家知道一定不放妳干休。」

「當時我就不想嫁註生，是為了我阿兄那筆賭債，怕伊被人刣，看着二十萬的份上跟伊住三冬，那三冬我到外面賺也較多二十萬。」

阿財嬸彷彿又看到了當時，玉鳳的兄弟為了聘金和連生爭得面紅耳赤的巨大臉孔。

「對——對——現在我店裏那些查某囝，一個月最少也可以捻三、兩萬塊，若是妳去，一定會紅，一個月少說也有五萬，比起註生一個月給妳五千塊差多了——」

阿財嬸整個耳朵嗡嗡的響着。

「能帶走的都帶走吧！以後沒機會了，那個錶——」

「那是註生仔的——」

「帶走，妳姑丈剛好沒有——這個最少値一千塊，還很新哩——那個收音機也放進去——」

阿財嬸想衝進去理論，正要挪動脚步卽拌到一條繩子，差一點跌倒，剛好彩霞來扶了她一把。接過她手上的小孩。

「阿娘，連生問妳的意思怎麼樣？」

「照伊的意思去做，我們也沒虧欠伊啦！」本來昨天阿財嬸還勸連生去農會領一點錢給玉鳳帶在身邊用，現在伊改變初衷。

「是嘛！我也這樣想，留些錢好再給註生娶某用。」彩霞很滿意的抱着孩子走了。

沒等到天黑，玉鳳拎着她的衣物，跟她阿姑大搖大擺的從竹仔墘回海產店了，等在外面看熱鬧的人羣一直跟到水發的店仔ロ才停住脚，圍在那裏高談闊論。

第二天一大早，玉鳳到鄉公所的戶籍課等註生時，就穿着一套黑色緊身衣褲，惹得整個公所的男人心慌眼花。蓋過章，玉鳳扭擺着兩片屁股走出公所，朝她阿姑的海產店去了。

有許多日子，註生都一個人不吃不睡躱在房間哭，被連生連續罵了幾回後，他才提起精神再到工廠做工，他的同事常跟他開玩笑：沒關係啦！舊的不去，新的不來，換某就像換衫眞方便，現在落翅仔太多了，還怕找不到老婆過年！

雖然以前註生的老婆在家，給阿財嬸許多操心及痲煩，但阿財嬸在媳婦離開後，仍然掛意着註生還少一個老婆，兩個小孫子沒娘疼。她老貨仔沒媳婦沒關係，兒子到了中年失去妻子，就像小孩子失去母親，她是眞操煩。

每晚她都在煩惱着還有兩個媳婦未娶。

住大厝的人

那一間大厝的人搬走了。

「大厝」其實只是在房子的南邊多了一塊空地而已。這個住宅區共蓋了二十五棟三層樓，就數那家是有花園預定地，而且三面臨窗。一年前完工後，陸續搬進來二十四家。鄰居們一部份是爸爸學校的同事，其餘是公所、電信局和郵局的職員。最後只剩下最南邊那家一直空着。有好長一陣子，許多小孩都跑到那片空地玩棒球，還打破了兩塊玻璃，也沒有人賠也沒有人管，不知道是誰先喊它是大厝的，因此大厝這個名字就成了光明街三號的代稱。

半年前，終於搬進來了第一家。

所謂的「一家」也只不過是一男一女。剛搬進來的時候，鄰居的太太們都紛紛猜測他們的關係，一直爭論着他們到底是夫妻？還是父女？

媽媽說大概男的早年喪偶，帶着女兒生活着吧！祖母一再的否定媽媽的看法，說她過橋較多媽媽行路，食鹽較多她食米。祖母說那個女的一定是被那男的包養，換上我的話就是金屋藏嬌，反正不是正式的夫妻就是了。爸爸則認為吃自己的飯管別人的事最無聊了。

那個男人看起來至少五十歲了，而且鼻、目、嘴都擠在一起，這是祖母形容醜人最嚴重的話。那個女的最多不會超過三十歲，祖母說她是鸚哥鼻、帶魚眉、賽西施。祖母老是喜歡把她在歌仔戲裏聽來形容小旦的話，用來形容她認為漂亮的女孩身上。

搬進大厝後，他們的門戶隨時都是關的，連窗簾也都拉上。還好已經發明冷氣，否則不熱死也會悶死，從來不和鄰居交談。收水電費的人每次都得按鈴按老半天，那個女的才探頭出來問一聲，然後再把錢由門縫交給外面的人。有一次我突然想起電影裏，被關在牢裏的人就像她一樣。彩琴姨住在他們隔壁，很是看不慣，就說：「又不是藏金雞母，每天關門掩戶的，訪賊也不是這樣。」

鄰居也都議論紛紛，像他們都在幹一種見不得人的勾當似的。媽媽最緊張了，常常警告我和妹妹不要走近大厝，因為她懷疑那是殺人的通緝犯，爸爸笑她偵探小說看太多了，他們只是過一種標準的都市生活而已。

通常白天那女的都是自己一個人在家，把收音機、電視機聲音放得很大，偶而還會聽到她唱那種會使人起雞皮疙瘩的流行歌。每天黃昏時，就有一輛永裕車行的計程車在大厝門前，等那女的和男的。聽車行的人說，都載他們去歌廳，然後十二點半再去接他們回來，那女的大概是什麼星之類的人物吧！這是我和妹妹研究半天所下的結論。

有一天，車行的司機在電線桿前等了好久始終不見人下來，按了半天鈴也沒人應。這種情形連續了三天。

那天傍晚，那個男人到彩琴姨家，把彩琴姨嚇了一跳。男的問說，有沒有見到秀美，他有事到臺北回來不見秀美，而且屋裏的一些細軟也不見了，大概是被她捲走了。男的異常沮喪而且心急。他姓張，家在中部，是個有名望的家族。五六年前在酒家認識秀美，一直來來往往，三年前從他父親的遺產上分得了好幾塊地，就開始和秀美同居。最近他把最後一塊地賣的錢交給秀美，不料她卻遠走高飛了，張先生還說不論天涯海角他一定要找回秀美，不知道他是去找人還是找錢。彩琴姨逢人就說：「古人說的腐婊若有情，神主就無靈，一點也沒錯。」

秀美失蹤以後，張先生也不再住大厝了。

大厝貼出吉屋出售的紅紙條當天，吃晚飯時，祖母就告誡爸爸一番話，不外是男人不要有幾個錢就想娶小姨，祖母怕爸爸步上大伯父後塵。什麼一妻無人知，二妻相捨事，就是在說兩個大伯母一天到晚吵鬧得不安寧，祖母乾脆就一年到頭住到我家。最後還說：「三代粒積，一代傾空」，像那位張先生，祖上留下的辛苦產業，他不到三年就全毀了。

吃過飯我正在幫媽媽洗碗，爸爸走到媽媽身邊小聲的說：「歹歹尪食朆空」。

我知道這是爸一向慣用的伎倆。媽媽每次見到別人的丈夫發財，就要埋怨爸爸人太老實了不會賺大錢，害得我們只能過這種生活，太不多采多姿了。因此一有如張先生和秀美的例子在報上登出，爸爸總要唸一遍給媽媽聽，而媽媽總說報紙是胡說八道的東西，他不相信記者們的那張嘴和那支筆。今天這個眞人眞事的活生生例子，老爸當然不會放棄，及時抓住給媽媽上一課大道理，大概老師當久了，所以找機會敎育人最拿手。

媽媽當時嘴巴雖沒說什麼，不過我相信爸爸那句「歹歹厝食畇空」已打入她的心。因爲第二天她買了三個剛上市的大芒果回來，我和妹妹要吃，她說那是要留給爸爸吃的，說完就把芒果放到冰箱，那是爸爸最喜歡的水果吃法，芒果冰涷。

大厝差不多又讓小孩玩了一個月的棒球。

六月底又搬來一對姓古的夫婦，還帶着個小嬰兒。女的年紀很輕，而男的顯然已過了中年。大家又說，怎麼搞的，大厝住的盡是老厝少年某，是什麼風水啊！

暑假來臨時，大厝裏多了一個大男孩，後來又來了一個較小的女孩。說是他們的孩子，不過年齡比古太太小不了幾歲，孩子喊古先生爸爸。喊古太太阿姨。

後來又是彩琴姨帶來的報導，古先生是和前妻生下那兩個孩子。不久前離了婚。這裏面還有一個相當戲劇性的曲折故事。

古先生從少年時代就進入了「手部俱樂部」，當起職業賭徒，現在的古太太十六歲即加入「

脚部俱樂部」當無照舞女。二十歲那年古先生就把她帶回家，求第一任的古太太收留她，說她天生不會生孩子，把她娶回來無異是使家裏多了一個免薪水女工，可以任她使用，大古太太想想身邊多一個女佣人可幫她煮飯洗衣也好。況且年紀和她的孩子也差不多，一定可以控制住，不怕她爬上天。於是答應了古先生帶回二十歲的小古太太。

最初三人相處得很融洽，相安無事的過了幾年。後來小古太太的肚子漸漸大起來，大古太太追究起原因，原來是古先生騙了她，一氣之下把小古太太趕出來，古先生當然也追出來。於是大古太太忍不下那口氣，要求兩百萬離婚。兩人離婚手續辦妥後，古先生接着也等待和小古太太辦結婚手續，正好趕上小孩出生。搬進了大厝，喬遷、新婚、得子之喜一齊辦。

大厝換主人後，整個風貌也變了。花園裏本來張先生放了幾盆花，也種了一些樹。經過一個月的荒蕪都枯掉了，古家乾脆把那些枯樹放入垃圾車，花園變成停車場。昔日的大厝一片寂靜，終日不見人影走動，今日的大厝每天訪客盈門。有時候摩托車硬是排到彩琴姨家門口。有喝酒的朋友在一齊划拳暢飲，有賭博的朋友在一齊研究技術。晚上常常不是猜拳叫喊聲，就是麻將相碰聲。

古家搬來不到一個月，鄰居們開始受不了這種噪音攻勢。尤其大家白天上班晚上習慣早睡，往往半夜被吵醒。

暑假過了一半，哥哥才從臺北提着行李和他的吉他回家。三更半夜摸黑按門鈴，媽媽從大門一見哥哥就有頭沒臉的說了他一頓，從樓下跟着罵到樓上。

「放假了別人都回來了，就你一個人還留在臺北玩，我就不曉得你怎麼花得下你老爸毛管孔出汗的錢。你以爲錢都是從天上掉下來的啊？你看，又瘦下去了也曬得這麼黑。別人是一放假就趕快回家吃些像樣的東西，你呢？連家都不想回來了。」不曉得媽媽是心疼哥哥在外面吃不好不趕快回來，讓她一天燉一尾虱目魚補，還是心疼七月份哥多花了她兩千塊。

「好了啦！少年囝愛玩是難免的，他一進門妳就這樣駡，難怪他不願意回家。」祖母已聞聲趕出來，阻止媽媽再駡下去，否則哥哥的耳朶就更淒慘了。據哥哥的分析研究他有輕微的耳鳴是因媽媽的嘮叨所致，所以將來她娶妻一定要找個不喜歡講話的。

「歹竹出好筍，好竹出龜崙。你老爸怎會生你這麼沒出息，看看別人你怎麼跟人家比。」我就知道媽媽又要講這句話了，從古家的大兒子回來這一個月，她不知道埋怨過多少次了。那個古勝仁和哥一樣在臺北唸大學二年級，只是他是唸醫科，我的老哥卻大失媽媽所望唸公共衞生行政系。

哥哥聯考放榜時，媽媽一聽哥沒考上醫科，心臟病復發又發燒三天，直說沒望了。哥哥忙打消重考念頭，免得明年讓媽媽再一次沒望，他就大不孝了。媽媽這些日子以來一直不痛快，加上哥哥的遲歸就一道駡上去。好在哥哥是個不管人家駡聲，依然能找快樂的人。要是換成我早就受不了這種自尊被損。

「人不活到死好歹還不知，妳不要一天到晚駡他、嫌他，心都被你駡亂了。歹子飼爸，歹子飼爸。」祖母一直深信哥哥是個出色的孩子，雖然生性好玩但是孝順第一。

「我管的這麼嚴，他都這樣了，再不管他都要爬上天了。」媽媽絲毫不放鬆，這些日子她一直快快不樂。

「嚴官府出厚賊，嚴父母出不肖子。」祖母感嘆的說。

「錦斌，明天跟爸爸去釣魚。還有錦霞、錦蓉也一齊去。看誰釣得多，我順便看你技術進步了沒?」爸爸穿着一條內褲從浴室衝出來。每次媽媽罵我們時，都是爸爸出解圍的話題。祖母的話只會引起媽媽更多的埋怨，她認為我們三個小孩都被祖母寵壞了。

「在臺北玩了一個月，剛回來你又要帶出去玩了。父子都一個模樣。」媽媽狠狠地瞪了爸一眼。

「有什麼關係，難得孩子們放假嘛!」爸爸面帶微笑，雙手不停地搓着。有時候他對媽媽還眞有三分畏懼。

「你要知道，寵豬舉灶，寵子不孝，寵查某了翁落人家教。」媽媽又把她的至理名言搬出來了，從小打罵的人是媽媽，呵護的人是爸爸，家裏是標準的嚴母慈父型。

爸爸把媽媽哄出哥哥的房間，祖母問了一些哥哥在臺北的生活情形，又說了一些心疼他沒吃好的話。之後，也回房睡覺了，總算結束一場刼難。

我和妹妹圍着哥哥要他從臺北帶回的新奇東西。哥哥從旅行袋裏拿出兩條牛仔褲，丟給我和妹妹一人一條。

「就是爲了你們兩條牛仔褲，害我寫信回來多要了兩仟塊，結果在臺北多餓了半個月的肚子。」我和妹妹非但沒同情，反而大笑。我們都知道哥哥絕不會虐待自己的肚子，再說這個月他和他女朋友感情也不知又跳上了幾級。

「哥哥，你知不知道媽媽今天爲什麼生這麼大的氣。」我知道錦蓉一拿人家的東西，就恨不得把內心的話都說出來，以示報答。

「我在臺北逗留太久了，又三更半夜回家，對吧！」哥哥把一支嶄新的自動鉛筆遞給錦蓉。

「這只是其中原因之一，還有另一個遠因。」看在哥哥手上還有一支自動原子筆份上，我也要報告一番：「哥哥，你要不要聽呢？」我雙眼一直瞪着那支原子筆。

「說吧！」哥哥果然和我最有默契，我手才一伸出去，他就及時把筆放在我手上。

「謝謝！」我趕緊立正，行個九十度禮。

「我跟你講，我們南邊那間大厝搬來一家姓古的，他爸爸一天到晚賭博，他兒子唸醫學院。媽媽心裏覺得沒面子嘛！賭徒的兒子唸醫，老師的兒子——你自己想。」

「原來這樣，很簡單，你跟媽媽講我再把面子搶回來。」哥哥煞有其事似的，一本正經的說。

「你要再重考啊！」這實在令人難以相信，哥哥討厭死了重考。

「不是啦！唸醫科當醫生固然了不起，但是將來還是歸我唸公共衞生行政的人管，懂嗎？」哥哥一副得意狀。

「眞的啊！哥哥你能做那麼大，那隔壁那個大哥哥也要讓你管嗎？」錦蓉最高興的事莫過於做大的，能管人。

幾年前，爸爸的學校缺一名組長，校長請爸爸兼一學年。錦蓉到學校一直向人說：我爸爸比小芬的爸爸還大，是可以管小芬的爸爸，所以小芬要聽我的話。這是小芬的爸爸學給爸爸聽的，說小芬也哭着要她爸爸去跟校長說，要做比錦蓉的爸爸還大。爸爸回家費了好多唇舌才把錦蓉的觀念稍加修正。

「是啊！公共衞生行政，就是要管醫生的嘛！以後你跟媽媽去蔡內科家打針，跟他說算便宜一點，否則我哥哥可以管你的，就不讓你開醫院。」我一面對錦蓉說，一面向哥哥扮鬼臉。

「好了，別開玩笑了，自己說着好玩的，讓別人聽了會笑掉大牙的。」哥哥又鄭重的對錦蓉說：「錦蓉，別出去亂吹牛，知道嗎？」

「嗯！」錦蓉點了一個很大的頭。她暑假過了就升國中，有時候一些言語行動還停留在五、六歲小孩的階段。

哥哥在家眞好，總講些新鮮的話題，充實我們的耳朵。還能光明正大的向爸爸要錢看電影，老爸相信哥哥唸了兩年大學培養出的判斷力，反正哥哥所做所爲在爸爸眼裏都是有道理的。

下午三人去看了一票兩片的電影，回家後。祖母和媽媽在厨房做晚飯，還一面聊東家長西家短。彩琴姨來找媽媽，我以爲她來借葱的，這時候是做晚飯時間。原來她有一項號外新聞，彎不到晚飯後，所以提早來報導。

「阿好嬸，你也在啊！」彩琴姨一進厨房先向祖母打招呼。

「彩琴，你煮飯了沒？」祖母幫媽媽把蛋打好，放一邊。忙找一把椅子給彩琴姨坐，兩人就聊起天來。

「你們知不知道隔壁那個姓古的買了一輛車。」

「我看過啦！就是那輛白色的大肚仔車，是不是？我還看過他那唸醫生的兒子騎。」祖母說速克達和偉士霸的車子是大肚仔車。第一次聽到時，我和錦蓉笑得把嘴裏的飯都噴出來了。爸爸卻說有道理，那種車子確實挺着一個大肚子。還不斷的讚美祖母的想像力豐富。

「不是啦！不是啦！我是說他們買四輪的黑頭仔車啦！」剛才我們從大厝前經過，那兒確實停了一輛車子，是紅咖啡色的。彩琴姨偏說是「黑頭仔車」，我悄悄的告訴哥哥說應該叫做「紅頭仔車」才合適。

「你說自家用的金龜仔車，那一輛要很多錢吧！」

「聽海山說姓古的前陣子輸了不少錢，這兩天手氣好又贏了不少錢。所以馬上去牽這輛車，聽說七、八十萬的，比什麼生意都好賺。」

「賭博人，半暝報贏繳，天光報上吊。贏贏輸輸的也不一定，贏繳是輸繳兆啦！」祖母常說賭博的人她看多了。當年祖父就是個好賭的人，這些話祖母常掛在嘴邊講不停。

「以前張先生住在大厝，我們家一點事也沒有。現在他們搬來又開賭場，不但聲音吵人，連我們海山也常被拉去湊一角，有時侯連班也沒去上。眞衰！和這種人做鄰居，自己賭也拉人賭，火燒厝燒過間。剛才我就罵海山，沒出息，人家姓古的那輛車，有一輪是他寄付的，這陣子他在姓古的那裏輸了五、六萬。」

彩琴姨每次她丈夫輸錢，她就到處哭訴，還罵人不該叫海山去賭。偶而她丈夫贏錢，她就眉開眼笑而且一句話也不提，深怕別人知道來向她借似的。

古怡娟考上我們學校。一大早她家大門口貼了好多張大紅紙，密密麻麻一大堆字，她爸爸古新航三個字也跟着出現在牆上，當太陽照射下來，紙上的黑字像是反射着一道光芒，相當耀眼，哥哥走到大厝門前，把那些紅紙黑字唸了一遍，然後跑出來唸給我聽，不過把古新航和古怡娟的名字改成李漢宗和李錦霞，祖母聽了還直誇哥哥眞聰明。哥哥帶着一份得意又跑進厨房對媽媽說：

「媽媽，你看到古家前面貼的紅紙嗎？我唸一遍給你聽——嗯！」哥哥故意淸一淸嗓子。

「恭賀李漢宗先生吳英菊女士之女公子李錦霞——」

「好了，好了，別鬧了，人家女兒考上省女中是光采的事，你少胡說八道。」媽媽打斷哥哥的惡作劇。

「我們錦霞比她早一年考上更光榮。對不對，媽媽等一下你出去，古太太一定會稱讚錦霞的，你看面子又搶回來了是不是哩——」

「錦霞呢？」媽媽轉頭問哥哥。

「我在這兒看報啦！」早上忙着看隔壁的熱鬧，今天的報紙還沒看。大概我讓媽媽突然又覺得很有面子，她要稱讚我幾句，早上我看到她買了兩大串葡萄。於是趕快丢下看一半的報紙，衝到媽媽面前，準備接受獎勵。

「你怎麼又在看報紙了，看了一早上還不嫌累。」媽媽擺起教訓人的面孔，好難看。

「你啊！早上看報，下午不是睡覺就是看電影，晚上又看整夜電視。」慘了！我看見哥哥從後門溜出去了，都是他惹的禍，這個爛攤子我收拾定了，眞糟，爸爸又不在家。

「古家的女兒和你同校了，不要唸輸人家，你哥哥已教我沒面子了。你就爭點氣，不要再讓我抬不起頭來。」趁媽媽放魚下鍋時，我趕緊也由後門溜走。

返校日，我特意到公佈欄去看今年新生名單。古怡娟被編在一班，顯然她是以高分考入的。學校一年級的編班是根據聯考分數高低編排的。知道了她功課這麼好。給我心理一個很大的威脅，不過在我心中也起了一份敬佩。

晚上回家越想越不是滋味。不覺醒是不行了，吃過晚飯，我自動放棄看電視的權利。爸爸規定放假日可以看兩小時電視。我下定決心要好好唸書，我眞的在書桌前坐到十一點，一共做了六題數學，唸了一課英文，也把老師規定的作文題目選了一題寫了五百字，收穫還不錯。

錦蓉說明天可能要考試否則我才不會那麼用功，竟然沒和她搶看電視。哥哥說照我這麼用功，兩年後一定可以考進他們學校。祖母心疼我唸到三更半夜，還替我煮了一包生力麵加一個蛋。爸爸很安慰的跟媽媽講，他就知道媽媽要用愛的教育來開導，使他們能自動自發。媽媽最掃興了。說沒有用啦！一日走抛抛，一暝點燈蠟。白天愛玩晚上再用功也沒用。我說反正我唸書你也罵，不唸書你也不高興，乾脆我不唸了。剛好手上拿一本「數學追蹤」，往後一丢，被哥哥接住了，哥哥說，不想唸書要抛綉球現在也不是時候。並約我明天看電影去。可憐的決心只維持一個晚上，第二天又恢復原狀了。

這次錦蓉沒跟上，她正在補A、B、C。

哥哥請我看電影，又破費請了一客棺材板。然後我們等客運車回家，車子一輛接一輛皆過站不停。哥哥說要搭叫客計程車，我已有學生月票捨不得多花三十塊。我寧可拿三十塊來吃六碗冰，哥哥氣得叫我自己等，他要搭計程車回家。最後我們約定再等一班車，如果再不停就搭計程車，我心裏暗自禱告車子拜託停一停。

「哥哥，你看那輛車子怎麼停在這裏，會擋住客運車的，這回車子不停不算數。」有很多自用車也會在交通擁擠的上下班時間出來做生意。往往就在客運的招呼站拉客，前面這部大概也是，不過我是打定主意不多花寃枉錢。

「少賴皮，遵照約定吧！」哥哥一副不可一世的模樣，好像他坐定了計程車一樣。

「錦霞，來坐車。」我轉過頭一望。從前窗探出一個人頭來，再看一下車子，原來是古家的人。我和哥哥一時都楞了一下。

「你們要回家是不是，進來坐，還有位置。」那是古怡娟的阿姨在叫我們坐他們的車，我趕忙推哥哥上前坐他們的車，心裏勝利一笑，省下三十塊了。

「你們和勝仁坐後面，怡娟你過來坐前面。」古太太吩咐着。怡娟走出車門往前面坐。車內已經坐四人了，古先生自己開車，好在車子是可以坐六人的，否則就要超載了。很舒服。這車子的冷氣够強的。

「錦霞，你哥哥叫什麼名字。」古太太問着我。

「錦斌。」我故意把聲音拉高讓每個人都能聽見。

「聽彩琴說他唸臺大的。實在很行，眞不簡單哩！你們家的小孩都很會唸書。我就跟怡娟講將來也要考臺大那樣才神氣。勝仁那時候我叫他重考，偏偏他不聽我的話。要不然將來說是臺大畢業的，病人也比較信得過，是不是？你們看街上那些醫生誰比得上蔡內科生意好，人家是臺大畢業的哩！」古太太講話很慢。全車的人都聽她一個人說話，我從沒當面喊過她古太太，她太年輕了！

「錦霞，你通學是吧！我看你乾脆搬去和怡娟住。今天我們就是去幫怡娟租房子的，找了一下午，總算在你們學校附近找到了。回家跟你媽說一聲，開學就搬去。」古太太轉過頭來對我說。

「我住外面不習慣。」我才懶得住宿，又要自己洗衣，自助餐我又吃不來。

「怡娟從國中就住宿。唸私立的三年裏不知多花去她爸爸多少錢。不過總算沒白花。」

車子駛出市區，坐在旁邊的古勝仁把身子趨向前方。

「爸爸，你開太快了，怎麼開到九十呢？」古勝仁大聲的向他父親說。

「這車子性能好，開快無所謂。」古新航目不轉睛的注視着前方，很自信的說。

「性能再好也不能開那麼快，安全第一。」

「開慢點吧！醫生兒子的話錯不了的啦！安全第一，車內還坐有別人的兒子、女兒。」

古先生把速度減慢了一些，古勝仁才又坐回原姿。

「錦霞，你會不會彈鋼琴？怡娟考上省女中，她爸爸花了十萬塊買一臺鋼琴送她哩！」古太太看怡娟一眼。

「誰說十萬呢？才六萬五而且又不是名牌。」怡娟的表情冷冷的，不過聲音卻很好聽。

「反正都是鋼琴嘛！什麼牌子都一樣。」古太太又慢慢的說，然後車內就靜下來。她按了錄音機播放音樂，是聽不懂的日本歌，不過音響很好。雖然是那種淒涼的日本調，不過也蠻好聽的。

車子駛入光明街，古太太又說：

「你們有空來我們家玩，錦霞你和怡娟現在是同學了，以後就過來玩嘛！」古太太很慇懃的邀我去她家玩。

下車後我和哥哥向他們道過謝，就回家。還聽到古太太在對古先生說：

「人家當老師的，教育孩子就是適應有禮貌，怡娟和勝仁就不是這個樣子了。」

暑假的最後一天，我正把握住最後兩小時電視。剛好有一幕女孩在彈鋼琴的戲，我就順口說

「錦蓉也可以去學彈鋼琴嘛！」

「讀書人書不唸，彈什麼琴，像你哥哥整天抱着吉他就有飯吃了？」其實我是在對爸爸說的，不料被媽媽走進來聽見了。現今吃吉他飯的人多的是，媽也太少見多怪。

「人家現在好多人都在學琴，將來還可以考音樂系哩！古家的怡娟不但去學，她考上我們學校，她爸爸買一臺鋼琴送她。」

「我說一句你頂三句，愈來愈不受教。也不想想你老爸是幹什麼的，鬧鷄趁鳳飛。」

「好了，你也坐下看電視吧！看看你昨天猜的劇情對不對，玉萍到底會嫁給誰？馬上就知道了。」爸爸把媽媽拉過去，移了一下身體，讓出一個位置給媽媽坐。

爸爸和媽媽一面看還一面討論劇情的發展。我是急着想等廣告，好看另一邊電視臺的劇情演變得如何？

「漢宗——漢宗——」祖母一面爬樓梯一面喊爸爸。

「喔——來了，什麼事？」爸爸起身，祖母也進來了。

「漢宗啊——彩琴來說海山被警察捉去了。」祖母喘息未定，一口氣把話說出。

「到底發生什麼事。」爸爸一聽被警察捉走相當吃驚。

「是剛才在隔壁賭博，被警察捉去的。他手脚慢沒來得及逃掉。彩琴拜託你去分局看能不能保出來。」祖母一向熱心有餘，常給爸爸帶來很多意外的麻煩。爸喘了一口氣，話尚未出口，祖母又催着爸爸趕快去。

「人情嘛！先去看看再說。看她可憐啦！」

「賭博人沒三日好光景。」爸爸臨出門又拋下這句話。

大厝開賭場被破獲之後，那裏晚上就不再有意外的聲音。那輛「紅頭仔車」也跟着主人到外地去賭了。起先是三、兩天才看到停放在門口一次，後來就一星期。中秋節過後就一直沒再見到了，彩琴姨說已經賣掉了，自己開車太費精神，現在出門都叫車行的車送了。

學校段考完，那天下午提早回家。大厝前面停一輛卡車，有幾個工人在搬運鋼琴。我以爲是搬到臺南給怡娟彈的。問古太太，她說怡娟功課太忙了，不想彈，賣掉以後考上大學再重新買。

不過有一個星期天，我看到怡娟手拿琴譜，她告訴我她要去教堂練琴。下星期學校音樂比賽，她要幫她們班上伴奏。她的琴齡好幾年了，從來沒間斷過，或許以後她會考音樂系。後來我才知道她原來是鼎鼎大名，名鋼琴家汪明淵的學生。以後對她又多一分敬佩，這是繼知道她編在一班後又一份的敬畏。

哥哥來信說在士林見到古勝仁擺地攤，他也想以此行業賺些錢，做爲戀愛經費。我非常贊成他的構想，請他也把寒假請我看電影列入其中預算之一。

當期考最後一天，我在福利社前面碰到怡娟，我問她要不要我幫她帶些行李回家，她搖搖頭說暫時還住租的地方。他爸爸要搬家，等地方確定了她再回家，一方面免得搬來搬去，一方面留在學校練琴。

回家看到祖母，我馬上問她知不知道古家要搬走的消息。

「怎麼不知道，欠了一身賭債沒法子只好賣房子。」

「賣給誰呢？」

「還不是那些賭友，也不知住長不長久唷——賭博的人，一更窮，二更富，三更起大厝，四更拆劊付。那些贏來的錢都在空中飄着啦！」

古家眞的搬走了。

大厝的空地上又聚集了一批玩棒球的小孩。

二哥的婚約

那天吃晚飯時，阿爸摑了二哥一個大耳光，因此把自己的手腕扭傷了。

爲了這件事，娘把眼睛哭得又紅又腫，小姪兒一直叫：「阿媽的眼睛像兔子，阿媽的眼睛像兔子。」阿爸煙抽得更猛，新樂園一包接一包，米酒頭仔喝個不停，吃飯的碗被他摔破了好幾個。大哥沒敢再提要賣掉屋前的芭拉園，也把那個建販厝的包商送來的一塊高級西裝料退回去。大嫂也不敢再吵着要搬出去住了，好幾晚沒聽到她罵大哥沒出息的話，偶而她還會幫娘洗幾塊碗盤，連兩個小孩在哭的時候，她罵叫的聲音也聽不見了。

僅管家裏寂靜的沒半點聲音，我心裏還是覺得很煩亂。沒人大吵大鬧我反而唸不下書。家裏的人臉上好像都抹上一層霜，冷冷的、感覺上很淒涼。

三哥從臺北寄回來的家書，也沒有人和我搶着看。他贏得大專組的英文演講比賽冠軍，阿爸也沒說他中狀元。只是長長的嘆了一口氣：「會唸書的囝仔生給不會賺錢的人做子也眞艱苦。」

四哥回家不敢向阿爸要生活費，把我藏在床底下的豬公抓出來殺了。他拿了全部九十七個五元硬幣，又數了十五個一元的，到雜貨店換五張百元大鈔。然後又回學校去準備模擬考。雖然我很心疼這些存了好幾年的錢被四哥挖走了，不過卻很大方的說不要四哥還了。這隻豬公幾乎都是二哥和三哥替我餵肥的，是留着我買脚踏車用的。

自從那天起，本來就沈默的二哥更少講話了。平常他晚上下課都會來問我有沒有不會做的功課，然後陪我唸一下書並指導一些唸書的方法，可是他已經有好幾天沒到我唸書的房間來了。沒上課的晚上他依然和大哥載衣服到外地的夜市去擺地攤。常常都過了十二點才回家，而第二天大哥還在睡覺，他就出門到稅捐處上班了。

在學校我都盡量不和芬蕙講話，甚至她叫我時，我也故意裝做沒聽見而不理她。對她我是有些恨意，如果那天不是她爸爸來家裏講那一大堆難聽的話，二哥也不會去頂撞他，更不會挨阿爸一個大耳光，把家裏弄得烏煙瘴氣的。娘一直說怎麼可以毀婚呢？當初也是芬蕙她爸爸先提議要二哥和芬蘭姐訂婚的，而現在又是他說要退婚。芬蘭姐從小就跟在娘身邊長大，鄰居們都說她是我們家的二媳婦，退婚傳出去大家都沒有面子。昨天芬蕙帶一包糖來請班上同學吃，她參加演講比賽得第二名。那是一種很高級的水果糖和牛奶糖夾花生。不過我並沒有像其他同學高興的馬上撥開來吃，當大家向她道賀並吃糖時，我把放在桌上的五塊糖收進裙子的口袋裏。放學時走到橋邊看四下沒人悄悄的丟進臭水溝裏。我才不要吃她們家的臭東西會爛嘴巴。

家裏氣氛一直很不好，放學我常留在學校。今天我比平常又多留了半小時。回到家越過門檻看見大廳的老掛鐘已經過了七點。肚子很餓所以直入廚房，屋前屋後一片冷清，整個屋子沒見一個人影。大哥通常天黑就到夜市去擺地攤。二哥今天晚上有課，早就上學去了。大嫂又帶兩個小孩回娘家去了。自從阿爸被車子撞斷腿在家養傷，大嫂就常借故回娘家，而且一住就好幾天。她總是對鄰居說要不是她時常回去娘家補一補，如果光吃家裏娘煮的伙食，她早就要瘦得像一隻猴子了，那能像現在這麼白胖。

大嫂常回娘家住，一家三頓飯就成了娘的固定工作，又要照顧躺在床上的阿爸，那陣子她只好把冷凍廠切魚的工作辭掉。直到現在，我平常的零用錢就只有靠二哥偶而一、兩次的加班費了。

平常這時候阿爸和娘應該都在家看連續劇才對。

我在飯鍋裏挖了半碗中午的剩飯，倒了一些熱開水攪拌着嚥下去，暫時塞住咕咕叫的肚子。今天娘比較晚起床，來不及煮飯讓我帶，中午只吃了兩個麵包，肚子早餓得直唱空城計了。

那年是阿爸胃出血第三次住院，醫生檢查後說非開刀不可。娘籌不足醫藥費，把那片果園賣給芬蕙家，阿爸住醫院就花掉了一大半。後來要不是又爲了大哥娶大嫂，花了僅有的存款當聘金，二哥也不至於因考上私立大學沒錢註册而去當兵。三哥那時候在臺南唸高中，就主張大哥到法院公證結婚，把錢省下來給二哥註册。大哥好像不太願意，吞吞吐吐的支唔了半天，最後還是沒有說好或不好。阿爸說無論如何再窮再沒錢，兒子娶媳婦他也要按照習俗給對方幾百斤大餅和應有的聘金。阿爸堅持說：「賒豬賒羊，不賒新娘。」至於二哥的註册費他會另外再想辦法。

但是到二哥學校註册的前一天，阿爸還是沒把學費籌出來。大哥又不敢叫大嫂把她壓箱錢拿出來借阿爸。註册那天二哥悄悄去鎮公所註銷緩征，一星期後就應徵入伍，然後到金門一去就是三年。那三年裏，娘也哭了三年，一想到二哥，娘的眼淚就像斷了線的珍珠，阿爸一見到娘哭就罵娘又不是死了兒子要天天哭，罵過他自己就往外跑，到三更半夜才醉得被人抬回來。所以娘在哭時總是不敢讓阿爸看見。

三哥說他長大後才不要為了娶太太讓阿爸傷腦筋又花錢。他時常笑大哥要新娘不要阿娘，不要臉。大哥結婚那天，娘叫他端橘子請新娘下車，他一直不要還直嚷着：「叫新娘坐回頭車轉回家，好讓二哥去註册。」為此娘打了他一個耳光，說小孩子亂講話。四哥說大嫂戴一條好長好粗的金項鍊可以拿去賣，二哥就可以去註册了。我想大嫂一定把阿爸送去的錢都拿去買那些東西，好可惜哦！大嫂又不是什麼天仙美女，大哥為什麼非娶不可。

大嫂一進門，三哥和四哥都不太喜歡和她說話。不過大嫂好像也不怎麼愛理我們。人家隔壁秀文和她哥哥的衣服都是她嫂子在洗，中午她大嫂也幫她帶飯到學校，有時候她大嫂娘家在嫁娶都帶她們去吃喜酒。而大嫂家連大拜拜她也從來不請我們去看熱鬧。時常聽到她和大哥吵架，每次總說早知道我們家這麼窮打死她也不會嫁給大哥，她就一面咒罵一面嘆氣：「我那些女伴不是嫁給住洋房的就是開自家用的轎車。那像我——註定拖累受苦。」阿爸聽了就生氣，娘只能搖頭嘆氣。

娘和阿爸買回來的東西大嫂她自己不愛吃，也不准兩個小姪兒吃。有一次娘趁大嫂在房裏，偷偷拿一塊姨婆家送來的喜餅給小孩吃，大嫂出來看見不分靑紅皂白，伸手搶過小孩手上的餅用力往外一丟，還說小孩拉肚子就是吃了娘這些不乾淨的餅干。小孩子一直哭着要吃，她抱進房間拿她從娘家帶回來的鳳梨酥塞給小孩。那次之後，阿爸就不准娘再拿東西給大哥的孩子吃，也不准我去抱他們。有時候小孩子吵着要我這個小姑姑抱，爸爸就大聲的喊：「永安——來把囝仔抱走。免得生病又牽拖你娘沒衞生。」

其實大嫂也不是不愛吃東西，她自己都到市場買好多東西回來放在他們房間內吃，有時候吃不完，生了螞蟻或發酸，第二天她就倒進垃圾堆，娘總是檢起來餵雞。大哥晚上做生意回來也常提點心回來，然後他們兩人就躲在房裏吃。以前三哥在家時唸書唸到半夜，肚子餓也只是泡包速時麵吃一吃，大嫂也不會分一點大哥帶回來的點心給三哥。就是現在二哥下課回來也僅吃吃晚上的剩飯。阿爸就罵大哥沒良心，二哥沒上學就幫他做生意，晚上買回來的點心也不能分一點給二哥，一點兄弟之情也沒有。我是覺得那些當歸鴨、瓜仔雞……也沒什麼好吃，就是大嫂要端給我吃，我還不想吃哩！如果考試到了，我要開夜車，只要告訴二哥他就會從學校買兩個煎包回來給我當點心。

把「英文一百分追踪」第四回寫完，剛好娘扶着阿爸回來，我急忙跑出去。阿爸的臉色在日光燈下顯得更蒼白，不太高的身材加上很嚴重的駝背，影子映在地上時竟縮成一團，白頭髮夾在稀疏的幾根黑髮中，像是一片營養不良的草地，兩邊額頭暴出明顯的青筋，不知是阿爸特別瘦或是青筋特別粗，整個臉像瀉了氣的皮球，鬆鬆散散的。使我想起小時候祖母的臉，那時候我老依偎在祖母懷裏，拉着那滿是皺紋的臉皮，並問她為什麼臉上會有一條一條的深痕呢？祖母說那是小時候不乖被阿祖用刀刻的。從那時候起在祖母面前我總表現得特別乖巧，深怕在自己臉上也刻下這種可怕的刀痕。直到稍長才知道，那就是皺紋，是歲月刻劃在人臉上的痕跡。像地理老師所講的大地圖，東邊一條黃河，西邊一條長江。

看着娘把阿爸扶進屋裏，我始終沒移動脚步。當娘再出來時，她用她多愁的雙眼看了我一下，然後自顧往後面的厨房走。我跟在她後面用心的想找一些今天學校發生的事來跟她講，可是實在找不出什麼可以引起娘興趣的話來跟她說。平常放學時都是娘在做飯的時候，我就跟在厨房一面幫她洗菜一面講一些學校的事給她聽。但是自從芬蕙的爸爸那天來提起她姊姊芬蘭和二哥的婚約要取消後，娘對我在一邊嘰嘰呱呱講個不停好像都沒任何反應，前天我跟她講這次段考我是全班第一名，她連一點高興的樣子都沒有。如果平常她一定會撿一個最大的蛋煎給我配晚飯。

我走進厨房出乎預料，燈沒有打開，從後面阿善嬸家的燈光照射進來，我看到娘她並沒有在淘米或切菜，娘縮着身子坐在板凳上背對着我，看她僵着的背影——

「阿娘——阿娘——」我摸到牆上的開關一按，借着燈由後面望過去，娘匆忙提起衣角，低着頭拭擦着臉，娘好像在哭，看她擦了一遍又一遍。

「娘——你怎麼在哭呢？」當娘轉過頭來，眼角還是濕濕的，眼睛已經像小姪兒所說的兔子眼。

「哪有呢？你呷飯了沒？」娘站起來背對着我拿飯鍋走到米缸，娘每次流淚都怕我們看到。

「吃過了。你和阿爸去那裏？」我走過接下娘手上的鍋，彎腰淘了三杯米。

「去你阿才伯家，把永華和芬蘭的婚約取消。」娘接過米開始淘洗。

「他們不要結婚了？」沒想到阿才伯眞的不把女兒嫁給二哥，起先我以爲他只是爲屋前那塊地生氣所講的氣話，原來他是眞的不願和阿爸結親家。

「唉——」娘停止手上的動作：「人若失敗連親戚五十都驚死了，人家躲都躲不及的，那裏敢再將女兒嫁給我們吃苦受罪。」娘看着那片由白變黃又變黑的牆壁，用很虛弱的聲音感慨的說，又看到一顆顆好大的淚珠自娘的眼眶裏滾落下來。

阿才伯也不應該因爲阿爸地不賣給他而拒絕這門親事。因阿爸常年的生病，家裏的土地已經一塊一塊的由阿爸名下改登記成阿才伯的了。如今只剩屋前這一小塊了……

鄰居的人都說嫁給娘當媳婦是牛暝打着燈籠也無處找的。娘對大嫂的寵愛是人家有目共睹的，大嫂從來不曾掃過地，也很少煮飯。她做月子時，娘總是鷄一隻接一隻的殺來燉，豬心豬肝讓她當菜湯，有好吃的先往她房裏端，而且晚上又幫大嫂帶小孩。阿才伯應該比別人更曉得，女兒能當娘的媳婦是前世修來的福氣。

「二哥同意啦！」昨天二哥才又爲了這件事惹阿爸生氣，怎麼可能一下子他就讓步了呢？

「哪有啊！是你阿爸做主，堅持絕對不讓人家說我們看上別人的嫁粧，旣然人家硬要退婚，我們還能再講什麼呢？」娘的聲音有些嗚咽。

我站在一邊不知道該講什麼話，看着娘笨拙的手脚慢慢把米放入電鍋裏，然後洗菜、切菜……。注視這些平常看慣了的動作，現在反而覺得很陌生，在我的眼前這一片景象漸漸的有些模糊……

芬蘭姐和三哥同年紀，不過從小時候她就比較喜歡和二哥玩。有時候三哥欺負她，二哥就一拳打過去，從此也就沒人再敢惹芬蘭姐了。他們很小的時候，阿才伯就說要把芬蘭姐嫁給二哥。二哥在金門當兵那三年，他們信寫的很勤，二哥愛吃年糕，過年時，芬蘭姐總是提前郵寄一塊有紅豆的年糕給二哥。二哥當兵回來他們就訂婚，已經四年多了，本來去年阿才伯有意要他們結婚。二哥一直說等他畢業才結婚，結果一蹉跎阿才伯就反悔了，而演變成今日退婚的局面。

阿善嬸那天就對娘說：「你家永華是慢牛食無草，現在有很多少年仔在巴結阿才，看伊會不會把女兒嫁給他們，眞無采！阿才的女兒嫁粧是好幾十萬哩！」

我眞爲二哥感到不公平，阿才伯人太現實了，見風轉舵。坐在書桌前半天看不下一個字，也不管明天的物理考試了，埋頭就睡覺，把這些難過的情緒埋在被窩裏吧！

早自修課，芬蕙在後面踢我的椅子，我頭才剛轉過去，都還沒來得及問是怎麼一回事，老師就叫我起來背鄭板橋寫的道情第一、二兩首。雖然我背得很流利，但是國文老師那張兇人的嘴臉還是很樸克牌面的訓了我一頓：

「鄭瓊芬，妳最近怎麼老是不專心呢？上課心不在焉，連自修課妳都要和同學聊天，下次考試退步，要罰妳掃男生廁所。」

老師雖然是綳着一付臉色在說話，但是他才說完，班上的男生都捧腹大笑不已，坐在前面的王大頭甚且轉過他那註册商標的大頭來，朝着我嘻笑的擠眉弄眼。老師每次都說女生成績退步罰掃男生廁所，男生則掃女生廁所。

下課時，芬蕙拉我到教室後面的花園，我本來不願意跟她出來，反正她姐姐已經不嫁二哥了，阿爸說不是親家就是寃家，婚約一取消兩家就老死不相往來。不過她一直拉着我，好像眞有什麼大不了的事要告訴我。

「阿芬，我有話要跟妳講——」她死命的拉着我：「妳知不知道昨天妳阿爸來我家像雷公閃電似的，拍桌拍椅——」她邊講還面有懼色的。

——哼！是妳阿爸先不够意思的，還怪我阿爸去妳家拍桌拍椅，如果不是我娘求我阿爸，他才不會放你們干休。

「妳阿爸走後，我阿姐一直哭個不停——」

——哭？她還會哭，馬上就要嫁醫生了，要當先生娘了還會哭。鎭上只有藥房的女兒是嫁醫生當先生娘，人人羨慕的對象，妳阿姐馬上也要變成人人仰慕的大人物了。

阿才伯這兩年，那一大片地賣人建販厝，已經成了鎭上首富。一些從前種香蕉的狗屎埔，變成人人爭建厝的狀元地，使得阿才伯身價提高，女兒不再嫁二哥這種吃不飽餓不死的公務員，而要嫁醫生去享受榮華富貴。阿爸就是因爲阿才伯的嫌貧愛富，才不顧二哥一陣倔強的發脾氣，一陣苦苦的哀求，硬去把婚約取消。本來阿爸要她們來道歉並要鼓吹隊一路吹來，後來阿娘說二哥將來還要娶別人，別把醜事鬧大了。

「我阿姐告訴我說，她以爲妳二哥會堅持，如果妳二哥不答應退婚，我阿爸就不能把她嫁給那個給人家生孩子的——」

——土蛋，連婦產科也不會講。四哥說現在的醫生是婦產科最賺錢了，阿才伯一大堆女兒，芬蘭嫁婦產科，將來她們姐妹生孩子都不要花錢。如果我阿爸才不會爲貪這種小便宜而逼人家退婚。

阿才伯實在很勢利眼，從前三哥曾說根據相命學，他是屬於小人相，尤其那雙三角眼更是陰險狡猾。當時二哥還狠狠的駡了三哥一頓，現在二哥該悔不當初沒相信三哥的眼光了。

「我阿姐寫了一封信叫我交給妳，妳再拿給妳二哥，千萬別讓妳阿爸知道——」芬蕙很神秘的偷偷附在我耳邊說。

信交到我手上，厚厚的。信封上「鄭永華」三個字有些模糊，大概如芬蕙所說的芬蘭姐昨晚的確哭了，淚水沾在字跡上而渲染得模糊掉了。以前我考試分數太差，哭的時候掉眼淚也曾把試卷弄成這個樣子。不過我還是不能原諒他們一家人，我接過信放進裙袋裏，緊緊揑住這厚厚的一疊。這封信雖然也是從她們家拿出來的，但卻不能像那些糖菓一樣的丟入臭水溝。

一整天我都在想信中寫些什麼？連上歷史課都沒心情聽老師精采的講課。好想偷看一下，但又怕被芬蕙看到，不知道芬蕙看過沒有，又不願意告訴她我想看。我不要讓她知道我還在關心她姐姐和二哥的事。阿爸說人錢沒有，但是志氣不能也沒有，人家不要和我們結親家就不要再去哀求。很急着想知道又要裝成若無其事，實在很痛苦。

唉——急什麼？反正今天晚些回家，等二哥上學就可以一個人放心的先看看內容了。不過我還是想不通芬蘭姐都要嫁別人了，還能寫些什麼信給二哥。一定不會是那種情意綿綿的愛情信，那麼一定是指責痛罵二哥的話，不過芬蘭姐是不會隨便罵人的——

等學校打過第八節課下課鐘，我才慢慢收拾書包，踢着石頭走回家。在路上踢石頭也是從二哥那兒學來的，以前二哥和芬蘭姐出去玩，我和芬蕙一定跟去，走在他們後面，看二哥總是雙手揷在褲袋口，一路踢着石頭。有時候踢歪了，他就跑過去再把石塊踢回原路線，有時候他和芬蘭姐一齊踢，常常兩個人最後都撲個空。

走進門，大廳燈火明亮，意外的二哥並沒有上學，和阿爸相對坐着，阿爸的臉呈現出無比的溫和，好多日子以來失去的慈祥又再度回來了，二哥低着頭，他們似乎談了很多話，二哥抬頭望了我一眼，很疲倦的表情不像平常他會走過來摸摸我的頭。

「阿爸完全是爲你好，才這麼做，不是阿爸心肝硬，咱們不要讓人笑衰，講咱看人家發財有錢了要死纏，娶有錢人的女兒做妻子，也會有長短話。」阿爸吞了一口氣，揮揮手示意二哥可以走了：「聽阿爸的話才會有出息。」

「我知道——」二哥低聲的說，然後站起來對着我：「小妹放學啦！」

「嗯！」我注視阿爸臉上的表情，阿爸只顧抽煙，好像並沒有看見我走進門：「二哥，教我一題化學。」我瞄了二哥一眼。

由心中泛起一股憐憫，放在裙袋的信被我捏得大概發皺了，我突然想趕快把信交給二哥，這封信對我是一個很沈重的負擔。

「好——」二哥點了頭，從口袋裏伸出手來，很輕的摸了一下我的頭，沒有往常那麼的用力。

我隨着二哥走到房間門口，輕輕喚住二哥交給他信，起初他楞了一下，接着他很快的把信放入口袋。

「那一題不會做呢？」

「沒有啦！你去看信吧！」

不知道信上寫什麼，吃晚飯時二哥一直沒來吃，阿爸說不要管他了我們先吃，並吩咐娘不必再去叫他了。我看娘扒一口飯就往裏面望一眼，飯桌上只聽到我們三人喝湯的聲音。我吃了半碗飯就嚥不下了，好像有什麼東西塞住了喉嚨。

整晚沒心思做功課，連明天要交的數學作業也全部抄參考書的。打開作文簿想把那篇寫了題目的「我最敬愛的人」完成，然而整個腦子是亂糟糟的，全部是二哥剛才的那副垂頭喪氣影子在閃動。二哥、二哥，我最敬愛的二哥並不是這個樣子。

夜裏迷迷糊糊做了好多惡夢，夢見二哥在哭，也夢見阿爸打二哥，還有四哥拿刀子殺得阿才伯滿身是血，四哥曾說像阿才伯見利忘義是社會的敗類，要除去他。最後還看見二哥和芬蘭姐躲在山後抱頭大哭……

沒聽見公鷄啼，娘就把我搖醒過來，這是從阿爸摑了二哥耳光以來，娘第一次記得早上喊我起床的。娘才走到厨房，二哥就進來把一封信交給我，也是厚厚的只是信封很清楚的寫着林芬蘭三個字，字跡沒有模糊。二哥一手挺拔俊秀的字體，幾乎使我像是看到了芬蘭姐那美麗的臉孔。

這樣的我把信交給芬蕙。第二天芬蕙再交一封給我，然後二哥又交給我……大概有一個月吧！我和芬蕙兩人幾乎是天天把信傳來傳去。到了第二段考結束，剛好信也停傳了一星期。

芬蕙告訴我她阿姐明天要訂婚，我不知道這個消息要不要告訴二哥，我擔心二哥會受不了，也擔心他會因此而再和阿爸力爭，那樣家裏一定又要鬧低氣壓。

晚上二哥下課回來，告訴我明天問芬蕙看芬蘭姐決定那一天結婚，事先通知他一聲。二哥當時並沒有難過的要死，可是在說話時卻也沒有任何表情，好像在跟我講一件和他完全無關的小事。

我幾乎不能相信那是二哥所說的話。以前好幾次二哥看到芬蘭姐的信後都是痛苦欲絕的慘相。那陣子四哥常勸他天涯何處無芳草，他還堅持他只愛芬蘭姐。

芬蘭姐結婚那天二哥剛好參加學校的畢業旅行。第二天，芬蕙帶了一包我最喜歡吃的芋仔丸和兩尾大龍蝦來給我。但是我卻一口也吃不下，又捨不得丟進臭水溝，也不敢拿回家。我把它用報紙包起來放在學校的抽屜裏，等星期一到學校，整包都生了螞蟻，我再用另外一張報紙包起來，丟到學校的垃圾堆。

很久以來，家裏的人都避免去提到阿才伯家的事，連我也從不再說芬蕙考試又輸我幾分了。有時候大嫂會說看到阿才嬸戴一個玉鐲子好美，或穿了一件高級衣服，娘就拉拉她的衣角，阻止她再繼續說下去，免得阿爸一聽又要發脾氣，二哥聽了會傷心。

二哥學校畢業後，辭去稅捐處的工作，到臺北貿易行一面工作，一面準備參加會計師職業特考。

我高中又和芬蕙同校只是不同班，她住宿我通學。自從上了高中我們幾乎很少在一起，不過她在學校一直很出風頭，尤其學校建游泳池，阿才伯捐了十萬塊，全校上下的人皆知道林芬蕙這個人。二哥常來信要我用功將來到臺北唸大學。接到二哥考上會計師執照的信，第二天就遇到了芬蕙，相信她一定料想不到二哥有一天也會成爲會計師。

「嗨！瓊芬，好久不見了，好嗎？」她不知幾時學會了電影上那些女學生的洋派作風。

「我二哥拿到會計師執照了。」我好得意的告訴她。

「哦！恭喜——」她臉色有些不自在。

「謝謝，妳阿姐好嗎？」我心裏有一絲勝利感，當年被他們家瞧不起的二哥，如今也出人頭地了。

「他們正準備全家移民美國，我阿姐說將來我考不上大學，就直接去美國唸大學——」芬蕙頭抬得好高好高，那頭黑得發亮的髮絲一搖一搖的在我眼前閃爍個不停。

哦——是這樣的嗎？

二哥考上會計師執照就變得很活躍，要在臺北成立校友會，寫信回來叫我幫他找中學的同學錄。

在二哥房間裏，我發現一個舊的餅干盒，壓在同學錄下面，不知道二哥藏了什麼寶貝在裏面，盒子還用膠帶黏住，有些生銹的邊緣，我用力打開後，裏面堆了半盒的信。信封很熟悉沒有收信人的地址，也沒有發信人的地址，只有鄭永華三個字——

啊——那是以前芬蘭姐託我轉給二哥的信。

好奇心驅使下，我拋開道德觀念，拿起最上面的一封。

永華：

既然你不願意，那麼我們就只有說再見。在冷靜的祝福你之後，我仍然恨你的狠心。我感到人生的春天離我漸遠。

訂婚的日子訂於下星期三。

喜餅就不送你了。

芬蘭 十一、十七

再抽出第二封：

永華：

直到昨天之前我還沒點頭。但是你一再的失約使我的熱情冷卻，如今我心已死。

既然你能當個孝子，我當個孝女又何妨。

在剛才我已答應我阿爸讓他安排訂婚的日子。

祝福我吧！

P.S.：你還可以阻止這件婚事。

芬蘭 十一、十三

永華：這是我最後一次求你。今晚我仍然在車站等你。

芬蘭　十一、十二

永華：你能聽你父親的話，我却不能答應我父親無理的安排。爲什麼我們要犧牲在我父親的私心下呢？爲什麼我們不對這種沒有道理的決定反抗呢？今晚我還是在那個地方等你。

芬蘭　十一、十一

…………

我沒有勇氣再往前看，我怕我會接受不了這齣已下幕的悲劇，原來在這段不被諒解的退婚事件裏，二哥一直在扮演着一個逃避的角色。

凸風本仔

1.

六月天的太陽熱辣辣的直照着廣安宮的廟埕，茄苳村一片沈寂。偶而樹上的蟬發出鳴聲，算是點綴這個夏日的晌午。日頭一直赤焰焰的，有幾個打着赤脚的小孩，裸露的肌膚被晒成古銅色，他們成羣的在水泥地上來回奔跑，發燙的小脚踩得晒乾的蕃薯籤發出劈劈剝剝的聲音。小孩子們比賽誰踩得最響，紛紛往最乾的部份用力的踏出聲音。

躺在大榕樹底下納涼的福全，當南風吹來浮在他臉上的倦意被吹散，常常緊皺的雙眉也拂平了，樹蔭外的嬉笑聲並沒有打擾到伊的睡眠，伊依然鼾聲如雷呼呼的響着。昨夜伊又到肉砧，刣豬火仔講起報紙上刋登的趣味新聞，伊不知不覺的聽到三更半暝，刣豬火仔眞會講笑話，害得伊回家還興奮得睡不着覺。所以這時候才睡得聽不到囝仔踩碎伊的蕃薯籤，如果是在平時伊早一隻掃把握在手上追趕過去了。每年晒蕃薯籤是伊最忙的時候，伊總是不許有人踩碎，那是伊的希望，伊看得比什麼都重要。

彷彿還沈醉在刣豬火仔所講的三溫暖、馬殺鷄、泰國浴之中，一聲急急的按喇叭聲把伊從那飄飄欲仙的境界中拉回來。幾隻蒼蠅在伊鼻孔口鑽，伊用手掌猛然一拍，整個人差一點翻下來，整個睡意消失後第一個映入伊眼簾的是——那幾個奔逐在蕃薯籤上的小孩踩碎了伊的希望。一手抓過靠在樹上的掃把。

「夭壽死囝——死沒人教示。狡怪！吃我掃帚頭——」福全一聲吆喝又做毒打狀，驚走了那羣滿身大汗的細漢囝仔。望着跑遠的影子，伊還心猶未甘的咒罵着：「夭壽仔！糟踏能吃的東西會被雷公打死！會被雷公打死！」

「福全啊——什麼時代了你還再晒蕃薯籤啊！」從一輛包車上跳下來一個人，人未到聲音先到。伊高高的，頭頂着白色的鴨舌帽，戴着的那付墨鏡還會反光，嘴邊叨一根煙斗，身穿着畢直的西裝。朝着福全駛三角身的走姿步過來。茄苳村的人很少能看到有這身打扮的人。

「眞是有福不會享，放着一大片田產不好好享受，跑來晒蕃薯籤。」來人摘下墨鏡，露出一對邪惡的三角眼。

「凸風本仔，是你啊！什麼時陣回來的？」福全看清楚來人，又是驚訝又是不能置信幾乎是用喊的叫出來。握在手上的掃把差點就打到凸風本仔，本仔及時退了兩步閃了一個身，才免去掃把弄髒他一身黑得發亮的西裝。

「剛下了包車。」凸風本仔指着他剛才坐回來的計乘車，正在廟口處倒車：「坐包車快一點，不過自己開車更方便，下次我就要買一輛美國車了。」

凸風本仔斜視着眼前這片蕃薯籤，用脚尖去畫了幾下。

「我說福全啊！像這些豬不食，狗不哺的蕃薯籤，你還在收拾啊？不要這樣啦！賺得着食不着就要一世人勞碌命！有錢就要好好享受啦！」凸風本仔踩着蕃薯籤越過水泥地，福全雖然心疼被本仔皮鞋踩碎的蕃薯籤，不過看在本仔是從臺北歸來做人做客的，伊也就忍了下來。

「凸風本仔，你這次回來有啥米事？」福全慇懃的問着。伊盼望着從都市回來的人能帶回好消息，也能給伊們種田的鄉下人帶來好運。就像隔壁村養的蝦子、紅蟳，都是伊們村長的大兒子，從都市帶人來收買的，給伊們討海人帶來了一大筆財富。福全想有一天都市的人也會喜歡吃蕃薯籤，那麼伊也可以和養蟳的人一樣發大財。

「這邊的人現在不是凸風，都是實在的啦！」本仔拉拉伊的西裝衣襟：「我現在是美國船入港財神降臨了，在臺北市賺了不少錢哩！我是回來處理我阿公留下的那塊地，賣掉好了，反正我也不回茄苳了。」

看本仔這身打扮大概眞的發跡了。以前伊還在茄苳村裏當木工，那時候窮得要命。每次買豬肉只能半斤半斤的買，伊還是一天到晚凸風吹牛，剖豬火仔就常當面取笑伊：「凸風無底，蕃薯隨斤買。」

福全直視着凸風本仔，伊連一件汗衫都穿不住，本仔竟然西裝領帶整整齊齊的宛如穿鐵甲，而且僅管這麼熱的天氣卻一點也不流汗。到臺北住沒三年體質就不一樣了，連皮膚也白多了，以前的凸風本仔青面獠牙的，現在也有一些都市人的氣味了，大概臺北的水泉呷多了就會改變。

「本仔，你一點也不熱嗎？」伊疑惑的問着。

「不會，不會，這款衫就是冬暖夏凉。在臺北市不穿西裝是不行的。」說完伊又兩手拉着衣襟抖一抖。

——騙猶！福全心裏呸了一聲，凸風本仔講的話能聽，伊放的屎也能吃。又不是什麼寶衣還能冬暖夏凉，難道說衣服也裝了冷暖氣機。騙猶！騙我這個鄉下人！

「凸風本仔，你柴耙怎麼沒和你一起回來呢？」

「什麼柴耙，柴耙，講話這麼粗魯，一點藝術也沒有。我太太伊忙着裝璜公司的事，那有時間回鄉下管這些小事，福全，你看有啥人要買地呢？」本仔一派士紳模樣。

「阿山伯伊阿爸要買一塊風水地，好像就是看上你家那塊地。」福全據實的向本仔報告。

「好——好。——便宜的賣，便宜的賣！」本仔高興的拍着大腿，那塊放屎地仔還可以賣個三、五萬塊：「福全，你好好的牽，賣成了我請你好好吃一頓，還有喝喝酒。」

「先講好，我不喝米酒頭仔，要喝紹興的哦！」

「笑話！我本仔什麼身份，那有喝米酒頭仔的道理。我本仔請人喝燒酒是通海的，包你喝得爽爽快快！哈——哈——」本仔得意的大聲笑。請福全吃一頓不必花一千塊伊就可以拿幾萬現金回臺北。

「你準備要賣多少呢？」

「我本仔的人最不喜歡和人計較金錢，由伊開價好了！」本仔大方的說，其實伊自己也不清楚行情價多少，由買方開個價，伊再加幾萬就成了。

「那有這款事！賣豬賣狗也要主人開口。還是你開個價比較適當。」福全倒是很熱衷這項事。

「十萬就好了。」本仔沈思了一下。

「你講笑話了，那塊地又不是埋黃金還是冒石油。那塊放屎地仔除了當風水地外，還能做什麼呢？連值五萬塊都沒有。本仔，你眞是不知行情！買賣是凸風不得的。」福全趁機好好的訴說了一頓，面帶嚴肅使本仔也嚇了一跳。

「好啦！好啦！五萬就五萬，你趕快去接頭，愈快談成愈好。我想好好跟你喝一場。」本仔心急的說着。

「緊事寬辦，吃緊就撞破碗！慢慢來，也要阿山伯看愜意才可以。」福全抹了一下額頭，這天氣連坐在樹蔭底下聊天都感到熱，伊猛擦汗，如果在太陽底下工作，伊反而不會覺得熱得難過。以前凸風本仔就常笑伊是乞食命。

「福全，你這麼打拚一定有存些錢吧！」凸風本仔從口袋摸出一根煙塞進煙斗裏，然後又拿出一個鍍金的打火機，咔嚓一聲點燃了煙，慢慢的吸了一口：「我說人的頭腦要運用。不要一個錢打二十四個結，這個時代是錢在賺錢，不是人在賺錢。你懂不懂啊——」本仔停下吸煙問着福全。

「錢賺錢？怎麼賺呢？」福全斜着頭疑惑的問着本仔，本仔雖然愛凸風不過懂得倒不少。每次伊從臺北回來，總是帶回許多伊們從未聽說過的事情，茄苳村的人都視伊是個見識廣博的人，就是教書的先生也比不上本仔口才好。

「就是把存在農會的鈔票領出來運用，還是把藏在箱底的金條拿去變賣，然後利用這些現金，像借借人家生生利息，這也是錢賺錢的方法。」本仔吸着煙悠然的說。

「你說放高利貸，那不行啊！放重利的人生孩子會沒尻倉哩！」福全一直遵守伊阿公的教訓。

「不要那麼死腦筋，鈔票沾豆油也不能吃。再說錢借人家總比你放在銀行生那兩個利息要好賺。錢滾錢是最快致富的，我本仔當時也是靠這行起家的。」

「這——不過深犂重耙，較好放橫債，我看這不太好吧！」福全有些猶豫不決，伊連把錢寄在農會伊柴耙就要罵伊，說不如把錢拿去買黃金回來藏較保險。

「免在那裏這個那個了，你借人家錢也是幫人賺錢，也是一種好功德。」凸風本仔見福全不語，更加賣力的說下去：「你有錢拿來我幫你運用，別人你信不過，我本仔你總該相信吧！我在臺北市那一片店裏，隨便一組沙發就好幾萬哩！今日的本仔不是往昔的凸風，而是實實在在的，你驚什麼啦！不會倒掉的啦！」凸風本仔說了一大套，口沫橫飛的又臭蓋了一場。

「我不是信不過你啦！」福全讓本仔講得有些心動：「我錢借你，你可別讓我家的柴耙知道，她一知道我有錢就要挖去買金子。你是知道的買那麼多金子，將來還不都是那五個查某子拿去當嫁粧，我活到老沒兒子，不存點棺材本是不行的。」福全常怨嘆沒生兒子，人家是望着後生一日一日長高感到安慰，伊則是看着農會存摺數日增加而感到私喜。那種心情和伊柴耙夜裏摸着黃金一樣的。

「沒問題，沒問題。我本仔的人沒什麼長處，就是最會替人保密的。你們草地人都喜歡把有用的錢拿去買沒有用的金子。這叫做眞珠藏到變老鼠屎。」凸風本仔又得意的把頭一揚，蹺起的二郎腿又隨着嘴裏哼哼哎哎的抖起來。那吹煙的姿式就像是學着電視上某一個演員似的，「給人的是熟悉得不能再熟悉的感覺。

「凸風本仔，我看你是發了財，有撚一些鈔票。穿得這麼帥，這要花很多錢吧！」福全用手指輕輕的碰本仔的西裝，對這種高貴的東西，伊是有些怕給人家弄壞了是陪不起的。伊這世人除了娶某那天穿過一次西裝，就沒再碰過了，而且那套還是伊阿爸去向村長借的。

「人說五年二閏，好歹照輪。有時星也會光，有時月也會光。我本仔是不能永遠窮的啦！」

本仔聳聳雙肩，又扯扯衣襟，指着身上的西裝：「這款衫較俗汚狗䘨仔，一套五、六千而已，你拿十萬來借我，兩個月的利息就够你買一套了，不要老是一件水蛙皮穿全年透冬的。」

「錢是你要借的啊！你不是發了財，怎麼還要借錢呢？」福全十分驚訝！凸風本仔全身軀帥噹噹還要向人借錢。

「錢銀三不便，人往往會缺那麼一點錢，你不知道皇帝有時也會欠庫銀。現在都市人愈好額的借愈多錢，反正說了你也不會懂的，你只要相信我不會倒你的錢就够了。」凸風本仔解釋再多，福全也聽不懂，不過伊想本仔是發財了就對，本仔隨便一件衫就要伊賣幾千斤蕃薯籤了。

「本仔，你坐在這裏納凉，我得去翻翻蕃薯籤了。」福全拿起掃帚，聊天中伊也是不會忘記那堆該翻的蕃薯籤。

「我說福全，看你晒蕃薯籤要晒到何時才會出頭天？你不如把鄉下的田產賣掉，跟我到臺北市比較有拼，好額也會快些，免三冬包你曲脚，捻嘴鬚。」凸風本仔合計着福全的田可以賣不少錢，光靠利息一輩子吃穿免煩惱，伊也可以週轉週轉。

「我是眞想去臺北打拼，不過我家柴耙一日到晚都說百般生意路不値鋤頭落土。像我只會做田還是三甲鹹地罔耕，換三頓飽較實在。」

「福全，人的頭腦要靈活，什麼時代了，還有那種落伍的觀念。人講打虎掠賊也要親兄弟，我是看在你也是我們莊家的宗族人，才要勸你去臺北求發展，換了別人我才不管伊。總共一句話，聽我的話不會錯的。」

「這——」福全被本仔一說又有些拿不定主意了。

「我這次去臺北再幫你打聽適合你的工作，你就去好了。」本仔拍拍福全的肩：「記得明早去農會領錢來借我。」

「好啦！不要給我家柴耙知道。」福全再三的叮嚀。

「知啦！知啦！我還得四處去拜訪各位鄉親，我先走了，你慢慢翻你的蕃薯籤。」凸風本仔又拍了福全的肩。

望着凸風本仔搖搖擺擺的身影消失在廟埕的廣場，福全嘆了一口氣。想當時，本仔一身溜溜的，伊某常常拿着一個空鍋來伊厝借米，如今伊去臺北沒三年搖身一變，出門包車、西裝、領帶、皮鞋樣樣齊全，走起路來一陣一陣的威風。唉！人要品命底，不要品好馬。人家本仔大頭大面，耳朵又大，天生就是好命大富大貴。自己每日天未光，狗未吠就到田裏做牛做馬，流幾百粒汗才賺幾個錢，還不值人家身上抖抖掉下來的細屑仔。

日頭已偏西了，他趕緊翻翻蕃薯籤，全部都乾了，可以收進布袋，如果不是那羣夭壽死囝踩碎了那一角，今年的收成應該比往年好。只有把這些蕃薯籤收起來，伊才有心情盡情的去刣豬火仔的厝內報到。

2.

入夜的茄苳村，刣豬火仔厝內就是聚集一些人在燈下，伊們都靜靜的在聽人講話。今夜多了一個從臺北市回來的凸風本仔。原來一直都是火仔在發言的，而今伊在凸風本仔面前矮了半截。這時候伊只能閉上伊的嘴，靜靜的先聽聽本仔在凸風吹牛皮。

村裏的人唯一的娛樂就是吃過晚飯，看看電視連續劇。不過近來的電視劇幾乎都是國語的，而且老是演那些，不是哭哭啼啼的你愛我，我愛你的，就是打打殺殺的你報仇，我報仇的。聚在春發仔店前看電視的人羣，漸漸轉移到刣豬火仔的厝內，聽一些七葷八素的社會傳眞新聞，要不然就聽聽刣豬火仔講楊桃宅裏又來了那些新的妓女。

「凸風本仔，以早你是凸風水蛙，刣無肉，我看你現在人講話雖然也愛凸風，卻是一身肥津津的，怎麼啊？在臺北市混得不錯吧！」刣豬火仔首先指着本仔那個吃肥了的雙下巴。

「刣豬火仔，一時難比一時了，你沒聽過天飼人肥津津，人飼人剩一支骨。我本仔，昔時在茄苳村靠你們三多五年嫁一個女兒娶媳婦，做一張床，一塊桌子，一個衣櫥，免說也要窮困潦倒。現在臺北市的人，椅子三個月就換一次，室內一年就整修一次。做裝璜賺錢就像賺水，不好額也要好額。不是我本仔愛凸風吹牛皮，這邊的人，剩個三五百萬沒問題，那三、五萬更是零星。」凸風本仔得意洋洋，滔滔不絕的講個不停。

哇——哇——

茄苳村的人，每年能剩個三、五萬已經很不簡單了，三、五百萬對伊們簡直是一個天文數字。何況眼前這個人還曾經向伊們伸過長手，借錢、借米甚至蕃薯籤。眞是牛有料，人無料。

「師仔，有這麼好撚的錢，你爲什麼不介紹我也去撚一筆某本呢？」清水往昔跟凸風本仔學過幾年木匠，到現在還喊本仔，師仔，師仔，師仔，喊得很順口。

「清水，師傅是有酒當面喝，有話當面講，像你這等手藝到都市去是擋無三下斧頭肩，還差得遠哩！至少也要再等個三年五載的。」本仔又聳了一下伊的雙肩。

「本仔，如有好的你也給我家仁貴介紹一下。」

「本仔，我家大成今年國中畢業，去跟你學木工。」

「本仔，……」

「本仔，……」

「好啦！好啦！講你們這些草地人就是這款樣，沒見過大場面，人講一個影你就生一個子。要去臺北市也不是那麼簡單。憨憨呆呆，不識一個芋仔蕃薯。現在到臺北市要做學徒都得三萬塊保證金。要去的人先交錢給我——」本仔一隻手伸到他們面前搥來搥去。

「哇——這麼多啊！三萬塊，我還得種一季稻子。」

「你們眞是吃蕃薯不知米價。三萬塊是看我本仔的面子，否則要更多哩！」本仔雙手一摔，以不屑的口氣道完，又伸手拉拉剛剛被伊扯歪的領帶。

「你們也別一聽到臺北就那麼興。還是守着田好好種植，像我火仔好好刣豬賣肉一樣過舒服的日子。凸風本仔就是凸風本仔，講話愛凸風加油添味素，伊的話不能當眞啊！」刣豬火仔坐在牆角發聲了。

「刣豬火仔，你眞沒意思，我是好意反變做歹意。」本仔怏怏的說着。

「凸風本仔你免生氣啦！我是勸各位父老要做官學搬戲，要好額等後世。咱鄉下人沒你本仔的嘴水，到城裏準會餓死的。」刣豬火仔半笑的說着。

「火仔，你明明和我唱反調，我是報大家賺錢。」本仔有些生氣，粗聲粗氣的說着。

「好柴，流𣍐過安平港。肥水𣍐流過別人的田坵，世間人沒那麼好心，有錢誰不會自己賺。」火仔也有些動肝火，伊刣豬仔脾氣又發了。

「你娘咧——刣豬火仔，不是我本仔在笑你啦！豬刀利利，賺錢𣍐過後代。你也免得意，你這種人就是笑人窮，怨人富。昔日我窮你常戲弄我，今日我比你好額你又唆使村人不要相信我。」凸風本仔原先在茄苳村的脾氣全部拿出來，對着刣豬火仔又吼又叫。

「好了，好了，你們兩個人都息息氣。好也是一句，壞也是一句。別吵了！」福全趕忙挺身而出阻止了他們再吵下去。

「我本仔不是吹牛皮，別樣不好，就是心肝最善良。」本仔四面觀望，大家都把視線集中在伊身上，伊抖抖身子又說：「我本仔去都市別項沒學會，就是學會了修養。絕不再像你們鄉下人鷄仔腸，鳥仔肚。」

「好了，凸風本仔，免自誇了，你的心肝剖出來，狗還不嗅哩！」火仔做了一個厭惡狀，惹得在場的人都笑出聲來。

「火仔，你少說兩句。今晚我們是要聽本仔講一些臺北市的新聞，不是來聽你在挖人家臭孔的啦！」

刣豬火仔氣沖沖的往椅子一坐，蹺起脚來，只顧抽伊的煙，本仔忙掏出一包煙來請在座的人抽。

「這是什麼煙？這麼長，嗯！也很香哩！」

「美國煙，這是美國總統在抽的煙。」本仔指着煙盒上印的英文字。

「眞不簡單，我們這一輩子也抽到了美國總統抽的煙。」

「我們茄苳村若沒出本仔，今日我們也抽不到美國煙。」

「別說是美國煙了，下次回來我就要開一部美國車了。」凸風本仔把目標又轉向坐在牆角的刣豬火仔：「刣豬火仔，大家都知道你是村內最好額的人，但是你錢都存在農會。一百年後也是那些死錢，不如趁早拿出來做做生意，或是借人家生利息。」凸風本仔好言好語的對着火仔說。

「我賣豬肉也是在做生意。我看錢借人要利連母也無，我才不食飽換飫哩！」火仔一口回絕了本仔。

「本仔，你眞行哩！」福全看厝內的人靜靜的，他開始稱讚本仔。對於凸風本仔伊是佩服得五體投地。

「我本仔不是在凸風啦！若無二步七仔也不敢過虎尾溪。若敢去臺北市也是有一些才能。」本仔面又露出喜色。

「凸風本仔，福全是老實人，伊稱讚你兩句，你就舉脚。好啦！要放屁到風尾去，不要在眾人面前吹牛皮。」刣豬火仔摸着伊被豬油漲肥的圓滾肚皮。伊一如往昔抖着雙腿嘻笑的奚落凸風本仔，在別人面前本仔講話盡可提高聲音，不過在火仔面前伊多少有些顧忌，從小和火仔是光着屁股一齊長大的，連伊肚裏有幾條蛔蟲，火仔都淸淸楚楚的。

「哈！刣豬火仔，你看我本仔今日好款了，你就紅目了是不是？若行你也到臺北市去拼兩年，看你能不能像我本仔，駛黑頭仔車，穿西裝，抽美國煙，隨便一粒錶就是你厝內一個家伙。」本仔亮起伊那顆金錶。那個錶是今年春節伊在賭桌上贏來的。有些磨損，不過在茄苳村內尚沒有人戴過這麼名貴的錶：「我腕上這個錶是最有名的，英國女王的尪婿攏是掛這款牌子的。」

「凸風本仔，臺北市眞那麼好賺食嗎？」

「你沒聽過臺北錢滿脚目。臺北到處是黃金。」凸風本仔又搬出伊練仙拍嘴鼓的本領，眼前這些人每次聽伊講話，都是耳朵豎得直直的。

「師仔，我眞想跟你去臺北做木工。」阿淸一顆心早被本仔吹得脹脹的，伊躍躍欲動，整個腦子都是去臺北的意識。

「好是好啦！不過你要先叫你阿爸準備三萬師傅禮。」本仔上下瞧了阿淸幾眼。

「我早就出師了，還要師傅禮做啥麼用？」阿淸是一條腸直通到底的人。

「你是憨憨呆呆不知好歹，從鄉下去臺北的師傅，還要再做一次學徒，學學人家臺北師傅的工夫才能賺食。」本仔講話聲又提高了。

「凸風本仔，若我要去臺北刣豬，要不要再拜師。」火仔想不透入城還得先拜師，憑伊二十多年刣豬仔經驗，走到那裏就刣到那裏。

「這——臺北沒人在刣豬，臺北人不吃人刣的豬。」

「難道臺北人都吃素嗎？騙猾，像你吃得肥津津的，難道不是吃豬肉吃肥的嗎？」刣豬火仔不屑的口吻。

「不是啦！臺北的豬肉都是電動屠殺的。所以火仔，你若要去臺北還得改行哩！」凸風本仔剛才的一把火總算消下來了。火仔在伊面前還是矮了半截。

「本仔，等我這期西瓜收成湊三萬，仁貴就跟你去臺北學藝。」仁貴的老爸從剛才想到現在，終於想出了湊三萬塊的地方，伊是一心一意要後生能像本仔一樣出頭天。

「本仔，明早我去領三萬交你，大成就跟你去學藝了。」

「好——好——沒問題。我本仔沒別項好處，就是最愛幫忙人家的。」凸風本仔兩手直搓着，想不到故鄉的人這麼想往臺北賺食。

第二天，凸風本仔從茄苳村提了一袋錢，很得意的一路吹口哨，往臺北去。伊臨走時還再三苦勸鄉人，一定設法去臺北打拚，不要留在鄉下吹風晒日換無三頓飽。臨上車還直拉着福全細聲細語道別一番。

3.

凸風本仔走後，村人日日夜夜盼望伊早日回來。大成伊阿爸盼望伊早日回來帶大成去臺北。仁貴伊阿爸也準備了三萬師傅禮等本仔來取。最熱切的是福全，自從拿了那幾千塊利息後，福全又粒積了一些錢，伊想要再投資下去，伊開始相信錢賺錢較好人在賺錢。

中元普渡過後，本仔開着一部車一路按喇叭回來。走在路邊的人不時投以好奇的眼光。車子停在春發店仔前，本仔依然坐在車內坐得四平八穩的。圍觀伊的小孩對着玻璃指指點點。春發奔出來朝着車內的人大喊：

「凸風本仔，你不是說要買美國車，怎麼買這臺乳母車呢?」語畢，惹得一羣囝仔哈哈大笑，也學着春發講，「乳母車!」「乳母車!」

「春發仔，你懂什麼?我是在響應政府的節約能源，美國車費油又歹駛。這臺雖然小臺，但是可以載貨又載人，這是一兼二顧，摸蜊仔兼洗褲，哈——哈——」凸風本笑得比按喇叭的聲音還響。

「你要回來帶大成去台北嗎？」春發探頭進車窗。

「不是啦！我回來收利息的，近來時機不好，利息多少收一點，要不然我本仔借給人家的錢是不收利息的。」本仔變得比上次黑了一點。不過臉上的表情依舊是凸風面。

「進來坐啦！」

「免了，我要去廟埕找福全——」

本仔一發動引擎，車屁股冒出一股黑煙，隨風衝進春發的鼻孔內，春發摸摸一臉的黑煙：

「幹——這就是台北黑煙，比會社的煙囪冒出的還髒。」

凸風本仔開着車子一路跳動的駛進廟埕的水泥地。

「福全，大隻船入港了。」本仔搖搖擺擺的走近福全身邊。

「本仔，你回來啦！眞夭壽，我家柴耙不知道怎麼會知道我錢借你。罵我自己提索仔纏頜頸，自找死路。」

「查某人不知天地有幾斤重。有錢不借人，放在農會借政府用沒利息的。你看，我今日又給你送利息來了，比你晒蕃薯簽較快好額。」本仔由口袋拿出一把鈔票，數了三十張交到福全手上。

「貪財，貪財。」福全眉開眼笑，嘴巴笑裂得合不攏，手緊緊握着一疊鈔票。心想這三千塊交給厝內的柴耙，讓伊去買幾兩黃金，就能塞塞伊的那張罵人的嘴。

「福全，上次託你賣地的事情辦的怎麼樣？」

「差不多了，不過價錢要再降低一些。」

「沒關係，沒關係。我最好做買賣的。」

過兩天凸風本仔拿着賣地的錢又回臺北去了。

茄苳村的人，對本仔常常回來吹吹牛皮，並沒有太大的興趣了，凸風本仔的話老是那一套都已臭酸了。而且最近電視節目又推出不少臺語電視劇，吸引着伊們晚飯後的時間，在白天裏伊們還是繼續種着伊們的田。只是有些人仍然會盼望本仔回村子。福全就是在等本仔拿利息回來，伊好交給柴耙買黃金，大女兒也快嫁人了。而仁貴也一直在等着本仔帶伊去臺北學木工。一些國中畢業的孩子更希望本仔能够帶給伊們臺北的消息，伊們實在不願意留下來過三頓蕃薯籤滲飯的日子。

4.

「火仔，幫我寫一封信給本仔！」福全拿着一張從本仔丈母娘處抄來的地址。跑到肉砧來找刣豬火仔。

「什麼時陣你也交陪到凸風本仔，寫信談交情。」火仔一把刣豬刀握在手上，額頭又繫着一條毛巾，雖然吹着嚴凜的冷風，但是一件衞生衣袖子還是挽起來，刁着煙屁股的嘴角有些口水，講話還不時噴出來。

「免講笑了，我心急死囉！凸風本仔已經兩三個月沒回來了。」福全面仔憂憂就像喝了苦藥。五官全都擠在一起了。

「本仔沒回來凸風吹牛皮，你就𠢕食𠢕睏。來聽我刣豬火仔講古也同款。」火仔剁着排骨。

「是這樣啦！我的錢借給本仔週轉。現在我查某子要嫁人，要叫伊拿一些回來辦嫁粧。偏偏伊都沒回來！」福全急得直踩脚。

「福全，你眞是頭髮試火，凸風本仔借錢，向來是有借沒還的。你也不是不知道，當時來賒我的豬肉是食肉滑溜溜，討錢面憂憂。」刣豬火仔又繼續剁排骨。

「我是看伊好額人𠢕賴債，才借伊。人家店開的那麼大，才不會倒我幾萬塊哩！」福全理直氣壯的說。

「店開得多大？你看過嗎？凸風本仔、凸風本仔。人愛凸風，伊講的話只能當臭屁。」

「拜託你寫封信，叫伊接到信馬上拿錢回來還我。用限時的寄，這件事不能讓我柴耙知道。」

刣豬火仔連續寫了五封信。然而始終未見本仔拿錢回來還福全，連個人影也沒有。福全整日在豬砧轉來轉去，刣豬火仔也只能幫伊再寫信……

「福全，我看你也是去臺北一趟，找凸風本仔當面討。唉！看你也眞歹運，錢放在農會好好你不放，政府也倒不了你。偏偏你要自己找這個痲煩，眞是沒枷舉門扇板。」

「我看也只有如此，我吃了一把年紀，還沒去過臺北。註定我這世人不去一趟臺北不行。」

福全偷偷的到了臺北，三天後伊垂頭喪氣的返回來。

那天下過一點小雨，氣候變得又寒又凍，伊在春發店仔前搖搖挸挸的步下車門。手扶在一堆甘蔗上。

「福全啊，你暈車啊！哎呀！怎麼面青面綠。要替查某子買嫁粧也不要賣老命。老伙仔身體不行就讓少年仔的自己去買好了。」春發絮絮不絕的說，把福全扶到長板凳坐下。刣豬火仔在對面看到福全回來，伊放下刣豬刀奔了過來。

「福全，找到了沒，找到了凸風本仔的厝沒？」火仔還沒走進，遠遠的就嚷起來。

「找到了。」福全的聲音很低。

「那錢討回來了沒？」火仔搖着福全的雙肩。

「無啦！」福全用那種幾乎是哭出來的聲音道出。

「該死，眞該死，見到人當然要把錢討回來。」

經刣豬火仔這一吼，在春發店前買賣的村人都圍過來。大家都知道火仔的脾氣，如果跟人一言不合就會拿出豬刀，而眼前這個福全又是村裏的老實人，春發率先走過來。

「火仔，有話慢慢講，福全剛下車頭殼還暈暈的，你不要這麼兇伊。」春發勸着火仔。

「我不是在兇伊，我是在罵凸風本仔，食人肉吸人血。」

「怎麼啦！凸風本仔又發生什麼事了。」

刣豬火仔把凸風本仔借錢的事說了一遍。

「啊！本仔倒帳，慘了，慘了，伊也向我借了五千。」

「我的私蓄也都借了伊。」阿吉嫂嚷起來。

「不行，怎麼能讓伊倒，要討回來，要討回來。」

大家紛紛的你一句我一句。

「無效了！」福全一句無效，把大家的心提吊起來。

「什麼無效，人無死，債不爛，一角錢也要討回來，若無絕不放伊干休。」刣豬火仔雙拳緊握。

「本仔也眞可憐。」福全低低的說。

「什麼可憐，伊穿帥、食好、做的又輕鬆，那像我們三頓鹹魚仔菜脯，勤苦粒積的流汗錢伊也騙走。」阿吉嫂尖銳的聲音震動着人耳。

「眞的啦！我去臺北伊厝內才知的。不是什麼店啦！幾塊鉛片甘蔗板圍成的小屋子。欠人家一屁股債，現在人已經關在籠仔內了。伊某和兩三個囝子，餓得大嘴開開，眞可憐。」福全軟心肝是出名的。

「什麼？坐牢了，怎麼會呢？伊殺人放火？上次回來伊還西裝、皮鞋、又開車……」

「是啦！伊又講還要換一台大車。」

「伊不是那種橫肉面那會做壞事被人抓進籠仔內。」

一人一舌議論紛紛。

「凸風本仔伊是欠人錢被抓去關的。」福全慢慢道出。

哦——哦——

「凸風本仔就是凸風本仔。四兩人講半斤話。像伊那種人尻倉幾隻毛，我看現現的。當初我講伊愛凸風你們都不相信，才會被騙。」剖豬火仔十分得意自己的眼光。

「想辦法討錢要緊啦！」

「討錢，生人肉又不能吃，再說人也關在籠仔內，討什麼錢。你們都是貪利息，好了，利息無連母錢也去了，我看你們要看破啦！」剖豬火仔現在是發言人了。

「不行啦！那些錢是我的私蓄，非討回來不可。」

「阿吉嫂，想開一點，上一次當學一次乖，三、五萬買一個經驗，下次你就不會再貪利息了。」

「夭壽本仔，短命仔。欺負我這個守寡人，若阿吉在世絕不放伊干休。」阿吉嫂氣呼呼的往椅子一坐，愈想愈生氣：「夭壽本仔，歹心黑腸肚，要死初一、十五，要埋風與雨，要檢骨尋無墓。騙我守寡人的家伙，不會好的。」

「阿吉嫂，你也別駡了，我才是風箏斷了線，家伙去一半。」福全慢慢的說，在場的人也壓住了憤怒之情：「在路上我是想開了，當做是青暝放紅脚，隨在它去了。」

「對，對，福全，你錢沒白了的。我們做人着磨，做牛着拖，錢再賺就有了。」刣豬火仔高興的說。

「你們看得開，我是愈想愈不甘願。凸肚本仔，死沒人哭，倒人家的債，會絕子絕孫，死到無人燒香點火，倒我的錢，愛我駡！」阿吉嫂一個人指天駡地。

「吉仔嫂，別駡了，留點口德，你那幾萬就算做做好事，救濟伊本仔好了。」

5.

福全又再到廟埕口晒蕃薯籤，當小孩子去踩伊的蕃薯籤，伊是又心疼又心急的喊駡，有時候掃帚一丟，打在小孩子身上，當囝子哭哭啼啼的跑回家，那些父母在背地裏笑福全：「了大錢，儉小錢。」，「大屎拚放掉，拾鳥屎施肥。」

不知過了多久，凸風本又出現在茄苳村，伊携家帶眷的搬回來，在伊舊厝圍一個工作場，又開始做起木工。伊的回來，又帶給昔日債主一股希望，尤其阿吉嫂天天等在伊厝內要拿錢。

凸風本仔天天到豬砧向火仔買豬肉。這天伊又來了，除了買肉外，還向火仔要了一筆債，那是伊剛回來時，火仔看伊可憐，向伊訂做一套飯桌。

「本仔，你現在收入不錯，多少分一些還還債。」當火仔把錢交到本仔手上，伊是這樣的勸着伊。

「第一食，第二穿，第三做人情，第四才來還。」本仔接過一把油膩膩的鈔票，說完就走了。

「伊娘咧——凸風本仔，欠錢大王、討錢司傅。」剖豬火仔一面罵着，一面望着站在肉砧邊的福全一付啼笑皆非的表情，他搖着頭嘆氣！

烏肚保仔

熱烘烘的太陽吊在天頂，媽祖廟前聚集了一羣被選舉熱潮沖昏了頭的人，競選車一輛一輛在街上呼嘯着，古安鎮的人對於這四年一次的選舉，就像被遙掛在天頂的太陽燒炙似的。人們看到烏肚保仔的競選宣傳車，從忠孝路那邊浩浩蕩蕩而來，廟前翻動的人潮在嘩騰裏迅速讓開一條路來，吊在大榕樹上的一串拖土的鞭炮劈劈剝剝的響起了。

烏肚保仔故意要引人惹目，穿着一身金黃的特製服裝，紅彩帶上配着白字——7號李金保。宣傳車佇在廟前，烏肚保仔雙手用力往上一舉，做出一個勝利的「V」字型，然後那兩隻高掛懸在半空的手臂用力一縮，兩個「く」字出現在漲紅的臉龐兩側。只聽見那已成沙啞的嘶喊聲，斷斷續續的叫着：

「各位親愛的——古安父老兄弟姊妹——人說『手曲入不曲出』。小弟李金保——金保本着以往愛鄉愛民——愛鄉愛民的精神第四次競選議員。祈求——拜託——懇請各位鄉親多多支持—

—多多擁護和栽培—將您們大家神聖的一票投給我李金保，登記第7號李金保。我李金保就是大家的金保，定會盡我全力替地方服務，爲地方建設努力——」

打掃大廟的老吉仔坐在殿前榕樹下的石椅上喝着米酒頭仔，口裏嚼着花生米，咬字不甚清晰的罵着：

「伊娘咧——人心比猪心還不值錢，看到兩包味精、三條毛巾，目晭就起濁，人牽不走鬼牽得溜溜跑。烏肚保仔——是天公無目才會是你的天年——」

「老吉仔，你是目晭展沒開，還是與天公借膽，三杯狗尿入肚就胡言亂語了。別人你妄罵，王爺的屁股你也敢去摸。」順仔像雷公大的嗓子吼向老吉仔。

「×你娘——白賊順仔，誰人不知你西瓜倚大邊，你這個雙面刀鬼，食爸倚爸，食母倚母。今日若換我老吉仔做議員，你還不是跪地拜我。×你娘——」老吉仔酒一口接一口的灌下肚。惱怒的臉對着順仔，手指着順仔的鼻子也大聲嚷叫起來。

「我不和你這個酒鬼囉嗦，不過我做好心先提醒你，不要七月半鴨不知死，憨死囝仔睡不知醒，要罵人也得看清楚對象。」白賊順仔從石椅上站起拍拍屁股走向人潮中。

老吉仔一個人喝着悶酒，黑鴉鴉鑽動的人潮在他眼前顯得朦朧了，他把那張老臉埋在肘彎裏，不斷的呢喃着：「什麼年冬啊——什麼年冬啊——」

烏肚保仔不時飛舞他的雙手，在他做作的笑臉姿態下，歪着嘴巴，聲音像水蛙嘓嘓嘎嘎叫着：

「我李金保當選後，一定①制阻糖廠黑煙污染本鎮。②爭取建設現代化規模的市場。」

這是烏肚保仔針對爭取家庭主婦最有力的招式。當冬天來臨甘蔗被送入糖廠，從原野上望過去的煙囪冒出的黑煙，隨着北風吹向古安鎮，晒在外頭的白衣服都成了黑衣服。古安市場又髒又亂、又舊又破，連一個公共厠所也終年不曾清理過，臭氣四溢，路過的人總要摀嘴掩鼻，走一段路後還得吐出一口痰。尤其在下雨天買一籃菜就像打一場混水戰似的，滿身上下無一處是乾淨的。這兩件事一直苦惱着古安鎮的主婦。因此烏肚保仔一針見血的政見，使他得到廟前壓倒性的全面掌聲。

古安鎮的人已經聽了好幾遍同樣的語言，像「錄音帶」一樣千篇一律，當這種音調猶在耳邊響着，烏肚保仔一下了選舉車，整個人就來個一百八十度的轉變。四年一次的這種週期性改變已經持續了十多年。儘管古安鎮的人都曉得這一種現實的轉變，但是拿人家的手軟，當圈選時還是閉着雙眼往烏肚保仔頭上的空格狠狠一蓋。

當烏肚保仔隨宣傳車揚長而去，廟埕的許多人仍是摩肩接踵跟着宣傳車後面，聽着烏肚保仔在宣傳車上，那好像將牽上屠場的牛啼聲，看他那肥頭大耳，面上凹凸不平，肥胖身軀左右搖幌着雙手合十向左右猛鞠躬，老吉仔和白賊順仔，在大熱天裏邊揮汗邊隨着宣傳車後面走着。

這陣子在忠孝路，可以看到烏肚保仔家那堵高十七尺的石灰牆，貼滿宣傳海報五顏六色的，一張比一張更耀眼的「告全鎮父老兄弟姊妹書」。遠遠還可看見烏肚保仔被特殊處理過的照片，暴露在嘴外的一排金牙，在太陽光照射下閃閃發光。大門口高高矗立一面招牌，畫着兩條寫古安人的手臂向內彎，擺出擁抱李金保三個字的姿式。石灰牆旁像蜂房樣蠕動着鬧鬨鬨的人羣。

一羣背着古安中學書包的少年囝路過，對着海報，呸——呸——，呸個不停。

「哼！將來我出來競選，看你還敢不敢『搓圓仔湯』。」

「買票議員、貪汚議員、腐敗議員。」

「烏肚保仔沒水準、沒知識，不識字兼沒衞生。我阿公講伊讀書時常考鴨蛋。」

烏肚保仔站的宣傳車後，常跟着一輛一、二五公噸的小貨車，載着他那龐大的彩色半身畫像。一頂標榜他是農家出身的斗笠蓋住他半個禿頭，而那套露了一半的上萬元英國毛料西裝，給人一種不調和的感覺。車子在鎮上的大街小巷竄來竄去，兩邊寫着白字李金保的大紅布，隨風飛舞着。車後高掛一面漫畫，畫着烏肚保仔比常人大兩倍的手臂，推着一個寫着時代巨輪的黑輪。路上穿梭來去如蟻的人，一人一嘴，絮絮不絕笑着：

「什麼巨輪？是大撚啦！」

「撚了，撚了，要撚錢啦！」

有的伸直紅脹的頸脖向着猶如小丑般推着巨輪的李金保吶吼：「伊娘咧——烏肚保仔『四兩筅仔不知除』，也想推動時代的巨輪，笑破人嘴。」

車過之處鞭炮聲又劈剝響起。連女高音的「多謝鳴炮」也掩蓋過去了，這時莊來發的選舉車越過烏肚保仔那輛一、二五的小貨車，居民也大放吊在屋前的鞭炮。烏肚保仔的頭號助選員王里長連忙過來大聲喝住：

「停止，停止。放錯了！放錯了！李議員的選舉車還在後面，大家要看清楚才放。」

據烏肚保仔的一位助選人估計，他一次選舉光花在買鞭炮的費用超過十萬塊，還得雇用一個專門拿鞭炮四處分發的人。

車子到了忠孝路、新生路口的菜市場前又停了下來。烏肚保仔站在他的選舉車上，口沫橫飛的發表他的政見，手舞足蹈的把他學過幾天太極拳的招式也搬上來，他使盡全身力氣，大聲疾呼：

「我李金保——過去三屆議員任期內——替古安開了——忠孝路、新生路，把原來的狗屎埔變成狀元地。各位鄉親——各位兄弟姊妹——大家可以看到的——古安一日一日繁榮——建設一日一日多——這攏是小弟——金保爭取努力開路的結果……」

烏肚保仔不標準的國語加上不流利的臺灣話，混雜在一起使得講出來的話支支唔唔。

老吉仔依在菜市場前的水泥柱上，噴着他的水煙袋：

「伊娘咧——大舌興啼，連三千年前的狗屎也拾起來講，誰人不知你這個烏肚保仔開路，是爲了伊忠孝路那五百坪土地漲價而開的。」

「老吉仔，有膽量你去李議員面前把這些話再重講一遍。」白賊順仔從人羣裏踮起脚跟，轉過頭來朝着老吉仔瞪眼大聲的說。好多人也紛紛把視線朝向老吉仔。

「我老吉仔，窮雖窮也不會像你白賊順仔那款樣，專門交陪烏肚保仔，仗勢欺人。」老吉仔正眼都不瞧白賊順仔一下，繼續噴他的水煙袋。

「不敢在伊面前講，就不要背後罵皇帝。聽政見發表不要插嘴，你不聽別人還要聽啦！」白賊順仔惡聲的駡着。

「×你娘，白賊順仔，我講我的，你聽你的，河水不犯井水你在大聲什麼。」老吉仔氣忿的回應着。

「沒知識的草包，專門破壞氣氛。」白賊順仔含冷笑的說。

每次聽政見，總是有許多人是來聽老吉和白賊順仔道長爭短，他們的吵架要直到臺下那羣職業掌聲響起才會停止。

烏肚保仔在競選期間遇到鎭上的人，腰總是特別軟。頭彎到肚臍邊老遠的像公鷄吃米點個不停。禿禿的腦袋幾乎就要從脖上折斷下來，嘴巴笑得裂到耳邊，讓人一眼望穿他一口金牙。「請多多指敎、支持」講得太快，常常咬到舌頭。一根總統牌香煙馬上就遞到眼前，然後他的助選人手上的美國製打火機，咔喳一聲就替人點起煙來。這段日子，古安小小公賣局倉庫，必須預先有大量的總統牌香煙存貨，來供應烏肚保仔選舉事務所無限量的消耗。

常常看到烏肚保仔肥胖臃腫的手腕上，要貼撒隆巴斯並裹上一團綳帶。骨科醫生一再警告他握手時不能再沒節制的用力搖個不停，否則光憑幾塊撒隆巴斯是治不好他嚴重的酸疼。晚上停止競選活動，特約的物理治療醫師必須來替他拉脖子，並用頸圈圍住他的脖子，不准他再隨便用脖子來轉動頭部。可是第二天他毫不猶豫的又扯下來，他認爲最後的衝刺是必需的。古安鎭的父老享受他彎腰點頭，在拿了兩包味精三條毛巾之後，對於他有的開始保持默緘，有的是對烏肚保仔一片的讚采聲，就是連平日罵烏肚保仔罵得最兇的老吉仔也忙改換語調，人們聽不到他和白賊順仔爭辯的話了。

選舉在如火如荼中，在冷戰熱戰中，烏肚保仔當選，莊來發落選了。老吉仔噤若寒蟬，只是喝酒壯膽，躲在伊某的房間內悄語細罵烏肚保仔一番。而白賊順仔對於烏肚保仔則像和尚上佛殿，雙膝下曲低首合十的。

烏肚保仔把他車上的畫像摘下，換上他兩百斤重的身軀高高站立在車上，呈現出不可一世之態，雙拳緊抱往前一伸上下擺動，又有不耐煩的神色。經鎭上五條大街繞過一圈，跟着放出早已錄製好的「銘謝賜票」不斷響在每個古安鎭民耳裡。之後，囂鬧的古安鎭隨着選舉的結束，凄涼冷淡了。

烏肚保仔家洋房前放過的一堆鞭炮屑還沒來得及清理，紅色大門又推上了，恢復到原先的長年關門掩戶。平常的訪客必須在按過門鈴後，立在外面十分鐘以上，聆聽守門大狼犬吠叫得心驚膽跳，然後烏肚保仔的老婆才用那雙纏過足又放開的小脚，像老母鷄的走姿兩手合着屁股後搖擺出來，心裏不耐、厭憎，由信箱門瞇着眼大聲問：「啥麼人啊？」問清訪客身份，才開側門由人半低頭走進。

烏肚保仔出門時完全遵照醫生指示：腰挺的畢直、雙眼平視，頦子架上頸圈不准四面觀望。由於他過高的身軀，一般矮點的人是不容易進入他視線裏的。那付表情好像全鎮的人都欠他幾百萬似的，其實他每年要從農會借出大量鎮民的存款。老吉仔看到烏肚保仔那五百萬的臉，就像出巢鷄母在背後喀喀嚶叫嘆氣：「這年冬啊！賊較惡人！」

鎮公所的清潔人員處理完最後一處的選舉垃圾後，古安鎮的生活，重新走回所謂進步的路線上，到處都在不斷翻修。挖挖補補的，儘管古安鎮的人強烈高拉呵斥那條烏肚保仔當了三次議員翻修了三次，仍是到處窟窿的新生路，如今又做第四次的翻修，而烏肚保仔每翻修一次就眉開眼笑一次。古安鎮人欲哭無淚，皺起眉撇着嘴角，又對烏肚保仔指頭畫臉：

「伊娘咧，烏肚保仔造的路都是新生、三生四生也生不出一條好路。」

烏肚保仔開在警察局後面的食堂因生意日漸興隆，而擴大營業改成海產餐廳，以應鎮上人交際應酬之用。新的一年開始「古安食堂」以「杏園海產餐廳」的招牌隆重開幕。當天，花圈花籃排過兩條街，交通阻塞了兩小時，賀客盈門。烏肚保仔動用了六個女兒在門口負責收禮。雖然一頓中飯喝掉了十箱啤酒，不過杏園也淨賺了好幾萬賀禮。

霓虹燈招牌底下畫了一個烏格魚頭，古安鎭的人背後都說：「烏肚保仔掛魚頭賣人肉。」

古安鎭最後一家酒家停止營業後，陪酒的小姐們紛紛轉入杏園端菜。白賊順仔逢人就稱讚：「杏園用的小姐都是最漂亮的，都是以前桃花江的紅酒女。」然後就翹起他粗大的大拇指。

整個杏園都是花枝招展的小姐川流不息，對面七海旅社也因此日日爆滿，老板娘阿本嫂每到黃昏就笑瞇瞇的從杏園迎來雙雙對對的客人，過後又叫隔壁玉山車行的扁頭海仔把杏園的小姐送回去。

任憑杏園的男女划拳聲，隨着日本小調、打情駡俏聲傳入警察局，值班警察只有把窗戶關的更緊。眼看着杏園的小姐伴着一個個醉倒的酒客，往阿本嫂的七海去開房間，他們也只好睜一隻眼閉一隻眼。上司有交代：「那些都是李議員的客人，可不能隨便突檢唷！得罪土地公飼無鷄。」一個新調來的警員，也不知烏肚保仔是古安的地頭蛇，到杏園開了一張妨礙安寧的單子。

局長指着新警員的鼻頭大罵：「我還想在古安混下去，你少給我惹這等天大的痲煩。」之後幾乎向烏肚保仔行三跪九叩的賠禮：「請李議員大人不計小人過，我保證下次一定無這款事再發生了。」

農會的理事主席親自替烏肚保仔辦埋貸款。把一袋一袋的鈔票送到李公館，做爲李議員爲鎭上的繁榮進步，蓋現代化市場的建築費。鎭上另兩家建築商正奇怪鎭公所幾時招標的工程，烏肚保仔和他的大女婿已恭請鎭長舉行破土開工典禮。不久全部二百個攤位在烏肚保仔的安排下，由幾個財團分別向鎮公所登記，然後開高價轉售給一些擺臨時攤位的鎮民。

「烏肚保仔眞狠，這一賺可吃到明年多尾了。」市場的攤販私下都埋怨烏肚保仔。

「只不過拿了他兩包味精三條毛巾，現在一個攤位就要多五萬塊，眞狠啊！」賣菜的阿桃眞捨不得多花五萬。

「得橫財攏是無好尾啦！我看伊烏肚保仔是好不過後代。」老吉仔一有人提到烏肚保仔也就是要湊一嘴罵一罵才甘心。

市場這個話題冷下來後，大家又提到古安中學的老校長正在辦理提早退休。聚在廟前的人羣。有人說是因爲血壓逐漸增高要靜心養病，也有人說想去美國投奔兒子。但最多人認爲伊是受不了烏肚保仔，年年強逼推薦不甚理想的老師，使他在行政方面招到多方壓力。旣怕得罪烏肚保仔讓他在開會時轟一炮，他這把老骨頭就吃不了兜着走。又怕師資不佳教學效果不良，學校升學率降低，在古安鎭站不住脚被外調。爲保晚節只好早點功成身退。

據古安中學的人事主任說，學校近一百位教師當中，一半是烏肚保仔十多年議員任期內陸續推薦來的。烏肚保仔對外宣稱他是爲古安中學注入教學新血輪，對自己則飽攔私囊。

「×伊娘，爲了我查某子要教書，賣了一欄猪還不够，烏肚保眞是吸人血啃人肉。七萬塊不是普通數目，我還寫了兩陣死會，眞大出口，一開口就是七萬塊，剛好我天順一個『某本』。」

「石頭仔，你免怨嘆，你查某子讀專科能教書，叫你拿十萬塊你也要躲在便所坑偸笑三聲啦！我後生唸大學哩？烏肚保仔獅子大開口，伊娘咧——伊又講一角都不能少。」

「石頭仔，阿清仔，你們攏免講。我媳婦是止科的老師出身，從城市要轉回來，烏肚保仔眞夭壽，一出口也是七萬。賺兩冬的薪水都拿去孝敬伊了。當初要轉回來，人家報走後路結果白白送兩冬的薪水，唉！兩冬算做白工了。」阿才很不甘心媳婦的七萬白白送給烏肚保仔。

「我看你們三人攏免罵了，教書是鐵飯碗，撞不破。將來還是可以救救老本。像我後生要進農會，錢伊拿去開，結果考試沒通過，錢了頭路也沒下落，我叫道士仔來我家改改運。」當一堆人聚在廟前埋怨訴苦，老吉仔靜靜坐在一邊，等大家說完了，他才奚落他們一番：

「誰叫你們有錢開沒路，我老吉仔就不信伊那一套。那時我想要入公所掃地伊也叫我拿三千塊出來，我偏偏不要，甘願來掃大廟。人就是吃一點氣才不怕伊。」

烏肚保仔的四女兒李如貴，混了個什麼專科夜校證書，他拿了那張證書到校長室要老校長聘他女兒。

「資格實在是差一點，這……就是教學能勝任，恐怕家長們也會議論……再說這……學校從沒聘這樣資歷的教師，不太好吧？」老校長面有難色，一時也措詞不及，吞吞吐吐的說了半天拒絕的理由。

烏肚保仔勃然大怒，額頭冒青筋，一個肥圓的黑肚皮起伏不定，右手往玻璃板一拍，那塊近一千元的玻璃板震了一下，裂開了。

「我李金保的女兒還會不够資格來教這些小毛頭，你打狗也得看主人面，什麼資格不資格。誰讓議員的女兒教到是他的造化。」烏肚保仔這一吼震動了整個學校。

開學時李如貴順利的接到聘書，挺拔的毛筆字寫着「導師兼國文教師」。有人問她怎麼進來的，她說：「有辦法的人就能進來。」

這個李如貴和他老子長得完全兩樣——瘦如乾柴的，身長不過四尺半。套一句學校男老師的話是：「一點女人味也沒有。」戴個近一千度的近視眼鏡，鼻子實在太塌了，連一付小小的眼鏡都架不住，常常落在鼻頭上，好在她的鼻頭承襲了烏肚保仔的連霧鼻，能够把滑下來的眼鏡及時擋住。一頭短髮就像一堆被風吹亂枯黃的稻草。內八字型的走姿，雖然人瘦小但走起路來硬是踩得地板叭叭的響，從遠遠的就像在警告着人家：「我李金保的女兒來了，不要講李金保的壞話。」

學校燒開水的阿火耳朵有些重聽，常常沒聽到李如貴警告的腳步聲。這天他跑到導師休息室來和大家湊熱鬧，他也跟着說：

「烏肚保仔做惡做毒生孩子沒尻倉，走起路來像骨頭沒架好，跳來跳去。一顆頭抬得高高的，也不知自己幾兩重，眞是大紅花不知醜，圓仔花醜不知唷——」

李如貴走進來聽見這一番話，又叫又跳像鷄母跳破鷄卵，一個茶壺型的姿態馬上擺出來，指着阿火臭罵：

「死火仔，你再狡怪，我就對你不客氣，馬上叫你沒頭路回家吃自己的。這邊的人是不能任人罵的。」說完把桌上阿火剛倒上的一杯開水，連杯帶水擲向牆角。然後也不管接下來的課，提着她常說是三千塊的皮包氣冲冲的往外走。

「阿火伯你講話不關後門，議員的查某子要你回家吃自己囉！」說話的是學校新進的少年老師王文彬。

「伊老爸做議員也管不到我阿火燒茶。隨人討掠隨人下鏍，我阿火也不必看伊烏肚保仔的面色賺食。」阿火口袋裏掏出一根新樂園咬在嘴邊。

「阿火伯頭路要吃，工作就多做話減少講一些啦！否則議員生氣你就包袱捲一捲回家吃自己了。」人事主任聞聲趕來勸架的。

「矮仔毒，虬毛惡。我阿火就是不怕妳，哼！議員，那是妳家的事。」阿火提一壺水自言自語，咬着煙一路唸下去，鼻孔不時的哼，哼。

學生們都說她除了在考卷上不斷加分，就是成績好的送原子筆和雨衣。雨衣是烏肚保仔塑膠工廠關門後的大量存貨，聽說李如貴已替他處理了一部份了。上課沒事就叫學生去買冰棒全班一人兩枝。

「有其父必有其女，老子選舉買票，女兒教書買分數，也只有議員世家才有這種遺傳。不過風氣不太好吧！」王文彬常拿這件事在辦公室講，供大家休息時當消遣。

「王老師，飯可以黑白吃，話是不能黑白講的，當教員也不容易，好在你是分發的，要不然七萬塊不是開玩笑的唷！」老一點的教師就常提醒王文彬別惹烏肚保仔的女兒。不過學校的人還是常以李如貴來當話題，尤其是學生排斥她的，常覺得她上課老是唸錯字。

五月裏傳出她和學校的男老師沈明昌在談戀愛。烏肚保仔聞風趕到學校，叫校長把那位老師召到校長室。

「我李金保在古安鎮是有頭有面的人，女兒豈可嫁給捆工的兒子，你烏鴉也想要配鳳凰。」烏肚保仔挺個滿是肥肉的大肚子，一件法國絲白上衣把他圓滾滾的肚臍襯得十分耀眼，校長室兩隻國際牌電扇仍吹不散他身上的熱氣。大家都很奇怪他爲什麼褲子不用吊帶，萬一掉下來豈不是很難爲情。

「我也沒有說要娶你李金保的女兒。」沈明昌勉強吞下欲出口的烏肚保仔四字改用李金保，不過這更惹烏肚保仔生氣，向來沒有人敢當面不叫他一聲議員。

「畜牲，不准你跟我女兒在一起。」烏肚保仔的火氣更冒一層，他雙手把褲頭往上拉一點，剛才一聲畜牲使得褲子滑下。

「法律又沒規定不准我捆工的兒子和你議員的女兒在一起。」沈明昌看烏肚保仔生氣他更得意了，慢條斯理的回答，由近視鏡片射出一道炯炯的目光注視烏肚保仔。

烏肚保仔當場命令校長下學年不准發聘書給頂撞他的人，校長恭恭敬敬的送烏肚保仔到校門才解除一場虛驚。

烏肚保仔曾經向來他家做媒的人說：

「要做我李金保的女婿，職業必須要有師字，但是老師和紅頭師公不包括在內。」

這一個規矩馬上傳遍整個古安鎮。

烏肚保仔的老婆雖然乾瘦，但生起孩子來一個接一個像老母鷄下蛋。兩個兒子加上六個女兒，在古安鎮也算是數一數二的多產者。

大兒子李如延，經營着他的關係企業，冠上好多公司的長字職位。他甚且有意叫兒子出來角逐長字頭官位，他認爲兒子天生就是一付正印官相。李如延除了還沒長白頭髮外，身材、臉型以及談吐舉止，簡直是烏肚保仔的翻印。小時候相命先生一本正經的說：「這孩子如果長得清清秀秀的可能養不活，如果一臉『猪哥相』，將來必是人富大貴。」當時烏肚保仔卽下定決心養肥李如延，果然眞的延續了他的眞傳，連生出來的孫子都是一個比一個肥胖。

大女兒唸到五專時，還是鼻涕流到嘴邊，更不時的用舌頭去舔。大女婿摔斷了一條腿，烏肚保仔把一家營造廠做爲大女兒的陪嫁，讓女婿可以坐在家裏當工程師，讓女兒叫別人說：「流鼻涕是流鼻涕，可也嫁了工程師。」

可惜鎭上的人都說：「烏肚保仔這個女婿是用新臺幣貼出來的。」

二女兒嫁會計師，三女兒嫁律師，都曾經讓烏肚保仔在古安鎭臉上抹過一層金粉，他在眾多人面前掮着滿是肥肉的胸脯：「選女婿就像選議員，要選的是人有人才，錢有錢財，這樣才會『揚』啦！」

四女兒和老師的婚姻，被烏肚保仔這一興師問罪而擔擱了，再也沒有人來談論了，沈明昌的父母還央地方的紳士，去向烏肚保仔道歉，請他別計較兒子的莽撞，並保證下學期一定將兒子設法轉出古安中學。

二兒子李如邦是唯一沒遺傳到他的聰明的孩子。烏肚保仔在家三樓頂，花了三十萬製一座白鐵鴿子籠，供二兒子養鴿子的。古安鎮的人一提起李如邦，總是說：「沒煩惱吃，沒煩惱穿，只煩惱鴿子不會背鈴。」

烏肚保仔另外請一個歐巴桑，時時刻刻看住二兒子。他擔心他神智不清時過馬路發生危險，也怕被歹人綁架去然後勒索。老二雖然憨頭憨面，不過烏肚保仔一直視爲寶貝。聽說烏肚保仔當年是個窮光蛋，自從生了這個憨子後就發跡。財源滾滾而來，十多年的議員生涯也一帆風順。

五女兒那年差點就被烏肚保仔打死。當時她還只是一個高一的學生，公然和學校一個高三的男同學到古安戲院看電影，兩人手牽手在戲院門口被烏肚保仔撞見。拾起一隻甘蔗當場打得那男孩跪地求饒，打斷了賣甘蔗的阿花三根紅甘蔗，這事直到現在阿花提起來還有些害怕的。她說烏肚保仔一句話都不說猛往那男生身上用力打，直到路人拉開他才深深喘一口氣，拉開他發表政見的嗓門：

「我李金保的女兒豈能容忍你戲弄的，今日定規要打死你這個沒長眼睛的雜種囝仔，你父母要生不教訓，換我李金保好好來教訓你一頓。」又叫人去告訴男方父母，罰他們向路人請煙謝罪才息事寧人。

烏肚保仔拖着女兒回家，把她關在房裏吊起來用藤條抽了一身。罵道：

「我李金保是何等身份的人物，你竟將你老爸的臉皮拿在地上踩。我先打死你免得日後你壞了我的名聲。」李家雖占地二百坪，但烏肚保仔又打又罵的聲音仍然傳揚出去，有不少人躲在牆角邊一面聽一面拍拍心臟表示怕怕的。

這種打打罵罵的，直到他老婆把鎮長請來求情才罷手。後來這個男孩總算有出息也考上了醫學院，烏肚保仔才不計較他家是鄉下種田的沒社會、政治地位。現在就只等他拿到醫生執照，烏肚保仔就可以多一個師字輩的女婿了。

六女兒今年是第三度入補習班，他曾鄭重的對老六說：「我李金保現在什麼都有了，就只是家裏少一個大學生，你好好唸將來拿一頂方帽子回來擺在大廳，那更風光。」

烏肚保仔樹大招風，古安鎮的人幾乎天天都要談談他家新近發生什麼大事。

一天，李如邦在十字路口硬是搶過紅燈，側面飛來一羣騎「打火仔車」的少年囝，把他當場撞死了。路邊的人認出是烏肚保仔的寶貝兒子，搖頭大嘆：「城隍爺出巡，事大了。」

烏肚保仔雖遭喪子之痛仍不忘到肇事者家咆哮一陣：

「我李金保絕對不放你莊來發干休。你議員選輸我，竟然唆使你兒子來撞死我後生。」烏肚保仔一羣人在莊來發家叫跳一頓，氣沖沖的拂袖而去。

「夭壽死囝，你這個夭壽死囝，你什麼人不好撞死，偏偏去撞死烏肚保仔的後生。我看你是老鼠入牛角內，穩死沒命啦？」莊來發的妻子，指着兒子的頭罵。

「你惹這個天大地大的事端，看你老爸要如何收拾。死囝仔！這個寃仇一結，我們在古安鎮也免住了。」莊來發也罵兒子。

過兩天烏肚保仔雇人把兒子的棺木抬到莊來發家，橫放在店面。人人忌諱在七月裏見到棺木，又放在大街上，惹得古安鎮人心惶惶。地方父老多方調節仍不得要領，烏肚保仔還是一本昔態咄咄逼人：

「叫天公來講也同樣，我李金保的後生豈可白白喪命，一定要叫你後生來賠命啦！賠命！」烏肚保仔最後一定都堅持這句賠命。

「敬天公擲無筶，最大事，死吧！你有膽量也騎車來我店口，把我後生也撞死吧！我莊來發若有半句怨言就不是查埔子。」莊來發忍不住追出來大聲喊。他母親也拿着拐杖跟在莊來發後面，朝着烏肚保仔使出全身力氣：「李仔金保，你欺人太甚，吃我們姓莊的到到。橫柴硬舉入灶。」

鎭上各大報記者紛紛發出頭條新聞：

「李金保抬棺抗議，莊來發以死謝罪」

接着過一陣子，又出現另一新聞

「古安市場昨傳塌下壓死一人」

烏肚保仔急於了結市場人命，當報紙稍加披露後他嚴加封鎖住消息，阻止新聞繼續發佈。當夜即派人抬回他寶貝兒子的棺木。也顧不得七月的禁忌，公開表示人死入土爲安。馬上把兒子的屍體埋在他早幾年前買好的李家風水地。

烏肚保仔同時以金錢和解兩條人命，當然議員的後生價錢高些，所以他死了兒子多少也賺回了一些棺材本。如此總算結束了一場風波，莊來發心猶未甘，白白損失了三十萬，下屆議員選舉基金又少了一筆，他大聲呼喊：「人在做，天在看。看你烏肚保仔能耀武揚威到幾時。」

兒子下葬不久，烏肚保仔過了一星期風風雨雨的日子。鎮上的媒婆到李家要拿李如貴的生辰八字，沈家要合一下八字，過了七月選個黃道吉日讓他們盡快結婚，免得李如貴把沈家的骨肉生在李家，那就有失議員的面子。烏肚保仔在喪子後又連着市場出人命，上面又派員來查他巨額貸款事件，搞得他已沒有力氣發脾氣。天天必須在外面交際事件，應酬大官，也沒有多餘的心思再考慮女婿的條件。

杏園三番兩次被處罰停業數天，新任局長一上任後第一件大事即取締杏園。鎮民代表大會首次指控烏肚保仔，原因是他的議員公館涉嫌侵占鎮公所土地。

老吉仔常瞇着眼對白賊順仔說：「白賊順仔，你也免講大聲話，你的靠山崩了。」

「唉！我也想不到烏肚保仔也有屎桶開花的一天。」白賊順仔面有憂色的嘆氣着。

不過烏肚保仔走在街上還是老神在在，威風凜凜。

「議員伯，近來風聲眞歹，你不想個辦法躲一躲嗎？」白賊順仔關切的問。

「我李金保酒喝得透，錢又敢花，交遊廣濶，人面熟，不會出差錯，用不着閃躲的，過兩天這些謠言就會一掃而空的。」烏肚保仔拍着他富有彈性的肚皮。

烏肚保仔仍然一天忙到晚，不過現在已經不容易看到他走在街上，倒是常看到他那輛價值三百萬的賓士開在窄小的古安街。五十公尺以外卽叭——叭——的響個不停，走在街上的人急忙往兩旁閃躲，車子一掃卽過只剩下一陣旋風。

巨額貸款事件後來也沒有人再提起了。不過兩年後，當烏肚保仔把一部份倒塌下來的市場拆掉要重建時，他仍然坐在公館裏等人送錢來，這次多了一家新成立的銀行分行支持，使得他又多一筆款項，把關了兩年的杏園重新建立一棟古安最高的六層樓旅館，幫後面的警察局宿舍擋住了每天早上刺眼的陽光。也解決了外地人嫌七海不够現代化的困擾。

「王警員啊！烏肚保仔的高樓一蓋，你們宿舍都成了黑天暗地的世界了。」石頭仔把戶口名簿交給王警員。

「自從李議員蓋大樓我家窗簾省了許多哩？」王警員用含極重的外省腔一半國語一半臺語來

回答石頭仔。

「烏肚保仔眞沒良心，當時選舉我替伊做運動員，連我查某子要教書，紅包伊都收了七萬。我發誓下次一定不再幫他去分送味精和毛巾了。」石頭仔這句話也不知是向第幾個人講了。

當選舉季又來臨時，莊來發賣了三甲漁塭和一間店面。無論如何這次的選舉他都要和烏肚保仔一爭長短。當他帶領一家妻小往大廟去燒香，老吉仔放下掃把走過來好言相勸：「來發仔，你這是存死的，你有多少財產可以和烏肚保仔拚呢？還是留些錢財給子孫較實在啦！」

「老吉仔你有所不知，現在我們古安的人都對烏肚保仔不滿，到處有人罵他收紅包眞沒斬節眞沒良心。我一定會贏伊啦！等我當選時介紹你去議會掃地免紅包。」莊來發自信滿滿。

「我老吉仔不敢憨想喔！莊仔木還不是因爲要和伊爭議員才弄得田產變賣完，到後來還是一身空。」

「時代不同了，老吉仔，你放心等去議會掃地啦！」莊來發拋下這句話後就往殿堂去拜拜了。

正式展開活動時，石頭仔首先拿鞭炮到處掛，並吩咐等李議員的選舉車路過要點放。烏肚保仔在大廟前發表政見時，石頭仔又帶着他家大大小小去拍手叫好。

「×你娘，石頭仔就是石頭仔，說話像放屁。」老吉仔在地上吐了一口痰。

「阿清仔，你也眞沒志氣，當初你後生要教書，烏肚保仔拿你七萬元的紅包，你還來廟前幹——幹叫，現在你反回手替他做運動員，你們都是吃屎的。」

老吉仔每天在廟前看着那些曾經駡烏肚保仔的人，現在又再幫他助選了，他口口聲聲說：「受苦的人無記性，受苦的人無記性。」

烏肚保仔今年一改慣例，把味精毛巾折成現金，挨家分送。

「人心比猪心還不值錢，拿一百塊錢就溜溜走。來發仔，你今年又無望了。」老吉仔搖頭幌耳對着來發仔貼在柱子上的傳單自言自語，提在手上的米酒頭仔已見底了。

「老吉仔，你又在這裏講什麼憨話呢？還不趕快去投票。來，這是意思意思！」白賊順仔把五十塊錢交到老吉仔的手上，示意着他投烏肚保仔。

「白賊順仔，你眞可惡啊！連這款錢你也要賺，我老吉仔這一票難道說比別人便宜不成？」老吉仔說完手一伸，白賊順仔無可奈何的又從口袋掏出一張五十元的鈔票塞進老吉仔的手上，然後又搖搖擺擺的往別處去了。

「嘿！米酒頭仔又可多喝幾罐了，有競選還怕沒酒喝嗎？」老吉仔拿着兩張五十元的走向投票所，去投下他值一百塊的一票。

開票當晚，烏肚保仔的公館擠滿道賀的人羣。

第二天早上，烏肚保仔站在宣傳車在古安街繞了一圈後，古安街上的人猛抬頭在迷濛的眼光裏向烏肚保仔發出羡慕的神色。

榕樹下打掃廟埕的老吉仔，看着烏肚保仔春風得意像，伊嘆了口氣：「一百元够我五天的費用了。」伊緩緩的說：「下次價錢可能又要提高了。」

無緣廟

1.

在昨天遇到分離四年而以爲此生再也無法相見的李立航之前，傳說中的南鯤鯓廟是座無緣廟一直在她心深處廻響着，每每激起她一波又一波的傷情。當江婉貞想及那段往事，就有錐心之痛，悔不當初怎麼沒堅持自己所深信的，鎭上老一輩的人所講的那是一座無緣的廟。

就她親眼所看到的，已經有好多人是在南鯤鯓廟斷了姻緣的。雖然那些是在不懂得什麼叫做愛情的年齡所留下的記憶，但在她的印象中依然留有很深刻的影像，而且是很有頭緒的貫串着，眞實而並不完好的愛情故事。

第一個印入她腦海裏的故事是家裏的大堂哥。那一年她才剛上小學唸書，大堂哥剛從海專畢業賦閒在家好長一段日子。在他應召入伍當兵的前陣子，祖母帶他到各處大廟小寺燒香求符，這是每個篤信佛教的家庭在孩子要當兵之前所必須安排的儀式，祈求神明保佑他們平安健康歸鄉。而且他們更相信冥冥之中有眾神明在掌握這個天地。

當大堂哥從南鯤鯓廟回來，很興奮的說，從來不知道在家鄉竟然還建有這麼美麗的廟宇。風景幽雅、廟園遼闊，還有他一口認定那是個談情說愛的好地方。因爲他看上了那一潭碧綠的水，說是鴛鴦嬉水的象徵，增加不少情調，並且說是一種永浴愛河的徵兆。南鯤鯓的美尤其是在入夜時分更令人遐思，曾經有人整夜守在大廟廣場，看着月亮由東邊昇起到它消失在西方的鹽田。

於是迫不及待的打電話邀他的女朋友同去遊賞。果然在第二天他們就手牽手的前往香火不絕的宗教聖地——南鯤鯓廟。過幾天他也應召入伍，兩年後當他由金門返臺，一切已經物是人非，殘不忍睹的「愛人結婚了，新郎不是我」悲痛結局。不是棒打鴛鴦而是銀彈散鴛鴦，他女朋友在他到金門的半年後，即嫁給她公司的小老板。經過一段頹喪昏暗的寂寞日子煎熬後，他登上一艘美國郵輪，從此展開漂泊不定的生活。世界各個角落都留有他失意的足跡，四處爲家的飄盪。直到現在白頭髮都冒出數根，依舊是一身輕。那時候的婉貞根本不懂得大堂哥那種愛情會帶有那麼深的傷痕，而至使他在日後人生旅程上無法再去接受另一段愛情。

上高中時，婉貞寄住在一位同學家，假日常邀同學返鄉並到北門一帶吸吸海風，聞聞鹽味，炫耀她們鹽地的風光和人情，以及那座久享盛名的廟宇。果然廟的風光名不虛傳，那位同學回家向她哥哥大大的宣傳了一番，也把她哥哥的興緻挑起來了。在婉貞還未來得及告訴他們傳說中那是座無緣廟，他們已經去過回來並鬧翻了，原來訂婚的日子都選定了，一下子就緣盡情也了，留下一堆待處理的禮餅。無緣這兩個字更深一層的烙印在她幻想年齡的記憶裏。無緣廟裏是不是少了月下老人？

雖然婉貞爲這兩件目睹的感情悲劇找許多與南鯤鯓廟無關的理由，但在往後的歲月裏，她仍然不時的提醒別人，情侶千萬別一齊去那個屬於無緣的廟。畢竟她還是一個追求完美圓滿的小女孩，在愛情的戲劇裏喜歡屬於喜劇收場的劇本。善良的心靈使她無法接受悲劇的收場。

她表哥也曾經爲此種迷信的傳說做種種的推翻。他說神是保佑人的，而且佛語道拆散人家姻緣是要七代窮的。所以去廟裏燒香拜佛的人，應該會得到更多的保庇，那裏會斷緣！那簡直是睜着眼說瞎話。

那爲什麼還會有這種不合邏輯的說法，婉貞始終不明白，最後她表哥還說將來他非把他那美麗的女朋友也帶去不可，只要他們眞心相愛才不怕這種迷信的無稽之談。後來倒底去了沒？婉貞也不知道。但是她現在的表嫂卻不是當年她表哥覺得非卿不娶的情人，而那個曾經非君不嫁的美人早就成爲名夫人。

在婉貞到臺北唸書時，有很多好奇的同學也常問她爲何廟宇會有無緣的傳說？而她始終說不出一個可以令人欣然接受的來龍去脈。只是含含糊糊的說大概就像你們的指南宮一樣吧！

直到和李立航完全斷了彼此互通消息的關係，她在痛苦孤獨與寂寞的煎熬下才仔細的去深思，去尋找那個無緣的來源，最後她給自己找來一個解說：在古老的年代以前，那靠海的北門嶼，人們都賴討海捕魚爲生，而與海搏鬬的結果常常是船翻人沈的悲劇產生，因此那種情形產生了更多的孤兒寡母。尤其是年輕的女人常常守空閨，年輕的丈夫一去不復回，她們天天在海邊等待着永遠無歸期的丈夫。在失望之下，她們嫉妒別人的成雙入對，尤其來到她們居住的地方，會使她們更懷念遠離的丈夫，因而在到過南鯤鯓的情侶都會被她們在冥冥之中拆散。或許是人性的自私，自己失去的也不願意讓別人去擁有。

婉貞認識立航是在唸商專一年級的暑假。陳欣怡是她從高中一直到商專的好同學。那年欣怡的哥哥欣平醫學院剛畢業在鳳山受訓，欣怡帶着婉貞一齊去探望。很久以前欣怡就一直希望她哥哥能和婉貞好，不過他倆始終沒有意思去突破，總是在那層淡淡的氣氛裏踏步。欣平答應欣怡一定會替婉貞物色一位最佳人選，就像是他在替她物色馬維民一樣。那天她們去看欣平同時也見到立航，並約好軍人節那天來婉貞家玩。

當他們在九月三號一大早趕來，婉貞尚在床上賴着不想起來。招待他們在家吹電風扇，玩撲克牌直到吃過中飯，婉貞實在變不出把戲。突然想到何不帶他們去一趟北門。看看鹽地、風車、還有成羣的白翎鷥，當然也可以一遊久享盛名的南鯤鯓廟。

在這一個下午的遊廟，婉貞不斷的替興趣盎然的立航講述南鯤鯓五王爺與萬善爺那段故事。拉近了彼此的距離，也奠下了往後他們更進一步的交往。

開學後，立航和欣平也跟着分發到人直服役。他們起先是五、六人一齊玩，後來就變成兩個兩個各玩各的。

這些褪色但是深刻的往事離現在已經七年了。除了她和立航演了一齣各奔東西的悲劇外，欣怡和馬維民在畢業的第二年就步上結婚禮堂，接着欣平也和王儀君雙雙飛往美國，去當美國的公民，並做了美國人的父母。偶而她也會想，那時候如果不那麼執着於自己的固執，也許今天和陳欣平在美國享受高級的物質生活，不會是王儀君而是她江婉貞。不過她是無法想像當她嫁給陳欣平，兩人會是怎麼相處的一對夫妻。他們能把這份友情提昇變成愛情嗎？

如果是在這次重逢之前她回想到過去的事，痛苦和憤恨之情會齊湧而至。但這時候她百感交集之下，卻有一種苦盡甘來含淚的微笑的感受，繞了大半個地球，她和立航又見面了。被現實澆熄的愛火又再度從內心中引發出來，那原本冰凍的心又漸溶化並沸騰。她眞的想把過去多年的鬱悶一股腦的抛開。重逢誠然令她欣喜，立航的對她難以忘懷更叫她覺得四年分離的煎熬沒白費，她證實了自己在立航心中的份量，也相信愛是可以衝破一切阻力的。至少上天沒有安排她抱恨終身。

2.

鎭上廣安宮辦的一年一度南鯤鯓廟進香團，婉貞家裏每年都是她祖母參加，今年她祖母生病躺在床上，就由她代替前往。這是江家一件大事，婉貞身負重任，在一種想看看舊地的心情下她等待着。平時她一個人一定提不起勇氣來做這種傷心的舊地重遊。

昨天她一坐進遊覽車心緒就動盪不寧，車子要去的是使她心傷的地方，將要一個人去面臨那曾兩人共遊的地方，在等待中內心總是不能平穩，許多記憶在互相衝擊着。但是她萬萬沒想到分開了四年的立航，會那麼巧合的在廟園重現，在她眼前，她心想這莫不是冥冥之中的安排。緣份！緣份！有緣就一定會有份的。

照着祖母的吩咐燒香並祈了一包爐丹，添過油香後，她就離開同來的那羣人，獨自走到後花園。跟四年前最後來的那次並沒有多大改變，大概是樹木更茂密一些，而廟宇一直都是在不斷的增建中，那一棟一棟的建築象徵着廟的香火鼎盛。

就在她大堂哥所指的鴛鴦嬉水的水池，池上架的那座涼亭上，立航也帶着他的朋友走進來。當時她的臉是朝向西邊，仰望另一個三層樓高的亭子出神。這是過去她來時所沒有的涼亭，不知幾時加建在湖邊的，有一羣小孩子在玩捉迷藏，小孩子喜歡玩遊戲的捉迷藏，而大孩子往往撿愛情的捉迷藏來玩。她眞的弄不清楚人爲什麼喜歡自找麻煩，明明是一個好好的場面，卻要玩這種捉來藏去的把戲，莫非這也是人生所追求的變動，新奇或是生命的火花。

婉貞感覺身邊兩個人的談話聲，在陌生中帶有一股熟悉，心裏悸動着使她不敢確定那個發出熟悉聲音的人會是她所想的人，但感覺中有一雙眼光在灼灼地注視着她，儘管她已經過了那種男女無忌諱互相追求的黃金年華，但是她可以確定這絕不是她的神經質。然而她還是不相信那種戲劇性的情節會發生在她身上。等不及她轉過頭，那個注視她的人似乎確定了他眼裏的人是他所想的，一聲扣住婉貞心弦的叫喊聲。現在想起來那是她一生中所聽到最美好的聲音，最動人的震撼。

「婉貞——是妳嗎？怎麼會是妳呢？」激動、發抖不太敢相信的聲音來自那個較出色的男人口中，他的眼光在閃爍着，雙拳緊握着抖動。

江婉貞，她無法不熱誠的面對曾活在她生命中的人。一剎那間她忘記了曾經怨恨過眼前這一個男人。

「立航——哦，我剛才彷彿就預感到你會來。」婉貞急切的說，心裏也爲這個重逢激盪着。

李立航雙手伸過來緊緊握住江婉貞纖細的手腕，興奮的表情壓抑不住因意外而浮現在略漲紅的雙頰，用力拉動着在婉貞手上傳達出他無限的驚喜。兩人一時竟激動得說不出話來，但是他們並不陌生，在他們內心裏同樣呢喃着對方的名字，握住拉回了共同的一段美麗生命。分離的思念，痛苦的相思使他們一時無法適逢這突來呈現在眼前的事實，在他們心理都沒有這一層準備之下，又有外人在場，有許多別後的情懷哽在喉嚨裏，嚥不下卻也傾訴不了，四目相對散發出晶瑩的光芒，斜映在一片綠水上閃動着如水的粼粼波光，也像似那東邊上昇的旭陽在大地煽動惹人的艷陽。

「你過的好嗎？幾時回國的呢？」婉貞抽回自己的雙手，搓揉着被捏紅的手腕，那是很久不曾被緊握的雙手。長久的處在冷寞之中，被突來的熱烈驚醒，再回到現實世界，她所面對的人是已經走出她生活四年的初戀情人。

「今年年初回來的。妳呢？好嗎？——來！我差一點忘了替你們介紹。」立航拉過婉貞，介紹是同學的妹妹，對方則是他醫院的同事。當她們彼此握過手，立航從上衣口袋掏出一張名片遞給婉貞。

「士別三日刮目相看，現在是主任級囉——」從對方手上接過的名片還帶着主人微微的體溫，名片觸目的字眼激動她的情緒，字跡似乎有些模糊了。

「都是一些唬人的頭銜，妳還在妳叔叔那兒做事嗎？」

「嗯——我總懶得去重新適應一個新環境。」

「能做下去總是好現象的。」立航語意深長的說着。

「是嘛？」婉貞的視線由立航那雙熱情的眸子移向那一片綠水，冷漠下來的表情就像池水的慘綠，剛才的熱烈退卻後，氣氛似乎趨近陌生。

「婉貞，妳過的好嗎？」發自內心深處的問語，是他多年一直關懷並愧疚的問題。

「你看呢？其實就像現在一樣也沒什麼好與不好的分別。活着嘛！一天過一天。」

「我一直都沒有妳的任何消息。剛去美國時一直託欣平和妳取得聯絡，結果一點消息也沒有，欣怡那兒也打聽不出什麼，妳故意封鎖消息！」欣怡對立航的一走了之很不諒解，她曾在越洋電話中告訴欣平，婉貞結婚會寄喜帖給立航的。但是立航在美國結婚的消息欣怡卻在半年後才在婉貞面前提起，也許心已冷下來了，當時她並沒有激動或難過，只是很淡的說了幾句是該結婚了。

「不是又見面了嗎？」立航走後，婉貞確實下過決心要走出立航印在她生活裏的陰影，所以斷絕任何消息的傳遞。

「唉——是眞的又見面了，當時我還以爲從此妳會消失在我面前哩！」一個苦笑弄得啼笑皆非的表情在他原本討人喜歡的臉上，扭曲了數條皺紋。他又握住她的手，像抓住失而復得的東西。

「離開臺灣的人是你，我依然是存在的。是你消失在這塊土地上的。」婉貞道出在她心裏一直不能釋懷的事實。立航無以相對，交談的聲音停止後，只有從在橋上的鳥發出吱——吱——的叫聲在伴着這股冷流。

外邊的太陽高掛在涼亭上，亭內依然是一片凄冷。

「名片上有電話，你再和我聯絡，一定哦，我的朋友在等我了，別忘了和我連絡。再見——」立航指着亭外的樹下，有兩個女的站在那兒。

立航帶着友人向婉貞告辭卽匆匆的離開涼亭，跨邁着健朗的脚步，還不時的掉頭過來向她揮手示意，然後四個人漸漸走離她的視線，消失在這個花園，好像電影裏的劇終畫面，當臺下的人還不能接受結局的事實，幕已拉下了，留下看戲的觀眾一片無法收拾的悵然。

3.

婉貞握着已發皺的名片反覆的唸着：

「佳南綜合醫院，外科主任，李立航，臺南市逢甲路，電話：五三三一九八。」

現在江婉貞坐在化粧臺前，又一次的唸着。打不定主意是不是該如立航所說的與他聯絡。過去相隔數萬里，她能按耐下那相思的焦慮，加上她也有些怨立航的絕情，竟然抛得了和她的一段情遠走他國，決定的那麼匆促，那麼的無牽掛。然而現在他回來了，就在離她不過二十公里，她眞的可以再感覺到這份的情感。

雖然那殘存的一分自尊一再向她發出警告，不能再和立航見面了，多一次的相處只徒增自己的煩惱。而那份壓抑不住的感情又在逼着她……

可憐的自尊與熱烈的感情互相衝擊着，她放不下這份日夜繫念的戀情，也踢不掉纏住她的一點尊嚴。

掙扎的結果，她還是有一千個、一萬個如果。

電話如果是立航的母親接的呢？她要不要說出自己是誰？想起那種冷寞的聲音，她不禁心寒，像躺在一片針海，刺傷她全身，一陣陣的心悸侵襲着她薄弱的意志力。要不是那個聲音一再的說不行，絕對不行，她和立航早在人生旅途上相互扶持、依靠，而且會是幸福的一對夫妻，這是他們曾經共同追求的希望。許多美好前景的憧憬就在那反對聲中幻滅消散。

那一年立航剛退役回來即在醫院謀得一外科醫師職位，她也從商專畢業，在她叔叔的工廠當會計。

欣平提議大家護送婉貞到立航家，讓他母親鑑定一下未來的媳婦。立航、欣平、欣怡、維民擁着婉貞踏入李家座落在巷底的日式房子。

在李家吃過中飯，五個年輕人圍着錄音機，聊聊天邊聽音樂，立航的母親忙完家事也過來坐在一角。欣平把話題帶入立航擇偶的條件。

「伯母，您對立航將來選太太是不是有什麼樣子呢？」

「條件？怎麼個講法呢？」立航的母親很認眞的問。

「嗯！我們不用條件兩個字，就說是意見吧？多少您對媳婦的選擇可以有一半的參與意見權吧！」

「意見啊——當然是立航喜歡的，不過女孩子嘛！起碼得唸個國立大學，這樣教育程度和立航比較接近。現在唸國立大學的女孩子很多。」李太太右手按下左手的拇指，道出她的第一個條件。

「哦？」欣平心往下一沉，怎麼第一個條件就開出這麼一大炮，像是指着婉貞和欣怡，他看了立航和維民一眼，立航在偷看婉貞。維民則沒任何表示，只管跟着音樂打節拍，欣怡皺了一下眉頭。

「要能合羣的，就是嫁過來能入我們李家的家教。」接下去順着食指按下第二個條件。這是當年她婆婆給她的教誨，遵守李家家教三十多年，今天她也以此來做爲媳婦必須遵從的規矩。

「這是應該的嘛！」欣平附合着，他注視眼前這個遵守家教而守了近三十年寡的人。她沒爲自己去爭取另一種幸福，反而對束縛她的教條遵照數十年如一日。

「家世要清白，家裏不能做不名譽的事業，像開賭場、酒家或者父親娶姨太太啦！這會影響下一代，我最怕娶到家世不清白的女孩當媳婦。」李太太說話的表情很嚴肅。

「這當然囉！」欣平偸瞄了婉貞一眼，看她有些坐立不安，不時的揑着沙發椅把，他眞想轉個較輕鬆的話題。立航乾脆和馬維民聊起唱片的歌，只有欣怡雙眼瞪得大大的看着天花板，偶而再偏過頭來瞧一眼立航的母親。她心裏咒駡着欣平這種破壞氣氛的話題，婉貞和立航要好是公開的事實，立航的母親再有一百個條件也與婉貞無關。

「最重要的我一直希望對方是醫生世家，這樣對立航的事業發展比較有幫助，對不對？咦！你們唸醫科的應該也有這種想法吧！」李太太完全是以個人的意見，來論斷她醫生兒子娶妻的標準，從小孩子時的立航就很聽她的，娶妻當然也以母親的意見爲主。

「這我倒沒想過這麼多。」欣平是把婚烟和事業畫分得清清楚楚的人。對於那些所謂嫁醫生必須具備的金錢條件，她是最爲瞧不起，以前有一個專門來他們班上做媒的女人就常附帶說明對方嫁粧的數量，他總是笑那些興緻勃勃打聽的同學是在賣身。

「其實我的這些條件並不苛的嘛！」一陣沈默後立航的母親再以這句話來結束。是不，苛刻那是對別人而言。然而對江婉貞來說第一個條件就不及格了，李太太才提四個條件她就遭三振的命運。

在立航家那半天，婉貞精神恍恍惚惚的，直到要離開她才在欣怡的拉衣角暗示了，勉強叫了一聲伯母再見。立航的母親飄給她一個很濃很灰的眼色，直到現在她仍然想像得出那一刻氣氛的凝重。在往後的幾年裏婉貞對立航的母親產生極大的不滿與怨恨。她甚至把他母親列爲北門嶼守寡的婦女嫉妒心態的一種。

4.

婉貞走到客廳，拿起電話聽筒。心裏依然在掙扎着，搖擺不定的手指在猶豫着：撥還是不撥？撥？不撥？心裏像是兩個不同的按鈕在交換被按壓着。

突然她把拿起的聽筒重重的放回原位，用盡力氣吐一口氣又步回到房間，她不能忘記立航離開時帶給她的痛苦，也不能忘記立航母親有意無意的傷及她自尊的選媳婦條件。她沒拉着立航不放，一方面是賭氣，她想試驗在立航心中的份量是誰重？但是她後悔了，在立航起飛的那一刻，她眞的後悔自己這一個不够理智的賭注。從未有過如此急速的心跳，也從未有如此不安的坐立，她把自己全身抛進彈簧床上。整個追憶過去的思緒一直纒繞着她。

昨天下午進香團很早就返回鎭上。她藉故頭疼連晚飯也沒吃就躲進自己的房裏，她是必須清醒自己才能接受突來的驚愕。早上她叔叔說如果沒好一點就別去上班了，反正月中工廠也沒什麼賬要算的，她因此而留在家裏休息。不上班時間過得很慢，她傾聽床頭鬧鐘嘀——嘀——一秒一秒的步過，反而覺得頭昏腦脹。在房裏整整坐了一上午。

她想下午就到臺南去吧！反正那是她打發時間的好去處，只要沿着最熱鬧的兩條街走一趟就可以挸過一個下午。這個主意一打定她內心就稍爲安定下來了。有了目標後她洗了一個熱水澡，又到對面美容院花了兩個鐘頭，把頭髮由修剪、洗到整理澈底的做了一次，從新換了一個面目，照在鏡上的人幾乎是容光煥發的新人。緩緩坐下來，搬出好久沒用的化粧品，在臉上塗了一些冷霜，抹匀又輕拍，順着程序一層一層的塗上，水粉餅、胭紅、眼影……最後纔選了最流行的唇膏顏色——豆沙色，用唇筆描在她那屬中型的嘴唇上。把那套去年她叔叔從日本替她買回來的米色洋裝拿出來，這件衣服她才在她表姊的婚禮上穿過一次，就一直沒機會再穿。太隆重的衣服就只好掛在衣櫥裏。

在鏡子前照了又照，衣服拉了又拉，臉上的粉擦又擦，做了最後一次巡視，她把香水滴兩滴擦在耳後，提起皮包拿着傘，跨出房門。

當她出現在客廳時，她祖母正好也在客廳。

「阿貞，你要去那裏？不是鬧頭痛嗎？」

「一個同學生日，說好要去的，剛吃了藥已經不疼了。」她也不知爲什麼會想出這麼合宜的謊話來。同學生日是她以前唸高中時常用的藉口，早該換換理由了，這時候如果講同學結婚或小孩滿月也許會比較適合。

「晚上早點回來！」祖母手撥唸着不離身的佛珠。

「嗯！」婉貞只想趕快離開。

步出家門她覺得有如放下一個重擔，從昨天那個影子就緊緊捕捉着她整個人，而她把他藏起來，連想的時候都怕被人撞見。既然走離熟悉的環境就可以拿出來任意遐想了。

走到車站，排列等在搭臺南線的人特別多，她不曉得今天是什麼日子，怎麼人那麼多，那彎彎曲曲的隊形，使人沒有走過去排在後面的勇氣，婉貞買了一張直達臺南的票，乾脆就站到隊伍的前面，只是在那排人羣以外的一個地方，人生有時候是用不着按照規矩來，也照樣在進行着，甚至更順利一些。抄捷徑是屬於那些不太聰明的人的專利。一輛由別處開過來的車，人都擠得滿滿的，不過依然載走了一部份的乘客。她耐着心在等着，就像以往等立航的耐性一樣。她自己雖然從不遲到，但等人的耐性卻也相當好。往往最會遲到的人也就是最沒等人的耐性，像李立航就是這樣的人。

臨時由站上加開一班車，婉貞也擠上了並且搶個不算好的位置坐下。她喜歡坐在車上，把思緒拋到窗外隨着車子的奔馳飛揚。

車子才開離鎮上不久，接着就是一段顚簸的路面，倒不是路本來就不好走，而是柏油面被挖去要重新舖，在她的記憶中這段路兩三年就來一次大翻修，往往都選在春夏交替的季節挖路，然後整個雨季遲遲不能動工，雨水加泥巴造成交通的大混亂。有些車子還被迫改道，直到入冬才能有一完好的路面出現，不過這時候大家幾乎都習慣了這一段的不平之路。

當她還在唸商專時，有一年暑假，回家經這段路，人坐在計程車上，車子隨着路面在彎曲不平的拐繞，跳動得使她幾乎受不了。她忍不住問爲什麼要挖路不選在冬天而非要在雨季不行呢？回答她的司機說這是包商的旺季，因雨季的偷工減料較易混騙，原來這也是有原因的。人往往都選對自己有利的時機下手，而她常沒把握住適合自己的時機。就像立航去美國時，她如果跟去了。也許今天這些哀怨都不會出現來鞭笞她。

車子進入臺南經過公園，從窗口看出去，高高聳聳的那個電子鐘，顯示出五點五十分，這車子已開了五十分了。正逢下班時刻，車輛特別擁擠，尤其是那一羣一羣的摩托車，更嚇人。在道路上竄來竄去，嗄——嗄——地叫個不停，就像敢死隊。有人說那些人在「撞墓孔」，而她卻覺得他們在開刺激的玩笑。

到了火車站已經六點了，她也跟着一羣人下車，穿過斑馬線。在報社前停住脚，這地方人特別多，而且都是一個一個的，像是都在等人的樣子，也有看報的，那邊一排的公用電話，站滿人。喧嘩的人羣竟沒有一個是她認識的。這個世界對她來講還是陌生的。

江婉貞走了過去，剛好一個軍人模樣的中年人放下聽筒。她頓了一下便拿起聽筒連撥兩通，要找的人全不在家。她兩個在臺南要好的同學，欣怡回臺北婆家，佳萍到高雄會情人，她只好放下電話。信步走過郵局、加油站，沿着路邊踢石頭。到十字路口，剛好亮起紅燈，給了她短暫的思考，到底要直直走還是向右彎？

右邊有個紅色公用電話指引她走過去，不加思索的撥了！五三三一九八。一聲嘟——後，馬上傳來對方的聲音。

「佳南醫院」職業化尖銳的女高音幾乎叫她嚇一跳。

「請李立航醫師聽電話。」

「李主任下班了。」

「哦！謝謝你！」對方馬上掛斷了，使她根本連問都沒機會問，把手上的聽筒掛回，她分不清是失望還是一種輕鬆感。不過至少她還沒先去找他，那殘存的一份自尊還緊緊的握在手上。

又繼續走一段路，漸漸地她才感到一股難耐的寂寞和悵然，使她急於找件事來做，也想擺脫這份的空虛。沈重的腳步加上喘息的呼吸，使這段路似乎更覺得遙遠。

路上的行人依然很多是匆忙的，只有她一個人在吵雜的人羣裏漫步着，倒不是在散步，而是很用力的拖着每一脚步，五光十色的霓虹燈，耀眼的顏色，使她有些暈眩。

又是一個十字路口，不過這時候她曉得要往那高大白色的建築物去，百貨公司是她可暫時免去空寂的地方。皮包裏有一疊鈔票，那是前天收的兩箱魚罐頭的貨款，近三千塊。够她買一大堆東西的。

在整個大樓逛了一圈，什麼也沒買，坐進昇降梯。服務小姐的「謝謝歡迎再度光臨」，聲音把她送到地面來，深吸了一口氣，裏面確實大悶，——

「婉貞——」當她脚跨出幾步，卽有人叫住她，她心一縮緊，怎麼會這麼巧？又是立航。

「你一個人來啊？」雖然她一個人站在他面前，但是李立航依然不能確定是不是婉貞獨自一人。

「嗯！你呢？」他們稍爲避開等在昇降梯前那羣人。

「我來吃喜酒的，在樓上，妳呢？買東西是吧！」

婉貞雙肩一聳，做個無奈的姿勢：「什麼東西也沒買。」

「妳不急着走吧！等我一下。」立航急切的說着，婉貞不語只是點了一下頭。

「妳先到對面三鳳飯店的飄香廳等我，我上去一下馬上就過去。」立航說完搶着趕上關了一半門的昇降梯，小姐及時按停止，他閃進去，婉貞由透明的門望着立航站在裏面緩緩上升的背影。

5.

婉貞不曉得這個地方幾時新建這家觀光飯店，頓時覺得四周好陌生，才踏上階梯自動門卽打開，迎面吹來的冷氣使她幾乎顫抖，很快的她四下觀望尋找立航給她的地點——飄香廳。

室內不太明亮的燈光，使她一時無法看清，那一個門上面所標的名稱。她向最近一個門走過去，首先映入眼的是「飛霞廳」再過去就是她的目的地「飄香廳」。

走進去並沒有如招牌寫的飄香，不過倒是飄過來很幽怨的音樂。裏面的燈光比外頭稍稍明亮些。有一個留長頭髮的男孩子在彈鋼琴，她選了一個靠牆角面向門的位置坐下，要了一杯咖啡。剛好可以很清楚的看到那個彈琴的男孩，水銀燈照下的氣色，給人一種修飾過的美感。柔柔的色澤很平靜的出現在搖晃的臉上。

她靜靜地聽那從男孩手指滑落出的旋律。後面的女孩也隨着輕輕哼着「愁怨」——

行到溪邊水流聲　引阮頭壳頭　每日思君無心情　怨嘆阮運命　孤單無伴賞月影

也是爲着兄　怎樣兄會不知影　放阮做你行。

她很想轉頭過去看看這個唱歌的女孩，輕轉了椅子，稍把背靠在牆角，可以看到那個女孩穿不太露的露背裝，手在桌上輕打拍子，脚也有節奏的以脚尖踏着拍子，一付沉醉，欣賞的模樣，她再看看臺上彈琴的男孩，正以一雙多情的眼睛凝視着那女孩。原來她是來聽他彈琴的，而他也正爲着她在彈這首歌，……

喝下第一口咖啡她覺得很苦，不過卻不願伸手去再加上一塊糖，接着又喝第二口、第三口……

……

彈琴的人又換了一首曲子，她不曉得曲名，不過很憂傷也很哀怨的曲調，大概唱不出那股怨恨，男朋友就在身邊，那個女孩沒再隨着音樂唱，斜靠着的頭偏向爲她彈琴的人。婉貞看她那撒滿臉的溫馨，由心中升起一股莫名的傷感。

又彈了幾首曲子，那彈琴的男孩和後面那位女孩就走了，室內的燈光變得有些昏暗。接着是放唱片的音樂聲在不算大的飄香廳廻盪着。婉貞把身子斜靠着牆，閉上雙眼一任思緒沈澱，不過偶而有些她熟悉的曲子，也能觸動一下她的情感，當那首「碧草如茵的家園」由瓊・貝絲的柔美歌喉唱出時，她想睁眼看看這個自己的世界。

「咦——你什麼時候來的呢？」她很驚訝立航竟動也不動的坐在她的對面，雙眼緊盯着她看，像在欣賞一件東西。

「剛來一下，看你正沈思着不好打斷。」他帶着溫柔的微笑，四年的歲月並沒在他臉上留下痕跡，反而在智慧的臉龐更增加幾分的成熟美。

小姐走過來問他要什麼，他抬頭說：「一杯檸檬汁吧——」那尾音依然是撩人的。婉貞偏一下頭看了他一眼，立航也報以一個深情的微笑，就像是很久以前也是如此。

「對檸檬的興趣仍不減當年嘛！」從前每次出去，不管什麼時候走到那裏，立航總是要一杯檸檬汁。更妙的是，當他們吃過一頓西餐後，小姐會來問他要紅茶還是咖啡。立航總說都不要，然後婉貞會替他補上一句「來一杯檸檬汁」。沒想到過了這麼多年他依然如故，只是現在飯後那個人是否也曉得替他叫一杯檸檬呢？三、四年的時間，過去的現在回想起來並不漫長，她替自己舒了一口氣，畢竟在她等待的日子裏又重新點燃起過去那段情，是怎麼熬過那段活在追憶裏的歲月，她已不在乎了。

「已經習慣了！」立航擦了一下手。婉貞不知道立航是不是也習慣了兩人分手的日子，她則是最近才習慣的，其實也不能說什麼習不習慣，而是日子總要過下去的啦！總不能因爲立航的母親阻止她們在一齊她就不要活了。就是在她沒有任何感覺的日子裏，她也從沒想過不要活下去。

「婉貞——」立航見婉貞久久不語，他不知道婉貞是不是也和他一樣男婚女嫁了，他再一次的關切着她是否無恙：「這些年妳好嗎？」

「還好——」婉貞攪動杯裏剩下一半的咖啡，注視着黑色的漩渦，咖啡隨着湯匙的攪動呈一波一波的在旋轉着一圈又一圈，黑色的波紋給人苦澀的感覺，如果說那是一種美感，不知須付出多少的青春才能換那份經驗。

「結婚了嗎？」立航懸念着他反覆思量的是否有必要問這句話。在沒控制之下衝口而出。

婉貞停止攪動咖啡的動作，僵立片刻，抬起頭來望了立航一眼，不知藏有多少的怨恨。他怎麼會問出這種問題呢？用手撥了一下頭髮，緊閉雙唇，緩緩的搖了搖頭。

噓了一聲，立航把那顆懸念的心定下定。好像把疲憊的身子往柔軟的床上一躺，緊張的神經頓時鬆下來，猶如那彈簧失去彈性。雖然一向擅長於分析心理的他，卻也分析不出他自己這一鬆解代表着什麼。

他自己已結婚了，照理是沒有資格希望，甚至要求婉貞還沒嫁人。不過在他的心裏這只是意味着，婉貞曾經是他的人，婉貞曾經是他結婚的對象，既然有此心理意願她就不該再屬於別人的，而且在他自私的想法裏根本忘記了自己已經結過婚。

「爲什麼呢？」當立航的想法一回到現實的環境時，他又覺得現在如果面臨的是結過婚的婉貞，他會減少內心中一份的歉疚，至少他不必在午夜夢廻之際，再去猜想婉貞在新婚之夜如何去面對她的丈夫，如何來解釋她自己的過去，他和她那一段情將如何交代……

「我要嫁給誰呢？」這種憂傷的字眼，帶有幾分自責卻又似乎有些埋怨對方。並非沒有結婚的對象，只是她一直很懶得再去重新接受及給予感情，正如那句「my heart is closed」，從聽說立航到美國那一刻起，她的心扉就緊緊的關閉着，猶如上兩道鎖的保險櫃密不透風。

也許是立航佔據她內心太深，也許是對立航施以一份無言的報復。她一直在想如果她不結婚，立航也一定不會和別人結婚，但是聽到立航在美國結婚的消息後，她崩潰了那一道感情，原來這一切都是太一廂情願了。但是今天面對着立航，她沒有結婚對他多少還存在有一些的威脅，她在他心中仍佔據一個相當的份量。至少她可以感覺出來他對她有些愧疚。

「該有很多人在替你說媒吧！」他急於找個婉貞不結婚他沒有責任的事實，或者他自己結婚了他要擺脫婉貞因他而誤了婚事這種良心譴責。譬如說目前正在彼此了解或訂婚了或要結婚了。

更遠的想法是婉貞結了婚又離婚了。

「也沒有什麼好說的啦！反正嫁不嫁都無所謂的，一個人也蠻自在逍遙的嘛？」婉貞把語氣放到最輕鬆的程度，她不願意立航看出她在報復後面藏着幾許的哀怨。她的哭泣也僅僅是在自己面前獨守。

室內又換了另一種燈光，較剛才亮一些，又回復到她剛才進來的那種亮度，鋼琴臺上坐了一個漫着非洲美人頭的女孩，開始演奏。第一首曲子就是那種急切的音響，雖然如此並沒因此而破壞了情調。把整個飄香廳帶到另一種的境界裏。使人的心也盪漾在熱烈之中。

他們兩人依然是對坐着，雙方似乎都有意追問那過去不曾在一起的日子，雖然認識的日子才只是分離的一半，不過在他們的記憶裏，這是人生黃金歲月的採擷，是那麼的清晰而眞切的印在心中。

「妳還沒吃飯吧？」立航換了一個輕鬆的坐姿，剛才兩個人都太緊張了，像在面臨一場大戰似的。

「哦？我幾乎忘了，不過好像一點也不感覺到餓。」婉貞把挺直的脊椎往椅背一靠。

「經我這麼一提妳應該有些饑餓的感覺吧？」

「好像有一點。」婉貞用手摸了一下胃部。

「走，我帶你去吃蚵仔煎，民族路的不比士林的差。」立航起身站立在走道，伸手牽着婉貞。步出大門他們走向夜市。燈火通明，人羣川流不息的地方常是吸引人的。

吃蚵仔煎是他們曾經在一起的共同記憶。剛認識那一陣子，立航幾乎天天從大直到士林，他們在擁擠的夜市場吃蚵仔煎是立航付錢，吃大餅包小餅是婉貞付的。

然後婉貞再請立航喝一杯檸檬汁，立航請婉貞吃一碗加花生的豆花。差不多花一個鐘頭的時間，兩人在夜市裏完成一頓規律的晚餐，而後沿着大東路走半個小時，立航把婉貞送回住的地方，婉貞送再他去等車。日子就在這種規律生活下過了一年半。

同樣的有蚵，蛋還有白菜、豆芽，然而在感覺上就有一種說不出的異樣，景物不同人的心境也改變了。面對如此一個大變化後的重合，婉貞不曉得該感到欣喜或是悲哀？命運有時是不聽天道的指揮，就像電腦的失誤，而她和立航就是在這種無法抗拒的錯誤下做了犧牲者，哦！也許他們都沒有盡力去爭取過。

「你沒吃晚飯，再多吃一盤吧！」

「够了！」婉貞呑下最後一口。

「這裏可沒有大餅包小餅哦！」立航說完，兩人同時笑出聲來，引得旁桌的人多看了他們一眼。

「豆花和檸檬汁總有吧！」屬於他們共同的東西畢竟還有。當他們在一起時就更湧上來，咀嚼着那份共同的回憶。

他們走過戲院，正是電影散場時刻，整條街面人潮洶湧，擠得水洩不通。在一片人海裏，立航把婉貞的手牽得更緊，後來乾脆把她擁入懷裏，感覺裏婉貞似乎又回到從前的那段日子。在臺北的電影街，立航也都是如此的把她攬在懷裏，內心那份安全感的領受使全身精神鬆懈下來。像一隻飄流的小舟駛進港口停下來，一切閃耀着安全美好。

隨着人羣，他們轉入忠義路，黑黑窄窄的一條小路。

「今晚別回去了。」立航附在她耳邊輕輕的說。

路兩肩的店面幾乎都關了門。

「好不好？」立航用更輕微的音量並搖撓着婉貞的肩。

沒有月亮，卻也不見星星，只有路燈散發出微微的光線和幾家拉下一半的門由裏面透出一點光線來。讓人直覺得夜是深了。走在柏油路面上脚步聲很清楚的傳入耳裏，撩起人的一份陌生，

他們走得更慢，脚步更細碎。

「一個晚上不回家沒關係吧！」

「我沒有跟家人講今晚不回去。」婉貞不安的說着。

「打個電話回去說一聲嘛！」立航把她擁得更緊。

一個騎車的少年人，從他們身邊駒過又轉過頭來瞧了一眼，看得使人心慌。

「我們到電信局打個電話。」立航指着右邊那座高大的建築物。

「我怎麼對他們說我今夜不回家呢？」婉貞顯得有些猶豫不決。立航這個從未有過的要求使她一時無法決定是否接受或拒絕。一方面她何嘗不希望能和立航在一起，一方面她眞的從未單獨一個人在外過夜。就是以前和立航的約會也是每晚必定回家，最晚也得趕搭十一點零五分的最後一班車。而這種情形也不多，通常她不願意太晚回家。那時候她五點下班趕到臺南和立航見面，有時候立航醫院並不能準時下班，碰上急診就得拖延好多時間。僅管如此他們並未把見面的時間再往後延，到了該回家的時間，就是立航再怎麼說，婉貞還是堅持要回家。

那是一個星期六的下午，她在醫院足足等了三個鐘頭，就像失去知覺的人呆坐在那兒，僅僅偶而站起來走一走，又不敢走遠，怕立航出來見不到她。直到五點立航才從手術室走出來。很疲倦的向她道歉，因爲兩人都沒吃中飯，就到醫院前的飯店，他請她吃生平第一次那麼貴的牛排大餐，把中飯和晚飯一齊吃下。

那天由於兩人都太疲倦了，飯後立航建議不妨先到飯店的樓上洗個澡，再去趕一場電影。婉貞沒表示意見，於是立航向櫃臺要了一個房間的鑰匙。

洗過澡，整個人都輕鬆下來，兩人躺在床上聊天後，根本不想再去擠電影了。這是從未有過的一種方式，比起他們坐黝暗的咖啡室舒服得多了，而且更有情趣。

雖然雙人床給人的誘惑力很大，但是那天婉貞依然堅持遵守她母親的告誡，當她走出飯店大門仍然是完好的。只是那天兩個人的感情都特別豐富，溫柔的燈光及羅曼蒂克的氣氛給人喘息急促的呼吸。原來她們的感情階段停留在彼此的唇在對方臉上滑過，然而那天他們都向更深的一層跨越了一步。感情在昇華着。

從此他們就經常把約會的地方選在飯店，同樣的在吃過一頓飯後，立航會想到必須洗個澡。然後是躺在床上盡情的聊天。枕邊無數的細語低喃着，一連串纏綿悱惻的感情階段晉級，飄飛的感覺在彼此的心靈交換着，直到……。

「隨便找個理由吧！」立航從西裝褲的口袋掏出了兩個五元的及四個一元的硬幣。

「這裏够吧！」交到婉貞面前。

「我皮包裏也有。」婉貞從皮包內拿出一個小皮包，倒出一堆硬幣。然後開始撥電話，電話響了很久始終沒人接。婉貞只好掛斷。以一種彷彿說算了的表情對着立航。

「再撥一次試試看。」立航鼓勵着婉貞，在做最後的一種希望。

婉貞又撥了，這次「嘟——」一聲耳上有人來接。

「喂，我是婉貞，妳是婉萍嗎？吸——我在臺南嘛——」婉貞瞄了立航一眼，立航深深的一這微笑點頭示意要她說今晚不回家。

「有個同學從臺北來，今晚大家耍在一起聊天，我就不回家了，妳跟媽講一聲，——好啦！好啦！再見！」婉貞急切的講完，馬上掛掉，她怕婉萍告訴她母親生氣她沒準時回家。

抿嘴看着立航，似乎在說：「好了，一切都由你安排吧！」而事實上這個表情就表示着她同意立航的一切安排了。

「走吧！」立航擁着她。

他招了一部計程車，兩人雙雙上了車。

「怡園飯店。」

6.

婉貞洗過澡，裹着飯店的白色浴巾，裸露在外面的大腿依然是那麼白嫩。白色的浴巾把她美麗的雙腿襯得更粉紅。

立航用力熄滅手上那半截煙，床頭的煙灰缸已經放了四支煙蒂，都是像剛熄的那支，還剩半截就被他壓的變了形。他把身子往裏面一挪，拍拍空出來的床位，婉貞走過去坐下，被他一拉順勢往他懷裏一倒。時間好像又倒回到過去那段日子，分離那段空白下來的愛情生活，他們都在努力的彌補。尤其婉貞好像在扮演一個對分離多時的丈夫表現得更體貼的妻子。

夜在窺視他們的一舉一動。立航伸過手把窗簾拉上。

夜被關在外頭流浪，裏面是個寂靜的世界，只有一伏一起的喘息聲，點綴着房間內冷氣的單調聲。

李立航翻一個身，頭似乎很沉重，他狠狠的搖動了兩下，宛如是喝醉了酒，在努力使自己清醒。他把床上的吊燈轉亮，再看他手腕上的勞力士手錶，已深夜三點半了。原來他一整夜未歸，並不是喝醉酒，而睡在他身邊的人竟是一個並不是他妻子的女人，不過那種感覺似乎也是他的妻子。他想起家裏的妻子現在也和他一樣，在看着手腕上的名錶。

他拾起掉在床下的浴巾，在腰圍上繞了一圈並繫緊。走下床，把電話拿到離床最遠的一張沙發上。

撥動着很熟悉但並不常撥的電話號碼。

電話一接上才「嘟——」一聲，即被人拿上來。對方好像就是等在電話旁，專注在傾聽這一聲的。

「喂——」當對方傳來很柔並急切的喂一聲，李立航壓低着自己原本屬於男高音的嗓門。

「是敏瑜啊——對不起，被幾個老朋友灌醉了——你還沒睡啊，對不起嘛——」等到對方說話時，他立即用手掌摀住他的話筒，雙眼注視床上那個人的翻身動作。

「——」

「現在不好走開，許多同學都在這裏，媽那邊妳就說臨時有個急診一大早就到醫院了。謝謝妳！趕快睡覺，乖！再見！」夜不歸在他來講這已經不是第一次了，只是和另外一個女人在外過夜這還是第一次，不過他內心並沒有異樣反而覺得很自然，他甚至認爲這是他的權力，本來婉貞就是要嫁給他的，只是他母親把她叉開罷了。

點燃一根煙，他半斜靠着床，緩緩的吸着，又慢慢的吐出；反覆一吸一吐，嘴巴有些麻木了。一口濃濃的煙從他口中噴出卽散開，在微黃的燈光照射下，那縷煙也呈焦黃色，漫散在他眼前。抽煙有時候並不是他眞的有煙癮，而是在許多情況下用來打發時間或着排除內心的不安，有時候是心裏覺得抽着好玩，而這時候他只是潛意識裏在催促着抽一根吧！讓煙霧來迷漫這個思維。

婉貞似乎還在作夢，嘴裏很含糊的不知唸些什麼。

立航噴出最後一口煙，按滅屬於最後的一點紅光。

把床頭上的燈關掉，整個一片漆黑，把身子完全滑入床裏，半夜裏開冷氣到底還是有些涼意，他掀開被子，再度鑽入溫暖的窩裏，感覺上又是一個美麗的開始。

夜還深——還可以在夢裏游移——做更美的夢——

婉貞低着頭，拎緊手上的皮包，隨着立航的脚步走出房門，她不敢抬頭看來往匆促的人，把頭低得更下。立航帶着她走入飯店樓下附設的餐廳。

陽光由那面落地窗射進來，好多種語言混雜着。喝蕃茄汁時，婉貞不小心滴了幾點染紅了米色的裙角，很醒日卻也不太難看，反而給一片沒血色的米白增添一份喜氣。婉貞沒有拭擦它的意思，只是望着那一片火紅出神。

「這星期六我們去南鯤鯓。」立航的提議把婉貞從遐想中拉回現實的世界。

「嗯——」婉貞一口氣把一杯蕃茄汁喝光。

「三點妳在客運那邊等我。等一下我送妳上車然後再到醫院上班。」不管在什麼時候，立航總是有條有理的安排着每一項事物。也許醫生天生的給人一種安全感。

「嗯！」婉貞好像總接不上立航的話題，除了嗯——嗯——之外，她再也想不出什麼更適合的話。自己成了完全聽擺佈的人。立航，曾經主宰她的人又回來了，又再一次的掌握住了她的一切。

7.

南鯤鯓之遊，總是立航先提起的。其實他們總共也不過來三次，如果連上次兩人不期而遇總共四次。立航回臺南工作後一段時間要求再來一次。那次的出遊婉貞一直深引為是他們分手的不祥徵兆。在沒有立航的那段日子，她每想起來就恨自己，為什麼不堅持着自己那份看法，南鯤鯓廟是無緣廟。就在他們從南鯤鯓遊歸不到一個星期，立航的母親即正式展開激烈的反對，不斷安排立航的相親。欣怡欣平倆人一直從中斡旋仍不得立航母親首肯。就在雙方都僵持的氣氛中拖了一個月。入秋後立航在醫院的推薦下到了美國。從此他們是眞的斷了音訊也了結了一段緣。然而深植在他們內心的感情並沒有完全斷根。死灰復燃燒得更熱更烈也更旺盛，有如一片無法撲滅的火海。長久的分離使他們之間更珍惜短暫的相聚，手也牽的更緊，心也更貼近。有人說愛情和時間，空間成反比，也許是對的。

「怎麼會想到再來南鯤鯓呢？」婉貞一面吸着南鯤鯓的特產「燒酒螺」，一面仰頭問她身邊的人。

「妳不覺得這是個好地方嗎？」立航一手搭在婉貞肩上，一手玩弄着鑰匙，把鑰匙圈套在食指上，輕輕的轉動着，那鑰匙在空間上畫過一圈又一圈。

「可是並不適合我們再來呀！」

「怎麼不適合呢？我們不是來過好幾次了嗎？」

「我在想第一次來使我們認識，第二次卽分離四年，上次是重逢，這次我已經有心裏準備了，等着另一個分離的宣判。」婉貞固執着去相信自己的預感。

「怎麼會呢？我又不出國，幹嘛會再分手呢？除非妳現在嫁人，否則妳就應該相信我的判斷。」立航肯定的說。

「相信你，你記得嗎？那次我一直說不要來，這是座無緣廟而且是有很多例子的，你偏偏說你是醫生不信這套沒科學根據的迷信。我信任你的診斷，結果呢？由於你的誤診最後竟演成悲慘的錯誤……」

「停——結果是我們最後還是在這個地方見面了。這和以前也沒什麼兩樣。」立航打斷婉貞的話，他還是那麼喜歡強制別人依他的想法來想。

「怎麼會沒兩樣，你身邊不是多了一個太太嗎？」婉貞幽幽的看着遠處，四年倒也改變了不少。

立航頓時無言相應。面對婉貞，結婚使他有些理虧。

當年無論他怎麼求着他母親，他母親就不讓步，無論如何不答應他和婉貞結婚。他又不能放下守寡多年的母親而堅持和婉貞結婚。就在心灰意冷之下他接受了院方的推薦到美國三年。他和方敏瑜是透過他姨媽的安排認識，其實是敏瑜隨她父親出國觀光，而後他們在美國結婚並生了個女兒才回臺灣，立航一回來卽應聘到岳父的醫院當起外科主任，曾經在杏壇引起一陣不算小的騷動。

敏瑜正好合乎立航母親的種種條件。國立大學畢業，醫生世家，從祖父、父親叔叔到二個哥哥及一個弟弟都是學醫的，連家裏姊妹的丈夫也和立航一樣，是當地首屈一指的名醫。

雖然立航曾經很執着於他和婉貞的那一段感情，但對於別人安排他和方敏瑜結婚他也沒強烈反對過，婚後兩人甚且客客氣氣的，連一聲較重的話都不曾出過口。也許是離鄉背井身邊的人就是一種相依爲命的感覺，也許是男人比較能把婚姻和愛情分開，而女人往往非但分不開反而兩者必須緊連在一齊。難怪有人要說愛情是女人生命的全部，而對男人愛情只是生命中的調劑品而已。

「說眞的，妳爲什麼不結婚呢？」立航似乎有疑惑。

「那你爲什麼要結婚呢？」她停止吸燒酒螺。

「這是每個人都必須要走的路，那是一種責任，對自己、對父母，更是對整個社會的一種責任。」

「是嗎？我倒覺得結婚是自己和對方兩人的事，與父母和別人無關。談到責任，那也只是對自己及對對方負責而已。旣然我與對方根本沒有感情可言，又根本負不起責任我又爲什麼要去結婚？」婉貞對婚姻的一套哲理是在立航離開這段痛苦的日子所悟出來的。

「可是人類的生存必須靠婚姻來延續。」立航仍在替自己的負婉貞先結婚找合乎情理的理由來辯白。在他的觀念裏，他的先婉貞而結婚是沒有理由來說是錯的。

「說你是杞人憂天你還不承認。世界上急着想結婚的人多的是，也不在乎多一個我或少一個我。」她把那包螺扔向路邊的垃圾筒。咚——的一聲很響。

「莫非妳是抱獨身主義不成。」李立航把鑰匙收進口袋裏。他總是喜歡玩弄一大把鑰匙。

「那倒不是。我並不要爲結婚而結婚。你懂嗎？有人一到結婚年齡就拼命結婚，不管對方是誰，也不管合不合適，好像不結婚就是天大的罪孽。」婉貞說得有些激動。

「妳在指我嗎？」立航摘下路邊的一片樹葉含在嘴裏，眼睛睜得大大的望着婉貞。

「你是嗎？」婉貞眉毛挑得高高的，睜亮雙眼。

「也許吧！那時候似乎聽到上帝告訴我說：『該結婚囉！』於是就結婚。」立航像是自言自語。

「不曉得這些年妳觀念改變這麼多。」他轉向她。

「不是觀念改變，而是觀念的成長，你知道嗎？這個成長是我付出多少代價，過去不成熟的就在成長過程中慢慢被淘汰掉了。」

「有一點妳仍然存在，那是固執和獨立。」

「如果沒有固執，今天站在你面前的也許是個某太太。如果沒有獨立，現在你可能就在與一個女鬼談情說愛了。」婉貞停住脚步。

「婉貞，我眞的很對不起。」李立航突然一把抓住婉貞的雙手，激動得想請她狠狠罵他一番。

「對不起是在對可挽救的錯誤說的，譬如像那天晚上你的醉酒一夜不歸，第二天再回家，這時候說對不起才合適。」婉貞故意把醉酒兩個字說的重一點。

「別挖苦我嘛！」立航求饒的說着。

他們走過一片將樹木剪成動物形態的花園。

「下次要記得帶照相機來。」

「百遊不厭嗎？不過最好不要照什麼相，免得你將來後患無窮。照片出現在太太面前就不是對不起所能解決的。」婉貞不時的用話來發洩內心對立航特殊感情所產生的不滿。常常他們在一起時，她滿肚子的酸氣在翻騰着。

「婉貞，讓我們把爭執和一切的不愉快拋開，從頭開始，好嗎？」立航用很感性的語氣拉着婉貞說。

「你應該說讓我們把理智踢開才對。」從遇到立航那一刻起，婉貞就喪失了理智和清醒的頭腦。她根本不去想她和立航重點燃的感情是否應該。

「婉貞，吳太太說要幫妳作媒。」江太太由外面回來，抖掉雨傘上的水珠，很興奮的表情。

「那個吳太太，」婉貞幫母親把傘掛起來。

「藥房那個吳太太。」江太太拍拍身上的水珠，外面雨下的很大，今年的雨水特別多，從六月底就連下了好幾天，一直未放晴，但江太太此時的心境卻不受天氣影響。

「她呀！又是那藥廠的外務員嗎？她怎麼還不死心呢？講那麼多次了還再講。」婉貞不耐煩的把窗子關起來。

「不是以前那一位，聽說是另外一家的。」江太太的興緻依然很高昂。

「我對藥廠的外務員沒好感。」也許是因為立航的關係，她才會那麼討厭推銷藥的人，立航常常說許多藥商和醫生非法的勾當，婉貞聽得對那些人起反感。

以前附近的鄰居及親朋好友，都爭相替婉貞說媒，每次婉貞不是連看都沒看就拒絕掉，就是看過一次就不理對方。漸漸地就沒有人喜歡替她說媒，只有藥房那個吳太太依然三天兩頭就來找婉貞的母親講。她還說看着婉貞長大的，這個媒人沒當成她是不放手的。

「那妳至少跟人家見見面再說不好也不遲。」江太太對婉貞的婚事很急，女兒都二十七、八了，再不趕快找個對象，等過了三十眞的會沒人要。

「不見面都嫌煩了，再見面不是更煩死了。」她靠在沙發把報紙捲起來，放在嘴上吹氣。

「我拜託妳好不好，妳不能再眼睛長在頭頂上，這個也不要那個也不要，妳到底要嫁什麼樣的人呢？」小時候和一羣孩子在玩時，婉貞老是跟着較大的孩子唱：「阿娘，阿娘，阮不嫁，要留着嫁皇帝。」母親把小孩子時的女兒唱那種歌謠當笑話，而長大了的女兒再有這種念頭就要頭痛了。江太太總認爲說不結婚是罪過。

每次遇到這種情形，婉貞乾脆就不講話了。最初她會比她母親更凶，兩年前她開始就不太願意爭辯，現在根本是以完全的沈默來表示自己的意見，任母親絮絮不休。

「妳不替自己想也要替婉萍想一想。維昌的父母再三的催要給他們辦喜事。偏偏妳擋在那邊，妳要叫婉萍也跟妳一樣，吃到七老八老還不嫁人。」江太太一直就想好好的罵婉貞一場。在她晰白的臉龐上由於生氣而漲紅，顯得有些誇張的色彩和陰暗的天氣成了強烈的對比。

「我又沒拉着她不要嫁人，反正現在的人妹妹先嫁的人多的是，是妳們的舊觀念擋着她不能嫁人的，還說是我哩！」婉貞對母親講過多少次了，讓婉萍先結婚是沒什麼不對的。此時她有些生氣母親的頑固不通人情，講話的語氣不太好。音量提高了好令江太太驚訝！

「我也不跟妳吵，妳自已好好想一想。如果不要妳自己去跟吳太太講，我可不敢再回絕人家了，妳的婚事我也不想管了。」她氣沖沖的站起來轉向厨房。

江太太說過不管女兒的婚事已經好多次了。從三年前一直說到現在，每次婉貞拒絕相親，她就以不再管她的婚事來威脅她，等到氣消了之後，當別人說起要替婉貞說媒，她又興沖沖的安排並好言相勸婉貞。也許每一個做母親的人都有她這種矛盾的心態，可以眞的不去管丈夫的事，但對兒女的事卻無法眞的不再管了。

「妳最近都在忙些什麼？看妳常常跑臺南。」她又轉回頭過來，語氣緩和多少。

「出去玩啊！」

「看妳不玩就不玩，一想玩就玩到三更半夜，女孩子要有女孩子的樣子，常常那麼晚回家，會叫別人說閒話的。」江太太是很開明的母親，但是她不願意看到鄰居們對她女兒遲歸臉上呈現出任何表情。

「下午我要去臺南。」

「又要去臺南做什麼呢？」江太太有些不悅。

「找欣怡。」找欣怡是她多年來上臺南的理由，而在和立航見面以前，事實上她也眞的是去找欣怡聊天、逛街、看電影，連買一條口紅都要欣怡和她一起去買。女人的時間就是打發在這些無謂的瑣事上。

「叫欣怡有空來玩。早點回來，不要又逛到三更半夜，或者又不回家了。」和立航約會婉貞總是採先斬後奏的辦法，告訴母親要出去一下，到了外面再打電話回來說臨時有事不能回家，江太太也無可奈何。

「好啦！」婉貞輕鬆的回答。

婉貞臨出門時，她母親又和她聊起婉萍的婚事，就擱了近半個鐘頭，她只好搭計程車，到火車站已經六點過八分了。早上下一陣雨把整個大地清洗一遍，看上去好像一片新色彩。她匆忙的走進怡園，視線掃過整個大廳還不見立航人影，她在每個陌生人臉上找尋立航的面孔。

沙發椅上坐了一些人，婉貞選一個可以看到自動門的位置坐下。這樣如果立航來了她一眼就可看到。她喜歡看到他出現一剎那間的感覺，像是一股電流通過心中急速一搓。立航的出現對她是美感的產生與希望的開花。

她懷疑火車站的電子鐘是不是太快了，抬頭在櫃臺上那一排鐘上尋找到屬於臺灣的那個鐘。快要六點半了。會不會剛才她遲到，立航等不及已經走了。應該不會的，立航知道她一向不會故意遲到的。

當她再抬頭望一眼牆上的鐘，視線剛好和坐在櫃臺的一位先生碰個正着，他對她微笑點頭。她忙把視線收回，望着另一處人羣走動。

下次該記得叫立航別老是約在這裏見面。剛剛櫃臺那位先生直向她微笑點頭，大概認識她是常常和一個男人來這裏吧？她有些尷尬和坐立不安。

「唉——」

像她和立航原本是公開且正式的，雖然他母親並不贊成。現在立航的母親雖然不曉得他們還在一齊，但他們卻要偷偷摸摸的唯恐別人曉得。她偶而會感到自己像個見不得人的小偷。尤其當她和立航走在街上時，又得時時提心別人是否看見了。有時候她很天眞的想，如果能像小時候看電視影集中的隱形人就好了。

立航怎麼還不來，莫非他太太發現了他和一個女的常在一起。哦——她有點心寒，不禁對剛走進門的一個孕婦多瞧了一眼，立航的太太正懷孕，每次婉貞在路上見到孕婦總要認一認，是不是立航的太太。雖然卽使立航的太太站在她面前她也不認識，但她總有防着孕婦多看看一眼，想想這種行動未免太可笑了，幾時自己也變得如此神經質。唉——被愛情冲昏的頭腦還能清楚的去做每一件事嗎？以前她常笑那些談戀愛的女同學是盲目的，而今自己不要說是眼睛閉着，就是心也難得去想一想這一樁感情是否應該再任其發展下去？唉——停止這種沒結論的想法。

要不要再等下去——婉貞在心裏想着。等——不等——反覆浮現在心中，兩個念頭戰爭着，隨着時間愈演愈激烈，把心當個戰場，彼此冲擊着跳動得相當規則，等——不等——輪流湧上心頭，像是就要跳出來行動了。

她目送着人由自動門外面進來又從裏面出去，有一個的，有兩個的，也有一羣的。她的心隨着人羣的進進出出也七上八下的懸掛着，按耐不住的心跳使她坐立不安。看別人都是那麼匆忙，而自己好像是被遺落在臺下的一個小角色，不惹眼的躲在暗處羨慕別人。

她沒有勇氣第三度的往櫃臺牆上的鐘看時間，而且也有些不信任它的準確性。

她開始替立航找他遲遲不來的理由。也許他正在開刀房裏忙着，嗯——大概是吧！他是醫生，這是醫生遲到的主要原因。她想到此心裏比較平靜下來，從皮包裏掏出一個一塊錢的硬幣。她想到櫃臺打個電話。那個人還坐在那兒死盯着前面的人，又怕如果到外面打立航進來見她不在一定會以爲她走了。

猶豫了一下，她把臉很自然的不朝櫃臺看而走向櫃臺。手指抖動着，心也砰——砰——的跳動着。

「請李主任聽電話——」婉貞壓低聲音。

「那一位李主任。」電話是一個男人接的。

「哦——是外科李立航。」

「等一下——他已經下班了。」

李立航陪着他太太到醫院附近吃了一頓晚飯，然後又陪她回家，再從家裏出來已經七點半了。敏瑜平常很少到醫院來，今天出來買東西順便進來看看立航，因爲立航晚上要出來和婉貞見面，所以慇懃的請她吃一頓晚飯。他出門招了一部計程車，從復興路直到圓環，繞到府前路往南門路過民生綠園到公園路，一共遇到了五個紅燈，等他奔進怡園已經八點了。

婉貞有好幾次下定決心要走了。直到立航出現在門前，她還是沒辦法狠心的走掉。

「眞抱歉，遲到這麼久，先吃飯吧！」立航一面拉着婉貞走向西餐部，一面由西裝褲後面口袋拿手帕揩去滿頭大汗。他知道婉貞的脾氣，他遲到她可以等但卻是等的不耐煩和心躁。一踏進來他就感覺氣氛不太對，尤其是他足足遲了兩個鐘頭。眞該死！下午實在不應該爲討好敏瑜陪她去吃飯而躭誤這麼多時間。

「吃牛排吧？」立航很快的要替婉貞點吃的，想緩和一下她的情緒。

「我要吃炒飯。」婉貞淡淡的說。

立航直看着婉貞，在她臉上並沒有找到一絲怒意，這就是生氣的婉貞，再怎麼不痛快她臉上依然是平靜的，只是抿緊雙唇，拒人於千里之外的臉色讓人看了無從和她說起。每遇到這種情形，立航就更小心唯恐惹火了她。

服務小姐走過來問他們吃什麼。

「先給小姐來一份炒飯，我來一杯檸檬汁。」立航急切的吩咐小姐，他知道肚子餓的時候，人是比較容易發脾氣的，如果先讓婉貞吃飽，她那一肚子氣大概可消一半。

「什麼炒飯。」服務小姐臉轉向婉貞。

「火腿蛋炒飯。」立航搶先替婉貞回答，這是婉貞最愛吃的一種炒飯。

「鷄丁炒飯。」婉貞翻着菜單。其實她最討厭吃鷄肉。

服務小姐楞了一下，馬上停止手上的筆。等待着下一個最後的決定，她已看慣了情侶這種吵架的情形，那種可笑的局面已經使她笑不出聲來，反而覺得很無聊，吵架吵到氣氛這麼優雅的餐廳來了。

「那就鷄丁炒飯吧……」立航以幽默的語調把「吧」拉高半音。婉貞生他的氣一向只持續五分鐘，等一下再逗逗她就好了。

「別生氣了嘛！我再向你道歉好不好？」立航向她彎腰點頭：「我知道妳不是眞生氣，妳也知道我不是故意遲到的。」他搬出一套皆大歡喜的說詞，他的遲到是兩個人都沒有錯，錯誤的是醫生這兩個字。

「你知道的嘛？醫生就是無法控制自己的時間，妳最諒解的也最有耐性等我的嘛！」立航說了一連串話，這些話都是以前遲到所講過的臺詞。

「合着我活着是爲了等你的。」婉貞有些怒意的說，聲音裏有無限的委曲和埋怨。「醫生」「醫生」她眞的對他沒有半點脾氣可發。雖然「醫生」這個名詞誤了她多年，但是她仍然原諒眼前的醫生。

「飯前別生氣，否則會影響消化。」立航一句醫生職業性的話，使得婉貞又好氣又好笑。偶而他會擺出醫生告誡病人的姿態來幽婉貞一默。

「好了，我們安排一下今晚的節目。」立航看婉貞的情緒已被他說得進入狀況了，開始可以聽他安排了。

婉貞拿起毛巾藉擦臉來掩飾她欲笑出的表情。

「吃過飯我們去安平，然後——今晚妳可以不回家吧？」

「不可以——」婉貞斬釘截鐵的說，把剛才欲笑的臉又繃緊了，也不曉得她爲什麼突然又變了臉色。

「妳還在生氣啊？」立航楞了一下，他不明白今天她的情緒怎麼說變就變，毫無預兆。

「我答應我媽早點回去。」婉貞低着頭。

「那什麼時候妳再來臺南呢？」立航有些失望。

「當然是你『太太時間。』以外的時間。」瞪了他一眼她酸酸的道出來。她的眼裏射出一道令人懼畏的光芒。

炒飯和檸檬汁送來了，打斷了他們的談話。

有好長一段時間，他們都低着頭各吃各的，兩人各懷心事，氣氛一直好不起來。

飯後婉貞堅持要回家，任立航說安平的夜晚有多美也打動不了她的心，看她有些鬧情緒的樣子，立航也不好再強拉她去，只好送她去車站。

一路上他像是個小媳婦一直陪在婉貞的身邊。

婉貞一生氣，他就覺得對她有很多的虧欠，所以讓步、道歉、陪笑臉都是他一個人在演着。

把婉貞送上車之後，他才沿着中山路慢慢往回家的路走。雙手揷在西裝褲的兩個口袋，低着頭，像是一個失意落魄江湖的流浪漢。柏油路上一片光溜，並沒有小石子可供他踢，但是潛意識裏他每邁開一步卽用脚尖狠狠的往地面一踢，借以踢掉內心中壓着的一塊大石頭。心裏依然是悶着，有一股壓力壓抑着。他想大聲呼嘯，如果是個無人的曠野，他會大喊幾聲舒發心中的鬱悶。

經過民生綠園時，他抬頭望了一眼獅子會那座鐘，才十點正。婉貞從沒有像今天是氣着走的，以前他們再發生多大的口角，等到要分手時也都是氣消了，而且發誓下次不要再把見面寶貴的時間浪費在彼此的爭執上。不過今天首先是他遲到，然後又騙她是急診開刀誤了時間，才是眞正致使她生氣的原因，她無法忍受他的欺騙。

對婉貞除了善意的欺騙外，他實在不願意告訴她說自己是陪太太才遲到的。婉貞曾埋怨立航老是拿醫生做護身符，難道醫生就可以不遵守約會的時間嗎？

「唉——」入秋夜裏的涼風吹得他有些顫抖。

走在人稀少的路面，不覺起了一股寒意。

過南門路，在孔子廟前他忍受不了這份孤寂，一個人走在寬濶的馬路上會有一種落寞感。他招來一輛計程車。

8.

方敏瑜把早上收到的十月份「外科月刊」放在床頭。這是立航晚上睡前要拿出來看一看的書。往常是到中旬時當月份的月刊就會被立航看完並收入書房的書架上。不過床頭現在已連放了八月份及九月份的兩本，當敏瑜把十月份的放在那本尙未打開的九月份月刊上，她由鼻孔吐出一口氣。每次一個人在房裏她總覺呼吸困難。

最近立航老是忙，而且都是爲別人的事忙。一下子某外科找他幫忙開大刀，一下子同學出國幫他看顧一些醫院的事。雖然不至忙到澈夜不歸，卻也都是過了十二點才回來。看放在床頭的三本月刊就可以感覺到立航已經有好長一段時間不曾靠在床頭上看書了。往往他一回來洗過澡倒頭就睡到天亮。

有時候敏瑜也會不高興丈夫愈來愈少在家，對她雖說不至於惡言惡語，卻也沒從前的溫和，有時候她多說兩句都會顯出不耐煩的神情。她婆婆總要說女人不要管男人在外頭的事。她當然也了解醫生是沒有屬於自己的時間，當初她們姊妹出嫁時，她的母親就這麼的告誡——嫁醫生就要本着丈夫和別人共分，醫生丈夫一半是屬於病人的，另外那一半則要和他的父母、朋友、興趣再分取其中之一。所以一定要把心胸放寬——她一直都不曾去干涉過立航的行動，就連醫院她也很少去。有人說嫁醫生要好好盯住，否則感情走私太厲害了，多半不是有一兩個情婦即某舞廳有個老相好。敏瑜從沒想過要去盯住立航。只是她也不怎麼高興立航有些過分的冷落她。

晚上本來立航要陪她回娘家，臨出門給一通急診的電話招了去，她只好自己帶着女兒回去。她二哥剛好也回去看她父母，順便送她們母女回來，路上和她聊起立航最近都在忙些什麼，老是不在醫院，有時候連人影也不見。

整個屋裏空空的，她婆婆到臺中看立航的姊姊，阿秀請假回家。她把女兒抱上小床，她雖挺個大肚子仍抱得動兩歲的女兒，有時候立航看在眼裏也會皺皺眉頭，小女兒根本不讓他抱只是纏着敏瑜。從回臺灣他就一直忙着自己的事，小孩子剛在認人，對他就陌生多了。

敏瑜把一些嬰兒用品又一遍的整理，唯恐漏掉了準備任何一樣，雖然離她的預產期還有兩個月，不過她該準備的東西都準備了。嬰兒的衣服從出生到兩三歲的都買了。她就是這種急性子，總把事情提前完成。

床頭的鬧鐘「嗒——嗒——」的響。整個屋子好靜，那面朝東的落地窗全打開，晚上的風已有些涼意，吹進來的風不時的把窗簾捲在空中飄起一個半圓。敏瑜靠着床雖手中拿一本已看過一過一次了的「嬰兒與母親」。看了半天仍然是那一頁「新生兒的煩惱」。懷老大那時候在美國，她母親特意從臺灣郵寄這本書給她，裏面有不懂的地方立航都一一替她解釋清楚。

一聽到汽車開入巷子的聲音，她就探頭出去望。今天立航把那輛冰凍了三個月的雷鳥開出去。車子是她的嫁粧，不過至今她還不會開，而立航也不常開，他總認爲上班騎機車比開車方便，這條巷子又不怎麼寬大，往往在兩車差車時要費好多時間，他騎機車早到醫院了。

探了幾次頭後，她索性就站到陽臺外面等了。

水銀燈的照射下，整條巷子很亮幾乎和白晝一樣。巷子已經沒有行人，這條巷子住好幾位省立醫院的醫生，其餘大部份也都是政府機關的高級公務人員。此地被列爲高級住宅區。有一半的家門口是停着轎車的。第一次走進這條巷子的人，還以爲這裏是個停車場，五顏六色的大小轎車，每到黃昏或清晨走過去，一排整齊的車位，幾位太太會談論誰家又換了一輛新車。

電話聲響，方敏瑜第一個反應是急着要接，但馬上又慢了下來，這時候大概只有立航會打電話回來，如果立航打回來的就是今夜不回家，她有些希望不要是立航打回來的。

「喂——」敏瑜一聽是女人的聲音，不知道內心的滋味是什麼。

「請問李醫師在家嗎？」

「不在家，請問您是——」除了醫院的護士她很少接到陌生女人找立航的電話。

「哦——我是陳欣怡。」

「欣怡啊，怎麼好久不來玩呢？」敏瑜很高興接到欣怡的電話，好像在陌生的人羣裏找到了昔日的好友。

「太忙了，立航去那裏？」對方迫不急待的問。

「醫院有事吃過晚飯就出去了。」這是時常發生的現象，尤其最近兩三個月一星期總有一、兩次醫院的醫生會來電話，催立航到醫院處理急診。

「那他回來跟他說和我連絡，維民回來了。」語氣又緩慢下來。

「好的，馬醫師這麼快就回來。」敏瑜抓住講話的對象，盡量找話題想延長談話。

「是啊！他就是出不了遠門，連住我哥那邊都嫌麻煩。」從電話那頭傳來傳來欣怡興奮的聲音，維民一回來就嚷着家裏比較舒服。

「什麼時候回來的呢？」

「上星期，妳預產期快了吧？」欣怡轉了一個話題。

「嗯，十二月初。」

「加油啊！我哥和我們都兩個恰恰好，就剩下你們啦。」

「有空來玩嘛！」以前她們剛回臺灣，欣怡常來她家玩，最近一直沒來，而她自己則不太願意出門，所以好久沒見到欣怡了。

「好——立航回來叫他撥個電話給我，再見——」

「再見」

當方敏瑜在家等李立航歸來，這邊的婉貞卻在等李立航的回答。他們已經談了一個晚上，焦點就在那個問題上。

「應該不會有事的，當醫生就天生的最會算安全期。」立航半開玩笑的說着，其實他也知道所謂的安全也是最不安全的。

「你還笑得出來，都已經過了兩天了。」婉貞瞪了立航一眼，她很生氣自己急得要命而立航卻還有心開玩笑。

「有時候情緒也會影響，慢幾天是很平常的事。」他以醫學的常識來下判斷，也只有這樣他才能暫時穩住情緒。

「我一向只有快沒有慢的。」她語氣又急又快，有些想哭的樣子。李立航沈思了一下，然後做了一個最後的決定。

「如果再一星期還沒來，我們再來煩惱，好不好。」

江婉貞不語，只是一個勁的咬嘴唇。

就這麼決定了，李立航暫時給自己一星期的緩和。而婉貞是不是也能等一星期以後再來煩惱呢？她不知道，她只是安慰自己不至於如此糟吧？有些人拼命想要生個孩子還生不出來哩！

9.

陳欣怡和李立航通過電話後，就直接到佳南醫院。

立航早在他的辦公室等的有些不耐煩，聽欣怡的口氣很神秘好像又很嚴重，既然不方便到家裏講就是不願意讓敏瑜知道，那除了他和婉貞的事還會有什麼事可以叫欣怡這麼關切呢？可是那也止於他及婉貞的交往讓她知道，可是他倆之間的事，並沒有第三者知道，難道是婉貞告訴欣怡的嗎？否則她怎麼會表示出那種嚴肅的態度，不過這是不可能的，婉貞根本就怕讓欣怡知道他們之間的事。

「嗨——李大主任，眞是難找。要見大人物還得通過幾道關口才進得來哩！」欣怡推開門。一件紅色襯衫配一條牛仔褲，不認識的人斷然不會想像到她是兩個孩子的母親。她和婉貞在一起，她是屬於瀟洒型的，婉貞則屬於淑女型的。

「等候大駕光臨，不知馬夫人有何指敎，請坐！」立航忙起身相迎，待欣怡坐定，他倒了一杯水過去。

「別客氣了，這邊講話方便嗎？私事。」欣怡拂弄着她的長髮，剛才急急忙忙的出門忘了梳。

「沒關係。」立航看欣怡一付如臨大敵的表情，他也不敢掉以輕心。

「我就不跟你玩語言的遊戲了，直接進入情況囉！」欣怡喝了一口水，一本正經的擺起面孔。

「什麼事這麼嚴重。」他勉強裝輕鬆的口氣。

「你心裏應該有幾分明白，有人看見你和婉貞在一起，而且已經有很多次了。」欣怡正視着立航，想在他臉上找到答案，也像怕他逃脫死盯着不放。

「誰說的？」立航着實嚇了一跳，他自認他和婉貞的事沒有第三者知道，就是他常拜託打電話說急診的王醫師，也只知道他在外面交女朋友，並不知道是婉貞。

「有沒有這回事，我在向你求證這件事。至於誰說的就不重要了，而且你也不需要知道。」欣怡白淨的臉泛紅，她很激動，她不直接問婉貞是怕傷她的自尊。如果是眞的她是不會原諒立航的。

「是的。」立航冷靜的回答。

「這是我最最不願意聽到的回答。雖然一開始我就知道可能是眞的，但我還是禱告着希望那是一場誤會。」欣怡像是經過一場大戰鬬突然癱瘓下來。

「我和婉貞的事妳應該最清楚的，而且過去妳及欣平不也一直在促成這件事嗎？」立航很平靜的想把話說清楚。

「就是因爲過去我和哥哥最關懷你們，所以今天我也急切的想關懷這件事，不過我事先聲明我的立場，就是今天我哥在此，他也一定和我站在同一條線上。」欣怡恢復力氣，又開始振振有詞的講下去。

「那妳的意思是妳及欣平不是站在我們這一邊囉！」立航轉動了一下他那對大眼睛，直視欣怡。

「那倒不是，不過有一點你必須明白，如今的你和四年前的你是不同了，過去你有追求婉貞的資格，現在你已經喪失了這個資格。過去我支持你堅持娶婉貞，現在我則堅持維護你的婚姻，幫婉貞尋找幸福。」欣怡仔細一字一句的對着立航說，擺在她面前的那杯水被她比動作時推來推去，剩下半杯的水在杯裏搖提着。

「婉貞和我在一齊就是幸福的。」立航話一出口才發覺，欣怡有些不高興，而且這句話應該由婉貞來講才合適。

「這是你們兩個人在沒有第三者的介入時，所做的自我陶醉。有敏瑜的存在，這句話就有修正的必要。我不反對你和婉貞在一齊，就像我和你一樣。問題是婉貞把你當可託付終身的人，她甚至於拒絕一切的相親。換句話說婉貞仍像過去一樣對你抱同樣的希望。但是你可以嗎？你能嗎？你能給她婚姻的保障嗎？你可以給她一個和敏瑜一樣的家嗎？別人會承認嗎？你們能公開嗎？」欣怡是經過許多天的反覆思考，才做此決定，她必須拉婉貞一把，免得她愈陷愈深。

起先別人告訴她看見立航和婉貞常成雙入對的走在一起，欣怡是不相信的，她一直沒把立航回國的消息告訴婉貞。直到三天前婉貞的妹妹遇到她，提起婉貞的近況，她才知道婉貞非但拒絕家裏安排的相親，更常藉口來她家而沒回家。當時她在她妹妹面前並沒有拆穿，不過她已經下定決心處理這件事，好好的勸立航。

「立航，我們都是好朋友，婉貞你是了解的。固執是沒有人能改變的，她認爲對的要做的，就是一千個人一萬個人認爲錯的，她仍然去做，等到她發現錯了，她笑笑再回頭。不過這種個性用在別件事上無所謂，頂多浪費一點時間而已。但是她用在感情的路上，我們不能坐視不管。我想了很久，還是由你先離開她，日子久了她自然就忘了這件事，那時候，她必可尋找到一個幸福的歸宿，這是你所不能給她的。」欣怡除了分析以外，她幾近於求着立航。

「這是你站在旁觀者的地位來說這件事。對婉貞我有一份責任，道義的、感情的。婉貞對我也同樣有一份無法由別人取代的感情。」立航握緊雙手，低着頭，痛苦的閉上雙眼，他不敢看欣怡逼人的目光。

「那——」欣怡一直想排開這個局面。

「那該怎麼辦呢？對你、婉貞、敏瑜三個人怎麼處理。你有沒有想過有一天當敏瑜發現了，怎麼辦？又婉貞能長久的忍受和你偷偷摸摸過着見不着人的日子嗎？」欣怡提出了現實問題，逼問立航這是剩下的最後一招。

「目前我還沒想過這些。」立航逃避的說。

「怎麼可能呢？難道你在爲一個病人開刀之前，不先想想開刀後可能發生的情況嗎？」欣怡那張嘴巴雖小，講起話來卻是如排山倒海滔滔不絕。

「欣怡，妳讓我好好想一想。」立航有一些招架不住欣怡的咄咄逼人，低微的發出哀求的聲音，雙眼有些濕。

「好吧！不過這件事你最好趕快想出一個兩全其美的辦法，愈早解決愈少人知道。哦！這件事我沒讓維民知道。」欣怡看立航痛苦的表情也不忍心冉逼下去了。

「謝謝妳！」立航很感動的由衷而言。摸摸那頭被他雙手抓亂的頭髮。

「謝什麼，我也得替婉貞想，將來得靠維民幫婉貞介紹男朋友哩！」欣怡把那半杯水一口氣喝光。

「妳眞是個好友。」

「誰叫我當初吃飽飯沒事幹，使勁的要幫她介紹男朋友，這個責任一直卸不下來。早知和你會有這麼痲煩，當初說什麼也得幫我哥把婉貞追到手。」欣怡發出感慨。

「我相信冥冥之中有個神在安排一切，我僅管放手去做，最後的結局早已註定要如何了，我們何苦壓抑內心的熱情呢？有時候我很埋怨我母親，不過那也僅是一時的情緒激動。再怎麼樣我還是個宿命論者。」立航望着窗外幽幽的道出。

「感情的事除了兩人彼此的責任外。有時候，像你們倆人這種情形就必須對第三者負責。哎呀——我怎麼又把問題扯上來了。不過這是必須勇敢的去面臨，理智的去解決，在解決時多少替每一個人多想一點。畢竟她們倆都是被害者。你不會怪我講這麼多吧！」欣怡有些說不出話來。

太多的感情哽在喉嚨，他們三人都是她所熟悉的，她不忍心見任何一人受苦。

「我了解妳是好意的。」

「我多麼希望每一個人都能幸福快樂，追求到感情的完整圓滿寄託。」

桌上的電話響聲打斷了他們的談話。

立航接過電話，沒有任何心理準備的聽到婉貞的聲音。他本能的看了欣怡一眼。

「我就是——嗯——哦——沒什麼事——有客人在——我再和妳聯紹——好——再見。」他匆匆的又把電話掛斷。

聽了婉貞的「解除警報」，心裏頭有過的一點煩惱是掃除了，但是欣怡帶來的卻是另一項提早來臨的煩惱。面對着他一直忽略一直逃避的問題，他內心又有另外一種的翻騰和方案。

欣怡離開，他整個人也癱瘓下來。在欣怡面前架起的那道防線崩潰了。煩惱不安的思緒像決堤的河水，直瀉在眼前。

斜靠着沙發，三分之二的身軀是躺在那軟軟的海棉墊上面。他確實需要好好想一想，這些他一再否認而存在的問題。

他沒去點燃煙，但腦子裏的紛亂卻似一縷一縷飄飛不絕的煙霧，把清晰的理智淹沒。眼前只是一片模糊及兩個搖攩不定的人影，輪流在眼前出現。

婉貞是他第一個接觸到的女孩，也是第一個把感情投進去的。敏瑜則是他的妻子，他的孩子的母親。和婉貞在一齊，他感覺生命在奔馳每一個時刻都是活在春天裏，那是愛情。在敏瑜面前，他則是無條件的接受她的照顧，一種不能背叛的感情冲擊着他。

他再一度的陷入煙霧迷漫中思索，思索那沁茫的一切……

10.

李家在十二月的寒冷天，又添了一名女嬰。

這件事給李立航的母親完全不同的感覺。上次接到越洋電話，是興奮的、是希望的，畢竟她的兒子能在美國生個孩子是她所期望和興奮的一件大事，這次打從敏瑜懷孕，她就希望媳婦能生個男孩子。僅管她有些失望，但敏瑜在她心日中的份量依然不減，她依然是她千挑百選看中的好媳婦。立航自已則道不出那份落寞和悵然，但絕不是爲了敏瑜再度的生個女兒。

上次婉貞在擔心是不是有身孕，他曾經偸偸有個想法：最好是眞的。也曾暗自期許婉貞能懷有他的孩子，那麼他和婉貞勢必會永遠分不開。不過事後想想眞是好險，果眞婉貞和敏瑜一樣要去面臨當母親的滋味，也許就和敏瑜的心境不一樣了。敏瑜的孩子是可以公然喊他爸爸，婉貞的孩子呢？這些是無法去向別人解釋和交待的，對婉貞將構成無法癒治的傷害。

立航的母親爲新生兒的名字煞費苦心，總得名個既能招富貴又能引榮華的吉祥名字，最重要還要能招弟弟的。天天逼着立航把小孩的生辰帶去找相命仙。

這個小孩的誕生也給婉貞一個不算小的震撼。一向不多做其他煩惱的婉貞也開始煩惱一些事了。她一直避免使自己陷入分析她和立航將來可能的結局。現在她對自己及立航的相處起了一層隱憂。敏瑜在立航心目中又多了一層濃得化不開的關係。而她每次和立航約會後一回到家裏便什麼也沒有了，甚至在自己身邊找不到任何立航的足跡，而她也只能等着立航再一次的來邀約她，有時候她對他那份迫切的想念也只能壓抑壓抑——。那種像是遺失什麼東西的空虛感時時侵蝕着她脆弱的心靈，好多念頭在掙扎着。懸崖勒馬，懸崖勒馬……不、不……讓這份愛情泛濫吧……

11.

「世界上絕對不會存在有沒有『結局』的愛情，妳知道嗎？男女之間的感情那是兩條平行的線，不是結合就是分手，而且永遠不會混在一起的。」欣怡吸了一口檸檬汁，潤了一下因講太多話而乾渴的喉嚨。她特地約婉貞出來就是要跟她談論這一篇愛情哲學。看能否把婉貞身上所中的愛情毒素抽掉。上次和立航談論不得結果她只好另想辦法，她決定當面勸婉貞總比讓立航主動離開婉貞效果來得快。

「反正我現在也不打算有什麼結局，就是這樣過下去，管他路的盡頭是通向地獄還是懸崖，萬刼不復也好，摔個半死或粉身碎骨我都不在乎。」婉貞偏着頭玩弄手上的玻璃杯，細長的手指環握着杯子，冒着冷煙的冰水滲透出一滴一滴的水珠，弄溼也弄僵了她的手心。

「既然在妳的預想裏這條路的盡頭不是地獄就是懸崖，爲什麼妳不選另一條可能不是通往這兩個地方的路呢？我知道妳一向是固執於自己的選擇，但是人生又有多少時日能讓妳在發現錯誤後再回來重新開始呢？其實妳可以在一發現錯誤就及時抽身回頭。感情是不容許一錯就錯到底的，那是自傷傷人的。」欣怡說得有些嗚咽，她是追求婚姻完美幸福主義者，在婉貞他們的三角關係中，她總是同情多於責罵。

「唉——愛情就是永遠的彼此折磨，我認了——」婉貞喝完手上的杯子最後一口水，拿起桌上的毛巾擦擦手，對她們談的問題做一個結論。

「我們都是好友我一直是爲妳好，我眞的不願意看妳受到傷害。妳和立航在一起我相信妳是快樂的，但是妳想過嗎？相聚之後呢？當他又回到他妻子身邊時呢？難道妳從沒去體驗過那種滋味？」欣怡繼續說着。

婉貞低着頭，折疊着手上的毛巾，然後打開再折，就像那反覆緊皺又拉平的雙眉。她不是沒有那種難過的感受，她常常痛苦的在夜晚裏用拳頭擊打著床。只是在欣怡面前她不願意承認和立航見面後那種感覺是空虛的，飄渺的。有很多次當立航送她上車之後，她的情緒是激動而且疲倦的，回到家整夜睡不好，反覆的想着立航此時正躺在他妻子的身邊，重新享受另一個女人給予的柔情。有時候她甚至趴在床上低泣。最近因方敏瑜剛生產，立航不方便像往昔一樣跑出來，他們已經半個月沒見面了。有時候夜裏她會被惡夢驚醒。前天吧！她在夢裏哭出聲來，等她被自己的哭聲驚醒過來卻不知道是夢見什麼，不過枕頭已溼了一大塊，痛心捶打着彈簧床卻出不了悶氣。

第二天婉萍問她到底夢見了什麼，怎麼哭的那麼傷心呢？

「婉貞，妳應該試着去接觸立航以外的男孩子。家裏來說媒的就是一個機會，看看做個朋友也無妨。」欣怡雖然關心婉貞的婚事，卻從來不敢再替她介紹，立航去美國給婉貞帶來的痛苦，一直留給欣怡對婉貞很深的愧疚。

「我可能再去接受其他人的感情嗎？」她抬眼望着她的好友，有着一份很深很濃的感傷，或着是那種淚濕枕畔的痛楚在鞭笞着她。漂亮清秀的臉蛋顯出無比的疲憊，像一個歷盡滄桑的老人。

「怎麼不可能呢——只要妳打開心扉讓來扣門的人進入。幸福是伸手可及的東西。」欣怡很積極的想讓婉貞接受她的建議，她深信只要婉貞接受其他男孩子的感情，她就能脫離這個感情的漩渦步上幸福之道。這樣不但對她自己是好的，同時對立航和敏瑜也是一件可喜的事，保住了三個人的幸福。

「誰會接受這個生銹的心扉。」婉貞常把自己的心比做生了銹，再也無法重新去開始另一段感情。

「別這樣說嘛——幸福是要自己去取得的，好好把自己整頓一番，妳仍然是我們這羣最出色的。」欣怡替婉貞打氣，婉貞只是苦笑了一下。

「唉——妳也該回去了，出來一個下午，不太好吧！」婉貞先催起欣怡。

「我是不急着回家，妳好好的分析一下，總要選擇對自己有利的路走對不對。」欣怡握住婉貞冰冷的手。

婉貞抿着嘴點了一下頭。欣怡很滿意婉貞能聽進去她這番話。她願天下有情人終成眷屬，只是婉貞和立航在這種情況下，就只有幫助婉貞早日找到一份感情的歸宿。

而婉貞只是想冷靜下來，這些日子她聽了太多勸她結婚的話，其實她並不是不想結婚，但是立航是不能跟她結婚的唯一她結婚的對象。她發覺以前從沒有過的心理，現在她居然有些嫉妒方敏瑜。嫉妒她生了立航的孩子，嫉妒她每天和立航生活在一起，嫉妒她是立航名正言順的合法妻子。昨天她坐在辦公室不知爲什麼，心裏被一種激動的情緒佔滿，喉嚨被咽住，滿腹辛酸，不禁眼淚盈滿眼眶，漸漸的一顆顆流滾出來，後來竟忍不住伏在桌上痛苦失聲。把辦公室的小姐嚇得忙去找她叔叔來。她只說身體不舒服就回家了，昨晚她叔叔叫她早上到工廠把事情交代林小姐，然後叫她在家休息幾天，或去旅行。

自從立航再度進入她的生活裏，她幾乎失去了以往的獨立性。凡事都依靠立航，就連每回的出遊也都是以立航的意見爲意見，婉貞從沒第二句話，近半年來她自己都數不清有多少個晚上沒回家，整天所想的是怎麼編造一個要在外過夜的理由。抓住立航討好立航的心態愈來愈明顯，她害怕再一次的失去他。

和欣怡在咖啡屋前分手，本來欣怡邀她一同回家吃晚飯，婉貞說要再去買些東西而拒絕了。

她走過百貨公司前並沒有進去，而是拐到對面的三鳳飯店，然後逕自走進飄香廳。一股熱氣衝進她心頭。

時間還早，放眼一望只有三桌客人，婉貞選了第一次來的那個位置坐下。沒有人彈鋼琴，放着很淒柔音樂，讓人聽起來不禁也感染這份哀傷。

要了一杯檸檬，似乎很自然的，每次感冒她都會想喝一杯檸檬汁。很久以前，她還在臺北唸書時，有一次得了嚴重的感冒，咳個不停，最後吐出來的痰都含血絲，把她嚇得忙告訴立航，說自己咳出血來。立航聽了大笑說，絕對不會是肺病的，要她放一百個心，那只是咳得太厲害氣管組織有些破壞。剛好他們路過一家冰菓室，立航幫她叫了一杯檸檬汁，說檸檬汁對被破壞的組織能幫助恢復。之後，這麼多年就養成她每逢感冒就拼命喝檸檬，有一次她母親嘀咕這是什麼人說的邪方，恐怕感冒沒治好，要先得胃病。婉貞只是笑笑說那是醫生說的。

其實她並不喜歡在冬天裏坐在咖啡屋裏吹暖氣，和立航在一起她寧願坐在他的摩托車後頭，到安平工業區逛一圈，讓風打在臉上，倒不是她眞的那麼喜歡大自然，她只是不喜歡吹那種熱烈使人頭昏腦脹的暖氣。既然一個人就乾脆走進來靜靜坐着。她深吸了一口氣，仍然是熱呼呼的，更加重頭的暈眩。

很多不美好的記憶她都不願意再去咀嚼，追憶起來是苦澀的。況且那些都在心上刻下一道鮮明的傷痕，總要隱藏起來的，在沒有人的時候她才偷偷地揭開來，撫慰着疤痕或掉下幾顆心痛的淚水。

天生的固執又帶逃避現實，使她無法也不願去正視四週的問題，欣怡就曾經咬牙切齒駡她是糊塗蛋。

她的雙眼有些迷濛，用手拭去眼眶外的溼氣。愈拭愈溼，愈溼就愈要去拭擦。她睜了幾次眼後索性就閉上眼睛。把發燙的手伸到冒冷煙的杯子，一陣冰凉穿過心頭。舉起玻璃杯拿來貼在臉上，調節臉上的溫度。半長不短的頭髮，雜亂的像一堆草，她不時用手從前頭往後拂弄。深深的吸氣後又長長的吐出。想到那些刺心的事，頭髮幾乎要被她拔起，用指甲猛抓那頭髮，掉了一堆頭皮在黑色的套頭毛衣上，很明顯的一點、一點散佈着。

記憶中好像是昨天，其實那已經半個月以前的事了。她打了好幾次電話才找到立航。

「你已經三天沒有打電話給我了。」婉貞撒嬌的埋怨。

「對不起，我太忙了。」傳出立航倉促的聲音。

「忙什麼呢？」

「敏瑜生產啊——」立航對別人稱呼敏瑜總是說我太太，在婉貞面前他都避免用到太太兩個字。一方面怕引起婉貞不悅，再者他們在一齊幾乎就像一對夫妻，有時候他會喊婉貞太太。

「恭喜囉，你忙吧！不打擾你做好父親好丈夫的時間，再見。」婉貞滿嘴的酸醋味，她很早就有心理準備敏瑜有一天要生產，立航就要一段時間不能出來的，不過這種酸溜溜的感覺仍然壓抑不住的噴了上來。

「婉貞，婉貞，妳別掛斷嘛！今天晚上你來飄香廳等我。好久沒見面了，好想妳哦——」立航常常叫婉貞生不起氣來。自從婉貞感覺怡園有人注視着她以後，她們就改在三鳳飯店的飄香廳見面。

七點不到她就到了，結果立航八點多才匆匆趕來。婉貞按耐下等待時的那股悶氣。也許她已司空見慣了立航的遲到。也許她已經習慣了醫生的無權控制自己的時間。立航陪她吃了一頓很愉快的晚餐。

那一天下了一點雨，使原本已經很冷的天氣更冷。走在人羣喧嘩的夜市，他們談起昔日在臺北的街頭，一手拿着烤玉米，一手握着從新公園買來的酸梅湯。啃着、吸着一面踩着街邊的紅磚。那天的情景也像過去曾經有過一連串的日子，街燈照射下，多天的夜晚下着濛濛的細雨。說不出那股的淒迷和空虛。婉貞緊緊的拉住立航的衣角，像在無邊的大海抓住一塊賴以維生的浮木。內心突然有種想哭的意念。平常他們除了到更遠的地方，向來是不敢像那天那麼大膽，在街頭上相依偎。婉貞忍了多久的一股情緒控制不住的崩潰了，當街掩着臉哭泣。

立航趕緊把她帶到轉彎的三鳳飯店五樓。

任婉貞伏在他胸前哭泣，等到她發洩過後洗了一個澡，心緒平靜後。他們默默無語相視，經歷這一場彼此都有些疲倦。立航決定夜宿在三鳳，婉貞也沒反對，現在她在立航面前幾乎沒有不字的存在。

從窗外看下去，街燈依舊照着，只是街道寂靜多了。夜大概深了，稀稀疏疏的幾個人匆匆走着。很長的人影在街道上顯得異常的寂寥。

被窩是溫暖的——

立航說他必須回家了，婉貞以爲天亮了。立航的錶告訴她現在才兩點。

「這麼晚了，不要回去了啦！」婉貞躺在立航胳臂裏低低的說着。

「嗯——」立航吻了婉貞的頭髮，然後一個起身，抓起床頭的長褲，轉向婉貞：「還是回去比較好。」他把長褲穿上，又拿起丟在沙發上的套頭毛線衣，從頭上套下去。他很喜歡這種簡單的衣服，多天他就常常穿件套頭毛衣，已經好幾年的習慣了，是在美國那段日子養成的。

婉貞也起身坐在床上，背靠着牆壁。她穿着一件薄內衣，把毛毯拉蓋到脖子。看着立航把毛線衣穿上轉身找着外套。她有些懶洋洋的。

「在這裏——」婉貞指着化粧臺前椅子邊的那件墨綠色外套。立航走過去拾起來，並沒有馬上穿在身上。把外套拿在手上走到床頭，摸着婉貞的頭

「我先回家，妳等天亮再走。」立航從口袋拿出一疊鈔票，數了十張，放在床頭，用煙灰缸壓着。

「明天妳再付房租。」然後低頭吻了婉貞的額頭。

「我走啦！」走到門口轉身給婉貞一個微笑，然後開門，走出房間。婉貞看着立航走，聽那碰的關門聲。心裏沒有翻攪動盪，眼眶沒有潮溼，只是緊緊的咬住下唇。過了好久，她確信立航已經走了，她才走到窗前。

街道上除了電線幹的影子外，什麼也沒有。柏油路上仍然是溼的，雖然雨已經不下了。望着立航修長的背影消失在街頭，婉貞的心一直往下墜。

不知不覺那杯檸檬已喝光了。她搖了一下那脹昏的頭，從下午和欣怡談話到現在她已經坐了好幾個鐘頭的咖啡屋了。不去想立航也不去欣怡，她決定回家吃晚飯。好久她不曾好好的在家裏用一餐晚飯了。

12.

李立航的兒子滿月後，立航和婉貞又恢復到像從前一樣，兩三天見一次面。偶而立航到臺北參加一些會議，他們也會相約在臺北見面。

欣怡的耳提面命、家裏頻頻安排的相親，對婉貞已經沒有威脅了，她學會了一一去應付，而且一次比一次成功。也一次比一次減少罪惡感。欣怡相信聰明的婉貞會採取理智的決斷。

婉貞的母親一直希望也打算在這年把婉貞的婚事訂下來。但是當大家正忙着過年時，婉貞尚未中意任何一個她苦心安排相親的男孩子。她失望的連年糕都不想蒸。馬上她又覺得或許過了這個年讓婉萍先嫁出去，一切就會好轉的。女兒到了該嫁人的年齡而不嫁，使她成了不負責任的母親，那天她站在丈夫遺像前，默默的祈求丈夫保佑女兒早日找到理想的歸宿。婉貞的婚事也够她操煩的。

過年對婉貞早就沒有多大意義了。往年她還有一些興緻和家人玩玩牌。但是今年她對這些都沒有興趣了，尤其立航又不能出來。

吃過年夜飯她就回房間，屋裏給她的感覺空空的，也有些陌生，多久她沒好好坐在自己的房間。早幾天家裏大掃除，她除了幫忙把厨房洗了一下外，連自己的窩也沒時間打掃，就趕着和立航去臺中住三天。立航因過年大概又得十天半個月不便出門，所以趁開會之際，叫婉貞先去臺中等他。

立航帶着婉貞走在臺中街頭，遠遠的看見和他同來開會的兩個醫生。急忙叫婉貞避開，當婉貞還未曉得怎麼回事時，那兩個醫生遠遠的就看見立航並向他打招呼。立航走過去向他們介紹婉貞是王太太，是他同學的太太，陪他出來買些名產。事後立航直說差點就露出馬脚，如果讓他們傳話給敏瑜知道，他帶女孩子到臺中玩，就要起家庭風波，敏瑜至少要好幾天不幫他放洗澡水。

婉貞打開衣橱把衣服全部搬到床上。堆得高高的，然後一件一件重新疊整齊，再放回原位。這是她多年的習慣，過一陣子就得把衣服重新整理，一方面是不時在拿和放時弄亂了，一方面是檢查是不是生蛀蟲必須清一清。通常是在她很閒又很無聊時做，就像現在動手做這種不費腦力的事正好可以打發時間。

在臺中時她就很不高興立航對別人介紹她是王太太，先是嘀咕着，接着是一種如針刺的心痛，而後是一種無以名狀的悲哀。欣怡的話才突然打入她內心深處。跟着立航她是不能公開的、是不合法的，尤其在熟人面前她變成一個不相干的人的太太。

而這時候也許立航和他正式的妻子，正在人前提來提去。並介紹着：這是我太太。雖然立航一再的說太太只是擺在家裏的一種必需品，而她才是眞正的愛人。婉貞倒希望自己是立航家裏的必需品，在別人面前可以是名正言順的合法李太太。至少立航送她的東西，她可以不必再騙母親說是同學送的。而她送立航的東西，他不必向敏瑜說是醫院的患者送的。重逢後第一次她送立航一個打火機，事後立航告訴婉貞說，敏瑜一直以爲是他的患者送的。在婉貞心裏激起第一次的悲哀。如果說她是立航的病人也未嘗不可。見面後立航醫好了她這幾年的憂鬱症，也帶她步出了關閉自守的世界，並醫好她那一臉的苦像。

「婉貞，妳要不要玩拱豬。」是婉萍在叫她，她們家小孩子除了大堂哥年紀比較大稱呼大哥外，其餘的彼此都以名字相稱呼。

婉貞環視着床上那堆衣服，然後說：「好吧！」拿起放在化粧臺上的小皮包，走向客廳，把那堆她搬出來的衣服關在房裏。實在該有一點屬於立航以外的生活了。

年過了，婉貞給予家人又多一份擔憂，因爲她又老一歲，尤其在婉萍訂婚後，她母親的注意力又轉到她身上了。逐漸地，婉貞常常必須去面對一些現實的壓力，而每當這種壓力向她襲擊時，她會想到和立航之間必須有一種結果。就是這段感情的結局。就如同欣怡所說的不管是悲劇還是喜劇都要走向它。好幾次她都在腦裏把所要講的話整理好了。而當她再面對立航時，要提出分手的話又開不了口，甚至在心裏化掉了這個打算。分手後一個人又反覆翻騰着這個念頭，而她下定決心要提起又是另一次的見面。

江太太開始拿出強硬的手段，她是無法忍受別人對於她大女兒遲遲不婚臉上所帶的疑問，和過於關心的詢問，尤其別人不明白爲什麼老二搶在姊姊前面訂婚，到底姊妹倆那一個出了毛病。

婉貞知道無法推掉這種她厭惡的相親，勉強跟着一次又一次的被別人評頭論足的看。相親那天她就故意穿着長褲長襯衫，不管她母親怎麼講，她就是不肯換一件洋裝。婉萍常說她是相親那天最難看。而當媒人來探口音，江太太問她意見時，她可以說出十個不合意的理由。連男孩子髮油抹得多一點，她都嫌油頭粉面，說一根頭髮抹半斤油，像是掉進油桶裏，蒼蠅爬上都要滑下來了。要不就是講話聲音太大了，連人家穿黃色的襪子她都要挑剔。其中江太太中意一個三十多歲的商人，硬要婉貞和他多交往。在見過三次面之後，婉貞即拒絕繼續江太太安排的訂婚前交往。她說對方每次都是西裝畢挺的，這種人又拘束又講排場，她不欣賞而且也不願嫁給重利輕別離的商人。

接二連三的找些不成理由的理由來回絕人家，換來的是江太太一次比一次更失望，也很傷心。由心急到心煩最後轉成抱怨婉貞，婉萍一直勸她別老是惹母親不高與。

當夜晚來臨時，全家人都沈入睡夢中，只有她一個人躺在床上輾轉不成眠，開始一遍又一遍她問自己，到底她所要追求的是什麼？而自己所堅持的是爲了什麼？她不曉得自己在等待什麼？而這個等待會解決眼前的問題嗎？能一輩子和立航維持這種關係嗎？立航能給她的足以抵消這層隱憂嗎？……？……？……許多無法解答的問題干擾着她，許多的煩惱都同時侵入她的生活中。

往往是在不斷的思索中，進入半清醒半睡眠的狀態裏，甚至在夢中她都反覆的想着，守着這份的空虛。往往伴她入眠的是對於過去和立航相處的一段段記憶，而在她的每一個明日都是期待着下一次的見面。

逃避現實的日子就在她掙扎的心態中挸過。冬天的脚步已遠離了，春天在不知不覺中從她身邊又溜走了。當她開始換上薄襯衫時，立航奉了丈人之命由日本取道往美國去考察。

方敏瑜給予自己一個緩衝的時間，她並不能確定立航的心思，不過在立航的心目中她的份量確實是在減少中。因此她要求父親派立航出去三個月，讓立航離開這裏一段日子，分別當可帶來婚姻生活的另一個高潮。果眞如她的第六感所猜測，立航在外面有新愛人，她相信時間是最好的隔離。送走立航後她並沒有那一份分離的哀傷，在她心裏發出一絲勝利的微笑，無論如何她得保有醫生世家教育出來的風度與氣質。到底她是個用頭腦勝於用行動的女人，她暗自慶幸自己的機智和冷靜。丈夫在外面再怎麼的花心，她也能叫他乖乖的掉入她所設的天羅地網。等他到美國後，她在飛往美國和他碰面，那麼在臺灣發生的婚姻意外事件使無疾而終。

婉貞悄悄去一趟臺北和立航見面，那是在立航起程的前一天下午，四個鐘頭就在纏綿悱惻的別離情緒籠罩下度過。當晚立航的親朋爲他餞別，婉貞又搭當天黃昏的車返回。

一路上從未有過的翻騰，從胃直湧上心頭，和立航共餐的東西早已讓她吐乾淨了，剩下的只是一陣又一陣的酸水和乾嘔。雙手壓着胸口，吐得把眼淚都擠出來了。在火車上來回的走動着，引起隣座一位中年婦人的注意；一直到下車她都病懨懨的，全身毫無力氣。她有些不能接受立航的突然要離開她三個月，而且是那麼遙遠，也許在潛意識裏她害怕像上次那樣，飛出去的人就像斷了線的風箏，只有任他飄了。

足足一個星期她猛吃胃藥，把自己關在屋裏睡覺。直到看到婉萍在洗床單，她才驚醒過來。婉萍說她昨夜不小心讓M.c弄髒了床單，原來她這個月已經過了兩星期了，一向她都是月初，而婉萍是月中。

從檢驗所出來後，她已走了好多路，始終提不起勇氣來踏入滿街林立的婦產科醫院。好像有很多人在注視她，用蔑視譏笑的神情，使她的頭更低着加緊脚步。平常從來不去注意這些醫院，但是昨天她特意從電話簿裏找出了一大堆婦產科醫院的地址，每經過門前總感覺在暗處有人用着銳利的雙眼在監視着她。想跨過去的脚步又收回來了。

逛了一個下午，她忘記肚子已一整天沒塡東西了，雙脚發麻，全身無力。她從大街轉入小巷，天色已暗下來了，路上的街燈還沒通電，四下見不清楚行人的面孔。她在一家古舊而沒點霓虹燈的婦產科診所停下來。彎腰裝着繫鞋帶並看四週確實沒有人在注意她，她站起身一脚踏入大門裏面，暫鬆了一口氣。

冷冷清清的候診室，陳列一排藥水浸着的嬰兒標本。引起她一陣作嘔，一手緊揑着衣襟，一手再壓住跳速極快的心臟，忙把眼睛轉向一邊，仍止不住由胃衝出的酸氣。她忍住了心中的好奇，不再去看一眼藥水內的嬰兒。掛號時，她猶豫了一下，筆在手上挸了幾下，才在未婚那欄輕輕的勾起來。未婚的女孩子到婦產科醫院看病，她有些臉紅，也有些不自在，卻沒有掉回頭的勇氣。

面對坐着的老醫生，比她想像中的年齡還大。醫生從眼鏡後抬眼望着她，等待她敍述病症，婉貞鼓足了勇氣，注視着醫生眼鏡後面疲倦的眼光。咬住下唇想說的話還是出不了口，一條被她揑皺的手帕緊握在手心裏。

醫生把口袋的聽筒拿出來，往耳朵一套。

「以前沒來過啊？」很宏亮的聲音由他口中發出，令婉貞一愣，白髮蒼蒼的老人那猶如鐘的響聲。

「嗯——」她輕輕由鼻孔裏發出一聲，醫生拿起聽筒，示意婉貞把手拿開。

「我想要把孩子拿掉——」婉貞迅速的以話來拒絕醫生的聽診，醫生似乎已料到她會講這句話。把聽筒輕輕拿下來，放到桌子上。凝視着他面前這個長得清秀的女孩，再看病歷未婚那欄藍色原子筆很清楚的一勾。

「多久了，妳最後一次月經是什麼時候來的？」醫生轉頭看着牆上的日曆，是綠色的二十一。

「三月五號」婉貞記得很清楚，那天她和立航約好去澄清湖，M.c突然提早來了。一路上她一直不舒服，發脾氣。更令她生氣的是立航竟然說，敏瑜從不因爲此事而發脾氣的。女孩子該學着克制這種無法抵抗的情緒低潮，這是一種修養。那天她們一直玩的不痛快，因此取消了到大統買東西，吃過中飯婉貞就吵着要回家了。

「妳一個人來的嗎？」醫生再抬眼時，額頭上出現更多的皺紋，他一天不知遇過多少如此的病人，連自己都沒辦法仔細的記清楚。

「嗯——」婉貞以手支着沈重的頭。

「妳先生呢——哦！男朋友呢？」醫生注視着婉貞。

「他——沒來——」她輕輕的說，支着頭部的手有些發抖。男朋友這三個字使她有些抬不起頭來面對眼前的醫生，立航就是沒離開臺灣也不能陪他來，她的男朋友卻是別人的丈夫——她有些顫抖，由心裏傳出的顫動。

「哦——要動手術是須要他來的。」醫生溫和的說。

「可是他不在哩！一定要他來嗎？」婉貞很迷惑的望着老醫生慈祥的面容，她只想快點讓他答應。

「是的，總要塡些同意書、保證書之類的表格。」他用腰力左右轉動着大椅子，在婉貞面前規律的搖擺着。

「我自己來塡。」婉貞精神大振。

「不行，醫院規定患者是不能自己塡開刀同意書的。」

婉貞沒想到看病花錢還必須經過這些麻煩的手續，她開始慌亂了，醫生不是以救人爲本嗎？不幫她把肚子裏的孩子拿掉，不就等於要她死嗎？她拚命想要眼前的醫生答應她，她感到好孤獨。

「我自己不能塡，那麼我再找另外一個人來塡就可以了嗎？」她在做最後的努力。

「是的。不過除了妳的男朋友外，就是妳的父母了。其他人恐怕也沒那個權力了。」醫生停止搖動椅子，摘下眼鏡，揉了一下額頭。

老醫生已經說的很清楚了，婉貞實在也想不出足以說服的話。她站了起身，根本也忘了道謝。

當她走出大門，又開始培養勇氣，試着去找另外一家醫院。一個人走在街道上，像是被遺棄的人。

13.

婉貞躺在床上，由客廳傳來的掛鐘響聲，已經過十二點了。她連平常都點着的床頭燈都熄掉了，兩眼瞪得大大的。窗外射進來路燈的餘光，在黑暗中尚可辨明自己的存在。她從那家老醫院出來後，又連續問了兩家，都是堅持着同樣的理由。任婉貞如何解釋並保證，那些醫生還是搖頭，他們怕惹麻煩。最後還是那家女醫生，看來似乎有些同情婉貞，不過她說叫婉貞至少要找位朋友來，這樣雙方都比較有安全感。

醫生所要求的三個人，對婉貞來說是一件很困難的事。她父親早在她唸小學時即去世，母親是絕對經不起她不明不白的和人家有婦之夫，懷了孩子這種事實的打擊，況且她也沒有勇氣告訴保守的母親，她無法忍受母親的傷心，也害怕去面對母親知道後所可能發生的後果。剩下的立航又遠在國外，就是他現在在身邊恐怕也無計可施，在臺南市的大小醫生，誰不認識佳南醫院外科主任李立航，是醫學界年輕有為的奇才。人家也都知道他是院長的女婿，那裏又冒出一個懷了孕又必須打胎的女朋友。

雖然一個下午她面對了種種的殘酷拒絕，但是她沒有掉半顆眼淚，不流淚的日子已經很久了，遇到傷心的時候她只是更壓抑自己。不斷的深呼吸，然後再用力重重的吐了一口氣，調節心中所承受的那股重量。

時鐘已經敲過了好幾次，擺在她床頭的鬧鐘，滴滴嗒嗒的秒針走動聲，聽那聲音使得她心跳動得更厲害。聲音愈清楚她就愈感到孤獨。

她伸手把鐘挪遠一點。在黑暗裏，鐘面的綠點更明顯的指出快兩點了。這個鐘還是欣怡好幾年前去日本帶回來送她的，外面的盒子到現在她都捨不得丟掉。

欣怡——在婉貞心裏突然像大海中的孤舟找到了燈塔。怎麼一整天裏她都沒想到欣怡呢？現在欣怡是唯一可以幫助她的人，她相信欣怡是可以替她解決這一難關的。欣怡是唯一知道她和立航關係的人，而且她應該會認識許多醫生才對。欣怡也會幫她想辦法，最主要的是欣怡會替她守這個秘密，她一直是站在同情的立場上。

辦法想通了，但是她依然睡不着，心裏起伏着許多的事。像這種失眠的夜晚，她都常常坐在化粧臺前瞪着鏡子裏的自己。而今天她卻懶得起床，一任自己躺在發燙的床上，翻來覆去輾轉不成眠。迷迷糊糊的，她好像聽到窗外的鷄啼聲，然後未等小販的吆喝聲她就爬起來了。

一夜沒睡好，雙眼有些浮腫，婉貞用冷毛巾敷着臉。

首先她叫婉苹幫她請三天假，她要幫欣怡帶孩子回臺北，然後到郵局把存摺裏的餘額全部領出來，又在許多衣服口袋裏找了一些，以前放在口袋沒用掉的錢。湊足了六千元。她想如果不够用，欣怡一定會借她的。整理了一些簡單的衣物，她像個被逐出境的犯人，提着行李步出家門，心中有一股哀傷，不過很快的又平靜下來了。

在車站前面的西藥房，她買了兩顆暈車藥，她不願意在車上惹太多人注意，而且她也害怕像上次嘔吐個不停，把肚裏的東西吐光了，還一陣陣乾嘔。

到達欣怡家已經快十一點了，欣怡買菜還沒回來。她自己一個人坐在樓下的候診室。林護士說好久沒見她來了，並和她閒聊幾句，問她要不要上樓去等。她搖搖頭，由長廊盡頭的鏡子看見自己更像一個病人。慵懶的斜靠着椅背，才坐了一下車子就累得像爬過一個高山。

欣怡一進門，她差一點認不出這全身病態的人就是婉貞。

「哎呀！婉貞妳幾時到的，好久沒見妳了。怎麼瘦成這個樣子，來——到樓上來。」欣怡提着菜籃往樓上走，婉貞跟在後面。踩着冰冷的大理石階梯，脚心涼涼的，不覺全身起一陣寒意。

「中午吃水餃。不巧維民到臺北開會，他說你怎麼好久都不來了呢？」

「忙嘛！」婉貞輕輕的回答。

「忙？忙什麼？忙着談戀愛啊！」欣怡直往厨房，婉貞往客廳，一下把全身抛向沙發一言不語的坐下。

「怎麼啦？怪怪的。伯母又逼妳相親？」欣怡見婉貞一臉的異樣不禁問着。婉貞抬頭對欣怡苦笑，旣然是來求助的就必須要跟欣怡實話實說了。

「來避難的嗎？相相親又少不掉一塊肉，怕什麼？要看又沒近視還怕看輸人家，再說長的這麼漂亮還怕人家看不上眼嗎？」欣怡坐在婉貞旁邊。她一向主張婉貞多相親，這是找理想歸宿的好辦法，而且也可靠多了。

婉貞緩緩的搖一了下頭，輕輕嘆了一口氣。

「來請妳帶我去看醫生的。」

「生病啦！看那一位醫生呢？」以前婉貞患急性肝炎也是來找欣怡帶她去看一位專醫肝病的醫生。

「婦產科，隨便那一位都行。」婉貞避着欣怡詢問的眼光。

「婦產科？怎麼啦？那裏不舒服？」欣怡先生娘當久了也感染了醫生的職業口吻。這種事卽使是面對着好友，但是婉貞還是難以啟齒。

「我要拿掉小孩子——」婉貞閉上雙眼，不再加以思索就說出來。從昨晚她就練習着講這句話。

「懷孕了？誰的？立航對不對？」欣怡抓住她的手，不斷的問也不斷的搖動婉貞瘦弱的手腕。像是要把它扯斷。

婉貞以沈默來表示承認。雙嘴緊抿只是不停的呑下一口一口的苦水。她不願意說出，也害怕聽到欣怡咒駡立航或責備她的話。

「妳怎麼這麼糊塗，跟誰都可以就是不能跟立航，他是有妻子有女兒的人。妳這是——哎呀！那怎麼辦？立航知道嗎——該死——」欣怡壓制焦慮的心，把幾乎要喊出的話以最小的聲音道出。她似乎比婉貞還着急。

「不知道。」婉貞沒表情的臉色更顯出一片蒼白的迷濛。讓人以爲是面對一個失去知覺的人。

「妳以爲打掉就能了事嗎？那妳將來怎麼辦呢？眞該死，立航我早跟他講過了，旣然當初沒堅持娶妳，現在就更不應該來惹妳。妳也眞傻，什麼朋友不好交，偏偏跟一個有太太的人，否則現在大不了嫁了了事。唉——再怎麼說人家也是大妻啊！妳在立航心中永遠只能守在次要地位，而且有朝一日也會退到第三、第四！甚至什麼也不是，妳想過嗎？愛情是不能永遠躱在小房間裏見不得天日——」欣怡用很生氣的口吻對着婉貞。

如果平時欣怡這麼兇狠的數說，婉貞一定會哭出來。但是現在她彷彿沒有知覺了，兩眼直望着對面牆上，欣怡和維民的結婚照。以前每次路過照相舘，她總會多瞧幾眼，並揣摸想像站在自己旁邊的新郎。自從和立航再度重逢，這種照片變成一根針在刺着她的心。看到人家的結婚照，同時也看到了自己淒涼的守着立航給她的這份額外感情。眼前這幀照片給她一個很大的諷刺。

「如果妳下定決心要打掉，那同時妳也得爲以後做一個了斷，當然妳永遠不可能做立航名正言順的太太，但是我也不希望妳們再繼續這種——不正常的關係。」欣怡停頓了一下，最後還是把不正常三個字講出來。

「我先把眼前的困難解決，以後的事以後再說吧！」婉貞實在沒有精神來想這件事以外的事了。

「妳應該往更長遠去想——好吧！不過這是件痲煩事。維民又不在——也好啦！他不知道省一個人知道。讓我來想個妥善的辦法。妳休息一下，我去做一道湯，等一下吃水餃。」欣怡拍拍婉貞的雙手，婉貞感激的望着她。

14.

婉貞跟着欣怡進入一家不甚惹眼的醫院，和護士打過招呼後，逕自帶婉貞走上樓。

「珍吟，妳姊姊不在家嗎？」欣怡問靠在沙發看報紙的女孩。

「嗯！她去高雄。有事嗎？」珍吟的視線從報紙移向欣怡。欣怡看了婉貞一眼。

「那——妳幫我叫林大夫上來一下，好吧！」

珍吟伸手按了茶几上的對講機：

「姊夫，馬太太找你。在樓上等一下上來哦！」

「謝謝！」欣怡向她點了頭。

「妳們坐吧！我姊夫看完患者就上來。」她多看了婉貞一眼就轉身入房間了，欣怡拉着婉貞坐下來。

婉貞心裏面噗噗的跳着。剛才路上欣怡交待過她只要靜靜的，要講的話欣怡會替她講。她是什麼事都交給欣怡了，從踏入醫院就心一橫任人宰割了。

「稀客——馬醫師怎麼沒一起來呢？」上樓來的是一個屬於中年體型的男人。一面用手帕擦拭頸部，然後把眼鏡也摘下來，手帕掃過整個臉龐。

「打擾了——有件事請您幫忙。」欣怡站起身。

「坐——坐——，什麼事。」林大夫坐定。

「這是我同學的妹妹，剛懷孕想把小孩拿掉。」欣怡講得很慢，還觀看着林大夫的表情。

「妳是知道的，這要他先生同意才行。」

「哦！她還沒結婚。」

「那就很麻煩，上次那件事還沒了結，我煩死了。」林大夫一提起墮胎就心有餘悸。幾個月前為一位女孩打胎，後來男方拋棄她，女方提出告狀，把他也扯進去了。」

「不過她們是快結婚了。」欣怡很尷尬的苦笑。

「那就讓她生下吧！反正現在婚前懷孕的人多的是。」

「是這樣啦！她未婚夫還在當兵，明年才退伍。你就幫個忙嘛！」

「幫忙是可以，不過他們一定得結婚否則將來出事，這個麻煩我是惹不起的。」林大夫最怕遇到這種事，上次那件事女方反目相告，連他都被傳到法院。

「絕對不會出事的，大家都愛面子嘛！怎麼會再提這種事呢！」欣怡陪着笑臉，費了一番唇舌並再三的保證，絕對不會給醫生帶來麻煩。看婉貞一付哭喪的面孔，林大夫才點頭答應替婉貞拿掉她的煩惱。

婉貞一直頭昏腦脹，她好像毫無知覺任人擺佈，當她走進「產房」，她幾乎要摒住呼吸了，從沒想過有這麼一天她會在這種情況下，在這種地方走入新生命誕生的地方，而她卻不是去迎接一個生命，而是在抹殺一個卽將成爲生命的東西，心裏是痛苦的，不過她卻沒有更大的勇氣抽回向前的脚步。拖着千斤重的步伐……

當她躺上手術台，整個腦子嗡嗡的叫個不停，林大夫開門進來她直冒冷汗，不曉得是不是發抖，牙齒不聽使喚的咬出聲音來。當醫生戴起口罩時，婉貞無力的閉上雙眼，心全涼了下來，好像心跳得近乎要停住了。她不是信奉上帝的人，卻兩手抓緊手術台的邊緣，默唸上帝與我同在。把許多神明都從記憶裏搬出來了。

也不知天地轉過幾圈，肉體從未有過的楚痛，內心從未有過的感傷，淚水沿着兩鬢流下直入耳朶。她想起逍遙在遠方的立航，是那麼可惡，竟離她那麼遠。女人是弱者這句話正指着她在嘲笑。護士和她的「聊天」她只能「嗯」「嗯」「哎」「哎」的哼兩聲。

欣怡進來看她時，她似乎已經睡過一大覺了。欣怡沒再跟她提起立航的事，不過她已在自己心裏反覆過多次了。立航如果知道會怎麼想呢？然而讓他知道又能怎樣呢？也許只有更多的掙扎與無謂的爭執，立航能給她肚子裏的孩子一個正式的名份嗎？

「別想太多了，休息一下，然後到我家住幾天。」

「謝謝妳——唉——」婉貞輕輕握住欣怡的手。滾出熱燙的淚珠，這次她頭略抬高，淚水順着雙頰流入嘴角，鹹鹹的味道觸發着她的嗅覺。原來她一直過着的日子就是這種滋味，又是一串的熱淚。

「好了，別胡思亂想了，記取這次的教訓就好了。」欣怡把婉貞扶睡正，蓋了被，示意她休息。

婉貞像是打了一場戰，拖着疲憊的身子回來，一進門她母親由沙發上跳了起來。

「總算回來了，說去三天怎麼一去就五天呢？妳再不回來，我就要去找人了。」江太太抓住婉貞的手。

「我又不是小孩子，難道會丟掉嗎？」婉貞把袋子放下，往椅子一靠，也不是眞有那麼疲倦，她只是有些心灰意冷和有些懶。

「有人來做媒啦！妳決定個時間，彼此先見個面，認識一下，不要再推託了。」

婉貞看了她母親一眼，長長的嘆了一口氣。

「好吧——隨便什麼時候都行。」她母親沒想到這次她這麼乾脆，以前總要吱唔個半天。婉貞話一出口也莫名其妙自己何以如此爽快的答應，也許是對立航的一種懲罰或說報復吧！他是個有太太的人，我跟人家喝一杯咖啡也不太爲過吧！

三個月內婉貞斷斷續續相過五次親，她母親看她沒再說出反對的話也跟着興奮，只要有人來提起做媒她就安排時間，婉萍常笑她母親是樂此不疲。而江太太爲女兒的想通了感到是丈夫有靈保庇。女孩子遲早總要嫁人的嘛！以前說不要相親只是鬧彆扭而已。

當江太太再度安排第六次相親時，婉貞在接到立航返國的越洋電話之後給予堅決的拒絕。

「又怎麼了呢？不是說得好好的嗎？這下子又不要了，那我怎麼對人家交待呢？」江太太走進婉貞房裏，心裏雖然着急但她還忍着不發脾氣。如今女兒已長大了，再怎麼不聽話也不能像小孩子用打的或用罵的

「我不想看了，相親一點意思也沒有。你看我，我看你，讓人品頭論足的又講那些沒營養的話，煩死人啦！」婉貞先發制人的發起脾氣來，並往床上一躺。

「相親嘛！我們挑人家，人家當然也要挑我們囉！」

「反正不看就是不看啦！」婉貞也不管江太太的好言相勸，拉了棉被往頭上一蓋。江太太嘆了一口氣，想說什麼又嚥回去了。她愈來愈不了解自己的女兒。

「既然不願意再相親了也好啦！我看上次妳姨婆介紹的那位很不錯。人家問過好幾次了，過兩天會再來妳姨婆那兒，妳就別再擺臉色給人家看了。」

婉貞無法平心靜氣的接受，爲什麼那麼多想娶她的人，對她都不會有吸引力，而她所傾心的

人卻是一個她所不能嫁的人。以前在臺北唸書時，有一位同學也曾經愛上一個有婦之夫，她就這麼勸她：「妳千萬別嫁給他，就是他再有錢，再有氣質，再有才華，甚至妳再愛他都不行。今天他會和他太太離婚，將來也會和妳離婚。」

「唉——」而今這句她曾嚴肅勸告過別人的話，對自己卻起不了任何警告作用，她倒不是擔心立航有一天也會和她離婚。而是立航根本都沒有離婚的打算。而事實上以他今天在醫學界的身份地位，輿論也容不下他和他太太離婚。

江太太走出去把門重重的帶上碰一聲。婉貞掀開被，坐靠在床頭，想着一些永遠沒有結果的事。欣怡說她是迷失的小羊，她一點也不承認，她確定她愛立航是一種發自內心的認知，絕對不是盲目的。他們有很好的感情基礎，只是命運把他們拆散，而今再還給他們。像現在立航正由太平洋的那端飛向這個有人等候的地方。

15.

立航由國外回來的確定日期，婉貞還是先從報上看到的。立航一下飛機卽被記者圍湧，連他太太也被訪問，報紙登刊的那天，連他和方敏瑜的照片都刊出來，好搶人眼。當婉貞接到立航的電話，一股醉葡萄味代替喜悅之情。

「我在報上看到了你載譽歸國的消息，當然尊夫人的風采也瞻仰到了。」其實她只是看到印在報紙上模糊的照片，而且還是看了照片邊的附註。才曉得站在立航身邊的人就是李夫人方敏瑜女士。

「別這麼酸我嘛！找個時間出來，想妳想的要死。」立航懇切的語調使婉貞建立的一道冰牆溶化掉。

「謝謝，不知大名頂頂的李醫師幾時有空？」婉貞的語氣再也沒有先前那麼強硬了。

「這個星期六在飄香廳見面，六點等我。」立航丟下時間、地點，不待婉貞回答就掛斷了電話，每次都是如此。他相信只要約定了，婉貞總會想辦法赴約的。立航喜歡在他們有一段日子沒見面，把約會的地方選在飄香廳。有一次婉貞無意提起她喜歡飄香廳那個唱民謠的男孩，後來立航要討好婉貞就常把見面的地方選在那裏。

經過了三個月的分別，他們有許多談不完的話題。婉貞始終沒把欣怡帶她去看醫生的事說出來，她不是不想說，而是每當話到嘴邊就又呑回去，她覺得沒什麼好講的。從小她就是又固執又倔強，不高興的事也不願意渲洩出來，凡事總喜歡彆在心裏。連她母親有時候都弄不清楚她到底有什麼心事。在她的臉上是讀不出喜怒哀樂的，通常她臉上的表情不是如一潭湖水就是畫一個大大的「?」在上面。在她唸中學時那個敎她英文的女老師，常喊着她的名字，然後提高尖銳的聲音：「What?-What?-」。

斜靠在床頭，婉貞玩弄着戴在頸子的眞珠項鍊。當立航爲她戴上這條三串的眞珠項鍊，她心裏有一股欣喜和興奮，但這時候靜靜靠着他的肩，她卻泛起一絲悵然，雖然她喜歡一條像這麼漂亮的眞珠項鍊已經很久了，剛才立航爲她戴上的那股欣喜消失了，馬上有一份落寞的空虛侵襲着她，她用力狠狠的捏着圓扁的眞珠。

「喜歡嗎？答應妳的事我是絕對牢記在心中的。」有一次婉貞和立航走過中正路的珠寶店，婉貞曾說她喜歡那種色澤光亮天然形裝的眞珠，立航允諾如果他再到日本去一定帶一條回來送她。

「不過我還是喜歡戒指。」立航送過她各種東西，有委託行買的高級洋裝，名錶。還有過年和敏瑜去花蓮旅行也偷偷買一付珊瑚耳環送婉貞，拿到耳環時婉貞感動得幾乎要哭出來。

「婉貞，妳是知道的，我已經失去送妳戒指的資格了。」立航緊握婉貞捏眞珠的手。也許是冷氣的關係，不然已經六月了但婉貞的手還是冰冷的。

婉貞掙脫立航的手心，繼續撥弄着一顆一顆的眞珠，她似乎沒聽見立航的話，只是很急促的在吸着冷氣房裏不太新鮮的空氣。

「如果妳一定要我送妳戒指，明天我帶妳去買，不過那不會有任何意義的，妳懂嗎？」立航細細的說。

「不懂——不懂——」婉貞摔開了立般環在她肩上的手。

「妳是知道我已經結婚的人。」立航耐性的說。

「妳不會離婚啊！」婉貞也不知那來的力量衝口而出。

「我就是不能離婚嘛——」

「能結婚就能離婚，你又不是賣身了。」

「好了，我們今天不講這些好嗎？」

「不好——每次一談到問題核心你就逃避。」

「這是沒有結果的討論，何必呢？」

「不講那我走了。」婉貞起身抓起沙發上的皮包，立航像老鷹捉小鷄一把就拉回了婉貞。

「別這樣孩子氣嘛？難得見一次面就吵架，多沒情調。」他接下了她手上的皮包，把她按在床上吻了一次又一次。婉貞雖然生氣自己的沒下定決心走出房門，卻也沒勇氣再提出那些會引起爭執的問題。

夜就在他們互相傾訴中籠罩下來。

當他們感到肚子有些饑餓時，手腕上的錶已過了十二點，在一起的時間消失的總是加倍的快速。

回到家婉貞思索着將如何來說明項鍊的來源，江太太推門而入。她慌忙的一把塞進枕頭底下。

「婉貞。姨婆昨天來說，如果妳沒什麼意見，這幾天就去選個好日子讓你們趕在七月之前訂婚。」江太太拉來婉貞化粧臺前的椅子坐下，看來她似乎準備和女兒長談了。

「誰要和誰訂婚啊！」婉貞拉下臉。

「當然是妳和王信昌。不趕在六月底先訂婚，過了七月就太緊迫了，婉萍年底要嫁，妳總得八、九月先嫁啊！」江太太安排得好好的，她早在腦裏反覆計算着，今年把兩個女兒都嫁了，她就清心了。

「我連王信昌長得什麼樣都不曉得，簡直是開天下之大玩笑嘛！」

「妳不是和人家出去兩次了嗎？連相親都看了三次，那有還沒看清楚。」她確實是和王信昌出去二次，不過那都是在做給別人看的，頭一次帶王信昌在鎮上繞了一大圈，她看都不看人家一眼，她只是要叫鎮上的人看見她和一個男孩子走在一起，免得以後媒人再上門。另外一次是他約她看電影，結果她帶了欣怡四歲的兒子去，又抱又拖的，忙得團團轉，電影沒看完就急着把吵着要回家的小孩帶離開了。

「媽，我非嫁人不可嗎？」她忽然有一種悲哀，用那近乎懇求的語氣問着母親。

「傻孩子，男大當婚，女大當嫁。這還用問嗎？媽在妳這個年紀，婉萍都三歲了。」

「那我可不可以不嫁人呢？」

「妳又不缺胳臂又不缺腿，幹嘛不嫁人。」

一想起嫁人，她內心就有一千個一萬個不願意。那倒不是恐懼，好像是一種厭倦、一種灰心和失望交集着。

她望着她母親，頓時感到非常的對不起她母親，眼睛濕了起來，千萬種情緒在交織翻攪着。

「媽——」婉貞一聲媽喊出來卽嗚咽大哭起來。

「傻女兒，哭什麼呢？女孩子長大總是要嫁人的。」江太太摟住了女兒，婉貞愈哭愈傷心，她把好幾個月以來壓抑在內心的苦悶渲洩出來。

「如果妳不喜歡王信昌，媽就去跟姨婆講，回絕人家。」江太太安慰着女兒，婉貞停止哭泣，擦了一下眼淚。

「不必啦！」也不知她是眞的想就和王信昌訂婚算了，還是不忍心再讓母親操心，不過她是眞是答應和王信昌做個朋友。

「媽不是逼妳，媽只是認爲王信昌這個孩子很適合妳。如果妳不想這麼快訂婚，再交往一段日子也好。」她幫女兒擦乾臉上的淚痕，婉貞順從的點了一下頭。望着母親走出房門的背影，她越來越難過。她很茫然自己到底在執着什麼？追求什麼？

16.

自從那次的談話後，江太太就沒再逼婉貞訂婚。她叔叔知道她情緒不好，讓她多休息，她又有比較多屬於自己的時間。然而時間多對她反而是一種壓力。立航除了一星期裏抽一個晚上陪她，其餘都是太太時間。從國外考察回來後，第一次見面爆發的爭吵後，他們都避免再去觸及傷痕，爭執承然感傷，表面的客氣更加深隔閡與生疏。

偶而再提起時，兩人總是有意無意的又把話題叉開。尤其是立航告訴婉貞，像他們這種關係的人，在這種傳統下雖然不被承認和諒解，但是他們互相的感情卻是可貴的。他們彼此都認定了這一個命運。

欣怡邀婉貞去聽音樂演唱會。就在入口處的樓梯旁，她喊住了一位穿着寬鬆衣服的女人，當這個女的轉過身來，婉貞看到她有着一個屬於清秀高貴的臉型。

「又有啦！」欣怡指着寬鬆衣服蓋住的肚子。

「五個月了。」女的笑一笑摸摸肚子。

「這胎一定是男的。」欣怡在孕婦的前後左右繞了圈，以一付行家的口吻斷定。

「但願如此，我婆婆就是急着抱男孫子，要不然我還眞不想這麼快就又有了，我先生說反正遲早都要生的。」

孕婦好奇的看了婉貞一眼，大概她發覺到婉貞一直在看她。

「哦！我來幫你們介紹一下——」欣怡話一出口馬上後悔了，不過她很快的又接下了：「這是我的同學江婉貞，這是方敏瑜女士。」她們彼此點了頭，欣怡才暗叫不妙，她實在不應該這樣介紹敏瑜，其實她只要說是李太太，婉貞就不會曉得她是李立航的太太。

「江小姐有空和欣怡來我家玩。」敏瑜笑的很甜，慇懃的邀請。婉貞僵硬的點了一下頭。

欣怡拉着婉貞先走進會場，她有些擔心如果立航也陪敏瑜來，怕婉貞會保持不住情緒。

整個音樂會在演唱些什麼，婉貞和欣怡都沒聽進去。

欣怡一直後悔剛才爲什麼要喊住敏瑜，還有不應該替她們介紹，萬一有一天敏瑜知道立航和婉貞的事。鬧起來她介入中間總是不太好，婉貞再怎麼理虧總是她多年的好朋友。她哥哥常笑她是「親戚五十朋友八十」。她偸瞄了一眼婉貞，雖然會場暗暗的，但她仍然可以感覺出婉貞的臉色是慘白的，尤其婉貞沈重的呼吸聲給她一種很深的自責。一時之間竟勾引她對婉貞的同情，把婉貞的左手放在她兩手間，緊緊握着，像是對她無言的歉意。

婉貞的思維早飄出這個氣氛濃烈的音樂廳。一旦有東西哽住她的喉嚨。倒不是方敏瑜帶給她這份淒哀，而是她那微隆的肚子。如果她是李立航的妻子，此時挺着肚子的人應該是她江婉貞而不是方敏瑜。她抽回欣怡握住的左手，狠狠的咬住手心，整個手搗住了激動的嘴型。如果不是音樂會中間的休息十分鐘喧嘩的談話聲驚醒她，恐怕她就要失態了。重重的摔了一下沈重的頭。

「婉貞，你不舒服嗎？」欣怡關切的問。

「空氣太壞了。」她發出像蚊子叫的聲音。

「那我們先離場吧？反正我也要去替小孩子買衣服。」欣怡藉機提出先離開。

「好吧！」

欣怡拉着婉貞走出音樂會場。又在走廊碰見方敏瑜。她裝做沒看見她。沒打招呼就走出去。

倒是婉貞多看了一眼那個隆起肚子，而後這個畫面就牢牢的鑲在她記憶裏。

在欣怡家住了一夜，她沒像以往那樣在九點撥個電話到醫院給立航，雖然今天是星期四，立航晚上會在醫院，但她似乎忘記了這一個習慣，逗欣怡的孩子時，她竟有一股莫名的感傷。爲什麼她不能擁有自己的孩子，而且當時她一發現懷孕立即就連想到拿掉。多可怕的狠心啊！

唉——

近中午回家，王信昌早在她家等她一個早上。陪他吃了一頓江太太特意準備的中飯，然後兩人在客廳看了一下午電視。有一搭沒一搭的閒聊。雖然婉貞並不怎麼熱切，但可以看見王信昌是興奮的，而且努力的在討好她。

星期天王信昌又來了，這次他提議要到外面去走一走。

「你去過南鯤鯓沒有？」婉貞突然想起那易勾起往事的地方。

「沒去過。」王信昌搖搖頭。

「那我就帶你去看看南鯤鯓廟鼎盛的香火吧！」她搞不清楚這是什麼心態，竟要帶一個完全不相干的人到那個深深影響她一生的地方。

「我聽人家說南鯤鯓廟是無緣廟，以後再去吧！今天我們去馬沙溝好嗎？」

「馬沙溝你去過嗎？」

「唸中學時，班上有一位馬沙溝的同學，我們常去釣魚，不過已經很久沒去了。」王信昌慢慢的講。

「好吧！說眞的，我生長在這裏連馬沙溝都沒去過，要被你這個常去的外鄉人笑話了。」婉貞輕鬆的語調把氣氛帶入較佳的境界。

這次的出遊或許是地方給予婉貞一種親切，或許是她看開了，總之是有那麼一點談話說笑的氣氛。

不過婉貞還是擺脫王信昌伸過來要牽她的手。

17.

事情就發生在婉貞和王信昌在臺南街頭漫步，被立航看見。

王信昌本來在臺北做事，和婉貞到馬沙溝回去後就申請調到臺南。婉貞爲盡地主之誼，陪他在臺南逛了幾條街。不巧她正和立航鬧情緒，賭氣之下回絕了他一個約會。

當王信昌送婉貞到客運公司時，她瞥見了立航站在公用電話亭旁邊注視着她，顯然他是一路跟着她們走到車站。婉貞趕緊把王信昌支走。

李立航臉上不露任何表情，雙手揷在西裝褲袋裏，把整個身體的重量都放在依靠電話亭的肩上。婉貞走過去。

「你怎麼在這裏呢？」手裏拿着一串王信昌在夜市看到而堅持要買來送她的風鈴，風鈴隨着婉貞的走動發出清脆的響聲。立航睨視那個風鈴。

「跟我來，妳還欠我一個約會。」說完拉着婉貞另一隻手往車站對面的飯店。那隻風鈴搖動得更厲害，一路招引行人的好奇，婉貞跟着立航疾行過斑馬線。

一種生氣、賭氣、怨氣混合着的情緒，促使婉貞人雖坐在飯店充滿氣氛的房間，卻沒有半點羅曼蒂克的感覺。立航坐在對面的沙發，像是審視犯人般的雙眼直視不放。

氣氛在彼此不願先開口下醞釀着。

「妳是什麼意思？」立航仍沒氣消的先發制人。

「你才是什麼意思！」婉貞不甘示弱以更大更尖的聲音回頂過去。今天她是打定主意跟立航吵一架，積壓在她內心中有太多的悶氣。

「爲什麼騙我說你沒時間呢？」立航稍爲軟化了。

「我高興！」婉貞仍然是一副氣勢凌人。

「把妳的高興建築在我的痛苦上。」

「你才是把自己的高興建築在我的痛苦上！」婉貞不但生氣的語氣，更有幾份責備。

「婉貞——」立航移過去坐在婉貞旁邊：「妳別生氣。我是心急，剛好又看見妳和那個男的走在一起有說有笑的，我心裏不是滋味，難過嘛！」

「你能和你太太去聽音樂會、出席各種場合，爲什麼我不能和另一個男的看看電影，散散步呢？」

「我們別吵了好不好？」立航求着婉貞。

「不行，今天我一定要把心裏的話講出來。」婉貞得理不饒人。

「好，妳說，妳說，我承認我一直對妳很抱歉！」

「你不必再說什麼抱歉，我只是覺得很窩囊、很沒有面子——一直見不得人。」婉貞有些激動得說不出話來。立航把她的雙手放在膝蓋上。婉貞緩緩的站起來背對着立航，面向牆角，凝視粉紅色的壁面浮印的花紋，有好長一段時間只聽見她深呼吸和仰頭的痛苦狀，立航不知所措的搓着雙手，這是從沒有過的現象。

「你太太又懷孕了——」婉貞很平靜的道出，像是準備了很久的話，一字一字的吐出來。

……立航楞住了。

「你太太又懷孕了，我不能接受這個事實——」婉貞猛轉過頭來，像是一隻發怒的獅子吼叫着。

「我母親一直催着要生個男孩。」

「她能生為什麼我不能？我也懷過你的孩子——我——」婉貞講不下去了，掩面哭泣。

「怎麼不能呢？妳如果生個男孩我母親一定會接受妳的。別哭了，下次懷孕我絕對不讓妳再去把孩子拿掉。保證讓妳生下來，好嗎？」欣怡告訴立航婉貞拿掉孩子的事，立航又心痛又罵婉貞。

婉貞望着立航，一時兩個人淚眼相對。

立航從沒面對這些問題好好想一想——他掉淚，爲了他和婉貞被一隻封建的手，一條觀念的鴻溝拆開。熱淚滾在臉上，掉眼淚那是很久遠以前的事了。從他懂事以來，就只有在他初一時，他那病了近十年的父親去世，他跟在姊姊身邊哭了一場。之後，他就不知道淚水的滋味，就是四、五年前離開婉貞到那陌生的國度，他也沒掉下一顆淚。婉貞陪在他身邊，兩個人就好像是一對苦命鴛鴦，相擁而泣——傷心的淚刺痛着他們的心。

哭那被上天捉弄的命運——

哀那理不出頭緒的情感——

如果生命能被毀滅了，這段情也必跟着纏繞在那逝去的生命，只是那仍然會是熱烈纏綿不盡。

婉貞在黑暗中驚醒過來，習慣性的伸手摸摸身邊的人。這次她的心沒往下沈。立航就在她旁邊睡得很熟。往往半夜醒過來無法再入睡，陪伴着她的是一片寂靜。今夜意外的多了立航深沈的呼吸聲。她不敢翻身，怕弄醒身邊的人，躺得全身有些發麻。雖然又是一個失眠的夜晚，但是她卻祈望着夜是長的。她不願意天亮，不願意打開房門再去面對現實的世界。她要永遠關在這個只有她和立航的天地裏。卽使擁抱的是沒領過執照的愛情，她也甘願去冒險。

她期許每一個夜都是像今夜一樣，沒有心痛，沒有心急也沒有後悔——

滄海叢刊已刊行書目(四)

書名	作者	類別
清真詞研究	王支洪	中國文學
宋儒風範	董金裕	中國文學
紅樓夢的文學價值	羅盤	中國文學
中國文學鑑賞舉隅	黃慶萱 許家鶯	中國文學
浮士德研究	李辰冬譯	西洋文學
蘇忍尼辛選集	劉安雲譯	西洋文學
文學欣賞的靈魂	劉述先	西洋文學
音樂人生	黃友棣	音樂
音樂與我	趙琴	音樂
爐邊閒話	李抱忱	音樂
琴臺碎語	黃友棣	音樂
音樂隨筆	趙琴	音樂
樂林蓽露	黃友棣	音樂
樂谷鳴泉	黃友棣	音樂
水彩技巧與創作	劉其偉	美術
繪畫隨筆	陳景容	美術
都市計劃概論	王紀鯤	建築
建築設計方法	陳政雄	建築
建築基本畫	陳榮美 楊麗黛	建築
中國的建築藝術	張紹載	建築
現代工藝概論	張長傑	雕刻
藤竹工	張長傑	雕刻
戲劇藝術之發展及其原理	趙如琳	戲劇
戲劇編寫法	方寸	戲劇

滄海叢刊已刊行書目（三）

書名	作者	類別
寫作是藝術	張秀亞	文學
孟武自選文集	薩孟武	文學
歷史圈外	朱桂	文學
小說創作論	羅盤	文學
往日旋律	幼柏	文學
現實的探索	陳銘磻編	文學
金排附	鍾延豪	文學
放鷹	吳錦發	文學
黃巢殺人八百萬	宋澤萊	文學
燈下燈	蕭蕭	文學
陽關千唱	陳煌	文學
種籽	向陽	文學
泥土的香味	彭瑞金	文學
無緣廟	陳艷秋	文學
鄉事	林清玄	文學
韓非子析論	謝雲飛	中國文學
陶淵明評論	李辰冬	中國文學
文學新論	李辰冬	中國文學
離騷九歌九章淺釋	繆天華	中國文學
累廬聲氣集	姜超嶽	中國文學
苕華詞與人間詞話述評	王宗樂	中國文學
杜甫作品繫年	李辰冬	中國文學
元曲六大家	應裕康 王忠林	中國文學
林下生涯	姜超嶽	中國文學
詩經研讀指導	裴普賢	中國文學
莊子及其文學	黃錦鋐	中國文學

滄海叢刊已刊行書目(二)

書名	作者	類別
世界局勢與中國文化	錢穆	社會
國家論	薩孟武譯	社會
紅樓夢與中國舊家庭	薩孟武	社會
財經文存	王作榮	經濟
財經時論	楊道淮	經濟
中國歷代政治得失	錢穆	政治
憲法論集	林紀東	法律
黃帝	錢穆	歷史
歷史與人物	吳相湘	歷史
歷史與文化論叢	錢穆	歷史
中國歷史精神	錢穆	史學
中國文字學	潘重規	語言
中國聲韻學	潘重規 陳紹棠	語言
文學與音律	謝雲飛	語言
還鄉夢的幻滅	賴景瑚	文學
胡蘆‧再見	鄭明娳	文學
大地之歌	大地詩社	文學
青春	葉蟬貞	文學
比較文學的墾拓在臺灣	古添洪 陳慧華	文學
從比較神話到文學	古添洪 陳慧華	文學
牧場的情思	張媛媛	文學
萍踪憶語	賴景瑚	文學
讀書與生活	琦君	文學
中西文學關係研究	王潤華	文學
文開隨筆	糜文開	文學
知識之劍	陳鼎環	文學
野草詞	章瀚章	文學
現代散文欣賞	鄭明娳	文學
藍天白雲集	梁容若	文學

滄海叢刊已刊行書目(一)

書名	作者	類別
中國學術思想史論叢(一)(二)(三)(四)(五)(六)(七)(八)	錢穆	國學
兩漢經學今古文平議	錢穆	國學
中西兩百位哲學家	鄔昆如 黎建球	哲學
比較哲學與文化	吳森	哲學
比較哲學與文化(二)	吳森	哲學
文化哲學講錄(一)	鄔昆如	哲學
哲學淺論	張康譯	哲學
哲學十大問題	鄔昆如	哲學
孔學漫談	余家菊	中國哲學
中庸誠的哲學	吳怡	中國哲學
哲學演講錄	吳怡	中國哲學
墨家的哲學方法	鐘友聯	中國哲學
韓非子哲學	王邦雄	中國哲學
墨家哲學	蔡仁厚	中國哲學
希臘哲學趣談	鄔昆如	西洋哲學
中世哲學趣談	鄔昆如	西洋哲學
近代哲學趣談	鄔昆如	西洋哲學
現代哲學趣談	鄔昆如	西洋哲學
佛學研究	周中一	佛學
佛學論著	周中一	佛學
禪話	周中一	佛學
公案禪語	吳怡	佛學
不疑不懼	王洪鈞	教育
文化與教育	錢穆	教育
教育叢談	上官業佑	教育
印度文化十八篇	糜文開	社會
清代科學	劉兆璸	社會